U0644648

中国现代乡土写实小说与现代乡土抒情小说比较研究

山东省社会科学规划研究项目文丛·一般项目

康长福 著

九州出版社 全国百佳图书出版单位 JIUZHOUPRESS

图书在版编目（CIP）数据

中国现代乡土写实小说与现代乡土抒情小说比较研究/
康长福著. -- 北京：九州出版社，2021.12
ISBN 978-7-5225-0760-6

Ⅰ．①中… Ⅱ．①康… Ⅲ．①乡土小说－小说研究－
对比研究－中国－现代 Ⅳ．①I207.42

中国版本图书馆CIP数据核字(2021)第258810号

中国现代乡土写实小说与现代乡土抒情小说比较研究

作　　者	康长福　著	
责任编辑	王海燕	
出版发行	九州出版社	
地　　址	北京市西城区阜外大街甲 35 号 (100037)	
发行电话	(010)68992190/3/5/6	
网　　址	www.jiuzhoupress.com	
印　　刷	北京九州迅驰传媒文化有限公司	
开　　本	720 毫米×1020 毫米　16 开	
印　　张	15.75	
字　　数	220 千字	
版　　次	2021 年 12 月第 1 版	
印　　次	2021 年 12 月第 1 次印刷	
书　　号	ISBN 978-7-5225-0760-6	
定　　价	52.00 元	

★版权所有　侵权必究★

前　言

　　肇始于五四新文学运动时期的中国现代乡土小说，既是 20 世纪上半叶乡土中国沧桑变迁的艺术档案，也是时代风云的壮丽画卷与历史发展的忠实记录；同时还是这一时期知识分子寻找精神家园的心路历程写照与消融乡愁块垒的“原乡神话”。在 30 多年的发展流变中，逐渐形成了乡土写实和乡土抒情两种走向：或对古老乡土中国的理性审视与思想启蒙，或低吟浅唱饱含着对故园旧土深情的田园牧歌；或对躁动不安的乡村社会冷峻剖析，发现和张扬阶级意识，或倾心描绘乡土民俗风情画卷以构建心灵的“桃花源”；或在战火硝烟中挖掘民族的生存意志进而发出救亡图存的热切呐喊，争取国家民族的独立解放；或向本土历史文化的深处凝眸，寻觅人性美、人情美的精神火种照亮通向灵魂诗意栖息地的道路……两者齐头并进、竞相辉映，构成中国现代小说史上双峰并峙的文学景观，共同铸就了现代乡土小说的辉煌。

　　乡土小说研究一直是中国现当代文学研究领域中的显学。无论是对乡土作家、经典作品的个案分析，还是对乡土小说创作群体、流派的整体考量，抑或对乡土小说发展脉络的细致梳理与宏观把握，都取得了相当大的成就，成为现当代文学研究中最有收获的园地之一。但我们不能否定的是，研究中也有令人遗憾的地方，比如对现代乡土写实小说与乡土抒情小说的研究，缺乏整体性的对比和相互性的观照。主要表现为：一、在具体的研究实践中只重其一翼——解读乡土写实小说则不涉及或极少提到乡土抒情小说，而分析乡土抒情小说则漠视乡土写实小说，人为地割裂二者之间的内在联系与一致性，或者将二者推向对立。二、大部分研究不仅没有将其置放于同一视域中观照比较，探寻它们在题材选择、内容表现、主旨倾向、情感指认、价值判断、审美情趣、艺术特征、叙事风格、人文情怀等方面的差异与不同，更遑论去挖掘其创作表征背后的潜层根源——同在一片蓝天下，同在一块土地上，生活在同一个国度里，乡土写实小说和乡土抒情小说对同样的社会现实为什么会呈现出截然不同的景象（苦难／欢乐、贫穷／富足、丑陋／美丽、凶恶／善良、地狱／天堂、凋敝／生机）？乡土作家的情感指认与价值倾向为什么会迥然相异（眷恋／决绝、肯定／否定、赞美／批判、神往／厌弃、欢快／忧郁）？是什么使得乡土写实作家对血泪浸泡的土地冷峻而沉重，自觉承担起改变现实的使命？又是什么让乡土抒情作家能超越乡土社会的现实存在困境，通过精神的过滤而获得一种诗意的透明？现有的研究似乎有待于进一步深入。三、仅将两个或几个乡土写实作家或乡土抒情小说作家做单一比较，可能无从回答中国现代知识分子对国家、民族未来走向探寻的不同文化选择的内在原因是什么。在转型时代如何面对历史传统与外来文化……我们不否认将不同时空、不同民族、不同地域的乡土小说相比较，有助于研究的深入，但可能仍陷入视野仄逼、就事（人）论事（人）的窠臼，会有一叶障目、以偏概全、失之简单的偏颇。

古老乡土中国的现代转型虽然起步于 19 世纪后半叶，历经洋务运动、维新变法等阶段，但步履却格外艰难沉重，直至 20 世纪初才走向正轨。但是却同样面临极其复杂的境遇：民族危机、政局动荡、阶级革命等，尤其是表现为道德取向危机、精神取向危机、文化认同危机等层面的意义危机，使置身其中的知识分子在选择取舍上倍感困惑。他们的价值倾向及精神焦虑在审美诉求上具化为乡土写实小说和乡土抒情小说，鲁迅等人旨在文化批判和思想启蒙的乡土写实创作与赵树理等人以阶级意识的张扬来改变乡土中国的艺术实践值得肯定，而废名等人对传统宗法制古朴乡村的留恋和对现代化的忧虑也应是现代社会进程中"二律背反"的文学体现，沈从文的"边城牧歌""湘西神话"未尝不是避免现代化"陷阱"的艺术思考……所以，既不能简单地给乡土抒情小说扣上"反现代""保守主义"的帽子，也不能给乡土写实小说贴上诸如"功利主义"的标签。

因而，在新的语境与视域中，将现代乡土写实小说与现代乡土抒情小说置放于同一平台上，全方位、多角度、立体式地加以比较分析，既彰显其血脉相连的内在一致性，又突出其创作表征的差异性，进而挖掘和触摸创作主体在中国现代社会转型时期的不同心态、价值选择，把握其面对传统文化和外来思潮的自我取舍，勾勒他们的精神历程轨迹与情感波动图谱，对未来乡土小说的发展，以及当下人文精神建设和民族文化大厦构筑、共享和谐社会、实现中国梦，无不具有重要意义。

历史既能照亮现实，也能昭示未来。中国现代乡土写实小说与乡土抒情小说是宝贵的艺术遗产，也是重要的精神资源，深入探索和解读这一文学的历史存在，是我们应当承担的责任。非常遗憾的是，由于个人的学识粗浅，并未实现研究的初衷，仅就现代乡土写实小说与乡土抒情小说的流变脉络做了些基础性的爬梳工作，重点分析了赵树理、沈从文、汪曾祺几个作家。无论是研究格局，还是具体的论证与阐释，都有缺陷与疏漏，敬请读者批评指正。

2021 年 12 月 1 日于曲师大

目　录

上编　综论 ——

第一章　中国现代乡土小说概述

中华民族迄今已历经几千年的风雨沧桑，其间不乏浓墨重彩的历史巨变。现代中国的历史变迁，无疑是其中最为波澜壮阔、丰富厚重、激动人心的篇章。在这一时期，古老的中华大地遭受了空前的蹂躏与伤害：帝国主义列强的侵略使得绵绣山河千疮百孔、面目全非；民族战争和阶级战争的战火燃烧过每一寸土地，千万人的生命和财产在战争中被付之一炬；频繁降临的自然灾害助纣为虐，使贫瘠的土地雪上加霜；狂热的乌托邦试验代价惨重，"十年浩劫"一度将这个古老的民族推向深渊的边缘；由传统农耕文明向现代社会的急遽转型导致乡土世界的倾覆……这是血泪浸泡的多灾多难的一段岁月，也是让人唏嘘惆怅的过往。但是，正是在这一时期，沉睡千载的古老中国从梦中醒来，第一次睁开眼睛打量这个星球上自己以外的世界，传统的生产经营方式和落后的经济模式遇到了巨大的挑战，陈腐的封建思想和价值观念所维系的专制庙堂开始崩溃，血缘关系和伦理道德所构筑的乡村宗法制王国开始动摇，千千万万"想做奴隶而不得"[①]的农民开始意识到自己的尊严和价值，力争从枷锁中挣脱出来获得自我的解放……这是乡土中国翻天覆地、沧海桑田的年代，这是乡土中国向现代化迈进的百年。广袤的乡村大地是现代中国

[①]　鲁迅：《灯下漫笔》，《坟》，《鲁迅全集》第1卷，北京：人民文学出版社，1981年，第178页。

风云激荡的见证，亿万农民是历史变迁的经历者，浸透了风雨的乡土小说是时代巨变的忠实记录，是时代风云的艺术画卷，是我们这个民族心路历程的写照。在我们告别过去、走向明天的时候，回首乡土写实小说踏过的泥泞和血污，重温乡土抒情小说留下的馨香与余韵，考察其留下的或深或浅的脚印，既是为现代乡土中国的变迁整理文学档案，也是为现代中国农民的奋斗史留影作传，同时也是为未来乡土小说的发展清理障碍和奠定基础。

一、乡土中国·乡土文化·乡土小说

史学研究认为，我国资本主义生产关系萌芽于明朝中后期。"明朝中后期，在商品经济比较繁荣的江南一些地方，资本主义生产关系的萌芽已经稀疏地出现了。机户占有生产资料，剥削机工的剩余劳动，是早期的资本家。机工靠出卖劳动力为生，是早期的雇佣工人。他们之间雇佣与被雇佣的关系，就是资本主义性质的生产关系。"[①]直至在19世纪中后期，才出现了少数的近代工商业。但是，相对于幅员辽阔的整个国家来讲，世纪初的中国仍是以农耕为中心的传统意义上的乡土中国，土地对人们来说极其重要。正如费孝通在《乡土本色》中所说："靠地谋生的人才明白土地的可贵。城里人可以用土气藐视乡下人，但是乡下，'土'才是他们的命根。"[②]这主要表现在以下几个方面：首先，国家的经济命脉仍维系在农业经济上，生产关系、生产经营模式仍是延续了几千年的传统农作方式，带有亚细亚小农生产典型特征的自给自足的自然经济在国民经济中占绝对优势，土地不仅是国人立身活命的根本，不仅是一切财富的源泉，而且是最宝贵的财富。拥有了土地，实际上就是拥有了一切。土地的极端重要性因对土地的绝对依赖性而显示出来，这是农耕文化的根本特点，也是乡土文明的主要表现。

---

① 王剑英、王宏志：《中国历史》（第2册），北京：人民教育出版社，1987年，第60页。
② 费孝通：《乡土本色》，《乡土中国》，北京：人民出版社，2008年，第2页。

其次，建立在农业经济基础之上的政治上层建筑——封建专制主义的政统和法统，也深深浸染上了乡土文明的鲜明色彩。统治者疯狂占有土地，并以此来主宰广大农民的命运，扼杀他们的自由个性，禁锢他们的思想意识，剥夺他们的劳动果实，实施最野蛮、最残酷的政治统治和最黑暗、最愚昧的文化专制。而农民对土地的依赖性，则演化为对土地所有者的人身依附性。他们先是无奈地放弃了自我，然后在长期的习惯思维支配下，自然地放弃了自我而不自觉，像阿Q那样被无辜抓进监狱倒也并不十分懊恼。他以为人生天地之间，大约本来有时要抓进抓出；当他被糊里糊涂地被绑去杀头，他却也泰然，他意识中，"似乎觉得人生天地间，大约本来有时也未免要杀头的"……因而，以土地为根本进行专制统治，依赖土地并依附于土地所有者，是20世纪初期中国社会的根本特征，也是当时中国仍属于乡土时代的又一明证。

最后，从生活方式方面上看，20世纪初的中国仍是乡土意义上的国家。生活方式是指生活活动主体——人的主观方面和客观环境互相作用而形成的生活的样式和质量，是一个社会或群体，生活活动的相对稳定和典型性特征。它包括人的日常交往方式、文化娱乐方式、消费方式和闲暇时间利用方式以及生活观念、价值观念等。20世纪初，由于科学文化知识的匮乏和思想视野的仄小，中国人对自然世界的认识和对自我的了解仍停留在较为原始的水平上，对天、地、神的敬畏形成了他们"一切皆由命，半点不由人"的天命观，对土地的依赖和对土地所有者的人身依附形成了他们的无我价值观，以血缘为基础的上尊下卑的伦理道德体系是他们社会行为的规范标准。在这种世界观、价值观和道德观的支配下，中国人的生活方式仍延续着几千年来形成的一切，个体日常交往仅局限于自己生活领域的闭塞的一隅，仅限于和自己有血缘关系或准血缘关系的其他个体，以封建伦理道德规范为交往准则；在文化娱乐方式上单调而缺乏多样性，格调低下而没有健康文明的方式，迎神祭祀、春社庙会等带有浓厚迷信色彩的活动是他们重要的文化生活。一方面压抑自我，一方面放纵自我，灯红酒绿的烟花柳巷不仅是上层人物醉生梦死的去处，也是部分下层人的精神坟墓，乌烟瘴气的赌场遍布乡土大地，迎神祭祖的闹剧麻醉刺激着人们苍白的灵魂。日出而作，日落而息，出门认得锄头，进门认得炕头，千百万人的生活式样如出一辙。"各人自扫门前雪，莫管他人瓦上霜"是人人恪守的行为观念。二十亩地一头牛，老婆孩子热炕头是无数农民的最高理想。拥有土地，依附土地，是他们最终的追求。有人曾经说过，中国并没有地主阶级与农民阶级之分，在思想上都是地主，都想占有土地，做土地的主人。岂不知在做了土地的主人的同时，也做了土地的奴隶，土地成了人们的思想负担，捆住了人们的手脚。他们双眼只盯着脚下的土地而无暇探寻外面的世界。这是几千年来乡土中国的悲哀，也是近代以来中国在世界上落伍的根本原因所在。

总之，古老的中国大地上，无论是生产方式，还是政治经济文化统治体制，以及社会生活方式，在20世纪初都暴露出日益严重的落后性和陈腐性。农业文明遇到了工业文明的挑战，传统社会面临现代社会的逼诱，封建专制主义已末路穷途，现代思想意识和价值观念的种子在西风劲吹下在古老的土地上开始落地、生根、发芽、开花……历史把现代乡土中国推向十字路口，毁灭还是新生？她必须做出选择！毁灭是痛苦的，但新生也必须付出代价。历史注定了现代乡土中国必将波澜起伏，天翻地覆，乡土中国将在痛苦蜕变中起死回生，开始艰难地迈向现代化的征程。描绘现代乡土中国的灾难与变迁，反映现代中国农民的觉醒与抗争，记录东方睡狮的怒吼和雄风重振，是历史对现代作家的厚赐，是他们责无旁贷的使命。文学是一个社会时代变迁最敏感的晴雨表，作家是一个社会最灵敏的神经末梢。应当说，应运而生又蔚然大观的乡土文学作品和阵容庞大的乡土作家队伍没有愧对历史的厚爱，没有愧对这个风云际会的时代和乡土中国这片充满魅力的沃土，在中国文学史上写下了辉煌灿烂的新篇章，筑起了让世人瞩目的里程碑。

乡土文学是一个外延广泛、内涵丰富的概念，它应当包括乡土题材的小说、诗歌、戏剧、散文、影视作品等艺术门类。但现代中国文学领域最能够代表某一个时代文学成就和发展水平的主要应该是小说创作。因而现代中国乡土文学的收获可以用乡土小说体现出来，并且这也符合这一时期文学创作的实际情况，同时也为我们的研究带来方便。所以，本课题研究的范畴划定为现代乡土小说创作，评析的对象限定于现代作家的乡土小说作品。诚然，这种做法必然会带有片面性，会影响对中国现代乡土文学的整体把握。然而，世事总难万全，这也许是文学研究的一种无奈。

　　无论是乡土写实小说还是乡土抒情小说，至今仍是一个在理论研究和创作实践上尚无明确内涵的概念。不同的学者和作家有不同的认识和表达，其不确定性为我们的研究带来困惑，因而我们有必要首先回溯乡土文学（小说）研究的历史，并在此基础上提出我们的观点。1926年，张定璜在《鲁迅先生》中说："他的作品满熏着中国的土气，他可以说是眼前我们唯一的乡土艺术家。"① 这也许是现代文学史上对"乡土文学"概念较早的、最简捷的表述。此后，对"乡土文学"做出较为全面的界说的是鲁迅。1935年，他在《中国新文学大系·小说二集·导言》中写道："蹇先艾叙述过贵州，裴文中关心着榆关，凡在北京用笔写出他的胸臆来的人们，无论他自称主观或客观，其实往往是乡土文学。""许钦文自名他的第一本短篇小说集为《故乡》，也就是在不知不觉中，自招为乡土文学的作者。""看王鲁彦的一部分作品的题材和笔致，似乎也是乡土文学的作者。"② 从中不难看出，鲁迅对于"乡土文学"的界说，是从两个方面着眼：一是创作主体，并不是始终扎根乡土的作家，而是流寓上海、北京等城市的受现代生活和现代文明洗礼的青年，都市的排斥与

---

　　① 张定璜：《鲁迅先生》，《现代评论》，1925年1月第1卷第7期、8期，第47页。
　　② 鲁迅：《中国新文学大系小说二集·序》，《鲁迅全集》第6卷，北京：人民文学出版社，1981年，第243—249页。

生活的压迫使他们回忆起曾经生活过的故土家园,在温馨的怀乡梦中寻找感情的慰藉;二是作品客体,在审美上带有浓郁的泥土气息和厚重的地域特色,注重展示某一地区的山川风物、风土人情及民俗习惯,表现出鲜明的艺术风格和独特的民俗学、文化学意义。1936年,茅盾在《关于乡土文学》中进一步指出:"特殊的风土人情的描写,只不过像看一幅异域的图画,虽然引起我们的惊异,然而给我们的只是好奇心的餍足。因此,在特殊的风土人情而外,应当还有普遍性的与我们共同的对于命运的挣扎。"①这就将作品中是否表现了社会意义与时代主题作为衡量乡土小说的又一标准和尺度。时代在发展,文学观念在不断变化,乡土小说的内涵也越来越丰富,具有越来越深广的概括力和包容量。

当代学者则侧重在从传统的农业文明向现代工业文明转型的进程中来考量乡土文学:"'乡土文学'作为农业社会的文化标记,或许可以追溯到初民文化时期,整个世界农业时代的古典文学也因此都带有'乡土文学'的胎记。然而,这却是没有任何参照系的凝固的静态的文学现象,只有当社会向工业时代迈进,整个世界和人类的思想发生了革命性变化时,'乡土文学'才能在两种文明的现代性冲突中凸显其本质的意义。"②

因此我们认为:凡是以广阔的乡村原野为创作背景,以乡村生活为题材内容,表现现代乡土中国的时代变迁,关注农民的命运沉浮,反映农民的痛苦挣扎与反抗斗争,塑造乡土舞台上的农民形象,带有鲜明的地域风情色彩,散发着泥土气息的小说创作,都是乡土小说。具体说来,以现实主义的笔触,按照现代乡土中国现实生活的本来面貌,选择本质的、具有普遍意义的乡村生活现象,做具体的、如实的艺术描绘,真实地、典型地再现现代乡镇社会

---

① 茅盾:《关于乡土文学》,《茅盾文艺杂论集》(上集),上海:上海文艺出版社,1981年,第576页。

② 丁帆:《中国乡土小说史》,北京:北京大学出版社,2007年版,第1页。

生活极其发展变化的小说作品，可称之为乡土写实小说；而以一种似写实而非写实、似浪漫而非浪漫的写意笔致，描绘田园风光、吟咏乡村牧歌、流溢出乡土情调的小说作品，寄情乡野，突出表现以小农生产经济为基础的宗法制乡村的人性美和未经工业文明异化的人情美，以及原生态的自然美、风土美，并在风土人情画卷中寻觅神韵，且具有文体美、诗化、散文化等特征的，我们将这类乡土小说称之为乡土抒情小说。如此界定，既为我们的研究提供了广阔的空间和丰富众多的审视对象，也使现代乡土小说研究具有了操作的现实性和可能性，从而为我们把握现代中国文学中的乡土小说创作提供了理论上的突破口和切入点。

二、大地歌起：现代乡土小说勃兴的必然性

基于我们对乡土小说的界定，我们欣喜地发现，在现代文坛上，乡土小说作家是如此的阵容庞大，乡土小说作品是如此的数量众多，名家辈出，佳作如潮，大有绵延不绝、浩浩荡荡之势。据此，人们不禁要问：为什么会在现代中国出现了乡土小说的勃兴？在这一历史现象的背后，隐藏着哪些必然性呢？……就这些问题，我们从以下几个方面进行探讨。

首先，我们从五四运动的大背景上进行考察。五四运动既是一场轰轰烈烈的反帝反封建的爱国政治运动，更是一次伟大而深刻的思想启蒙运动和文化革故鼎新运动，它对中国现代历史发展的划时代的影响和意义，无论我们如何言说都不能穷尽其内涵。这场运动的一个直接后果就是促成了五四新文学革命，中国文学从此摆脱了传统的束缚，走向了现代新生之路，其中对小说的影响表现得最为明显。中国现代小说创作的辉煌由此起步，乡土小说奏响了它绚丽多姿的第一乐章。

第一，五四文学革命对小说的影响表现在小说观念的变革与小说意识的觉醒，即小说对自身独立地位和自身个性特征的确认，获得了一种前所未有

的科学的尊严，并且通过小说对自身历史使命的自觉承担及其在社会变革中的巨大推动作用加以具体的体现。1917 年，胡适在《新青年》上发表《文学改良刍议》，率先向几千年的文学传统发难。紧接着，陈独秀在《新青年》上发表《文学革命论》，"高张文学革命大旗"，提出了反对封建主义文学和建设新文学的"三大主义"："曰推倒雕琢的阿谀的贵族文学，建设平易的抒情的国民文学；曰推倒陈腐的铺张的古典文学，建设新鲜的立诚的写实文学；曰推倒迂晦的艰涩的山林文学，建设明了的通俗的社会文学。"① 陈独秀的这种激进的文学主张，既表明了与旧文学彻底决裂的态度，又表明了建设新文学的热切心愿和积极主动。如果说陈独秀的建设纲领略显笼统和模糊的话，那么周作人的两篇重要文章《人的文学》和《平民文学》，则对如何建设新文学提出了明确的目标方向，从而彻底把文学从"文以载道"的封建观念束缚中解放出来，让文学从虚幻的高空中回落到坚实的大地上，回到人本身。周作人认为："用这人道主义为本，对于人生诸问题，加以记录研究的文字，便谓之人的文学"；在内容上，"一方面从正面描写理想的人的生活，二是从反面暴露现实中的非人的生活"②。在《平民文学》中，他进一步指出："平民文学应以普通的文体，写普通的思想与事实。我们不必记英雄豪杰的事业，才子佳人的幸福，只应记载世间普通男女的悲欢成败。因为英雄豪杰才子佳人，是世上不常见的人，普通的男女是大多数，我们也便是其中的一个，所以其事更为普通。……平民文学应以真挚的文体，记真挚的思想与事实，表现我们的真意实感。"③ 自此，文学不再以载孔孟之道为己任，而以反映作家自己的内心要求和情感思想为正宗，文学不再做统治者的帮忙或帮闲，不再游离于社会现实与时代风云之外，作家开始关注社会中普通的人，关注社会中常见的

---

① 陈独秀：《文学革命论》，《独秀文存》，合肥：安徽人民出版社，1987 年版，第 95 页。

② 胡适：《中国新文学大系·理论建设集》，上海：上海良友图书印刷公司，1935 年，第 193 页。

③ 周作人：《平民文学》，《周作人散文全集》第 2 卷，钟叔河编，桂林：广西师范大学出版社，2009 年，第 88 页。

人生问题，尤其注重从反面暴露现实中的非人的生活。

应当说胡适的《人力车夫》，鲁迅的《狂人日记》《孔乙己》，叶绍钧的《这也是一个人》等作品，就是这种观念影响下的产物。新文学史上较早出现的文学社团——文学研究会和创造社的文学主张，也是这种文学观念的延伸和具体化。文学的神性外衣被剥掉了，代之以平民化的装束；小说的表现领域拓展了，千百年来生活在社会最底层的平民百姓取代了原来的帝王将相、才子佳人，走进了文学的神圣庙堂。他们真实的血与泪、痛呼与饥号，取代了才子佳人的无聊的卿卿我我、风花雪月；他们的悲惨生活和不幸遭遇，将英雄豪杰功业的残酷性与荒谬性显现得淋漓尽致。可以说，正是五四时期文学的平民化取向，才使得农民作为小说主人公的出现有了可能性，乡土小说才有了崛起与勃兴的内在根据和历史契机。

第二，五四新文学运动对小说的影响，具体表现为小说语言的革新与发展。小说是语言的艺术，它的思想价值和艺术生命力在相当程度上依赖于语言叙述与文字表达。新文学运动如果仅仅从文学观念上革命而没有语言革命的配合支持，势必会半途而废；同样，小说创作如果仍用"死文字"，也势必使精神不能自由发展，使良好的内容不能充分表现。文学革命必须首先在语言上革命，兴白话，废文言，以白话为中国文学之正宗，是五四文学革命的首要任务和亟待解决的问题。1918年1月，《新青年》率先实现自己的主张，全部改用白话文。5月，鲁迅在《新青年》上发表《狂人日记》，标志着白话文运动在小说方面的突破，显示实绩。1918年底，李大钊、陈独秀创办白话周刊《每周评论》，北京大学学生傅斯年、罗家伦等创办白话月刊《新潮》。特别是1919年五四运动的爆发，更是促进了白话文运动突飞猛进的发展。极短的时间内，白话报至少出了400种。1920年，北洋政府教育部命令，小学教科书改用白话文……经过新文学先驱者们的努力和斗争，语言革命取得了彻底胜利。它不仅推动了新文化运动向纵深的进一步发展，而且还开启始了中国文学尤其是小说向现代化迈进的征程。平实质朴、通俗易懂的语言使文学能更加贴切地表现普通人的生活，更加真实地反映他们的思想与要求，同时也易于读者的阅读和接受，特别是乡村接受群体的理解和认同，这是现代乡土小说长盛不衰的原因之一。

其次，我们可以从现代中国政治革命的背景下探寻乡土小说兴起的原因。自20世纪初叶以来，中国大地上政治革命风起云涌，政治运动潮起潮落。先是日益严重的内忧外患，将国家与民族推向生死存亡的边缘。为了挽救亡国灭种的危局，洋务运动失败后，康有为、梁启超等人进行了维新变法的社会改良运动。变法运动失败后，孙中山等激进派们又进行了以推翻帝制为目的的辛亥革命。但辛亥革命的不彻底性注定了它不可避免地失败的命运。而五四新文化运动，就是从思想文化上对辛亥革命的反思与清算。此后，中国社会进入了长达几十年的封建复辟与反对封建复辟、异族侵略与反抗侵略的战争之中，经过第一、二、三次国内革命战争与抗日战争，古老的中国终于获得了新生。但新生的中国在前行中走了相当大的一段弯路，"十年浩劫"几乎将整个国家重新推向灾难之中，直到20世纪的最后20年，乡土中国才生机重现，在现代化征程上真正迈步。回首这段历史，我们不难发现，土地问题是所有问题的症结所在，农民是革命的主力军，乡野大地是革命的主战场，农民问题解决得好与坏，是检验革命成功或失败的试金石。关注乡土社会，反映农民生活，既是社会对作家的要求，也是革命对作家的要求。可以说，乡土小说伴随着历次战争与革命一同发展成长。《阿Q正传》《药》《风波》等既是对辛亥革命的反思，更是对农民革命意识的唤醒和思想启蒙，为政治革命积蓄力量；《春蚕》《丰收》《禾场上》《多收了三五斗》剖析着农村经济的破产，实际上在刺激农民阶级意识的觉醒，让他们认识自身解放的途径并投身到土地革命战争中；《生死场》《差半车麦秸》《吕梁英雄传》表现了农民迎着日寇的炮火，为民族的解放而战；《太阳照在桑干河上》《暴风骤雨》反映了古老中国大地上第一次伟大的土地改革和农民在变革中的心理变化、思想觉悟和生活斗争；《三里湾》《山乡巨变》《创业史》真实地记录了土地私有制向公有制过渡的历史进程；《金光大道》《虹南作战史》《百花川》带着十年"文化大革命"的鲜明政治烙印，暴露着乡土中国的浩劫与农民的创伤；《乡场上》《腊月·正月》《燕赵悲歌》《浮躁》《黑娃照相》《人生》《平凡的世界》等作品描绘了改革开放以来农村发生的巨大变化和农民自我尊严意识的觉醒……所有这些，充分说明近百年来旨在唤醒农民、组织农民、解放农民的革命运动与政治运动，直接促成了现代中国乡土小说的萌生，哺育了乡土小说的成长，推动了乡土小说的发展。历史注定了中国农民多灾多难的命运，他们必须付出更大的代价，才能获得真正的解放，因而20世纪乡土小说才会如此饱浸着泪水、鲜血与苦难。

再次，我们可以从乡土文化的发展和农民的审美要求上进行分析。中国是一个农业大国，有着历史悠久的农耕传统，创造了博大精深的农业文明。幅员辽阔的乡土原野，多彩多姿的田园风光，独具特色的地域风情，秀丽壮美的山川河流，形成了乡土中国奇异的文化景观。反映在乡土小说的创作中，是塞先艾笔下的偏远贵州的乡间习俗，是王鲁彦描绘的浙东风情，是艾芜涂抹的南国风光，是沈从文编织的湘西世界，是萧军萧红血泪浸泡的白山黑水，是赵树理笔下朴实厚重的黄土地，是孙犁勾勒的冀中平原上的荷花图案，是周立波营造的江南水乡诗韵，是刘绍棠痴迷于其中的运河两岸风光，是张炜笔下的芦青河，是陈忠实的白鹿原……不同地区的地域风貌和民俗文化为乡土抒情小说提供了丰富的水源和营养，才使其成为有根之木，有本之花，才使其叶茂枝繁，绚丽多彩，艺术生命长青不衰。如果没有如此丰厚的乡土文化底蕴，很难设想，历时百年之久，乡土小说仍魅力十足，势头不减。

另一方面，占社会人口总量绝大多数的农民的审美需求和对文化艺术产品的渴望，也是乡土小说兴盛的重要原因。从社区构成上讲，乡村社区占有绝对优势。真正现代意义上的城市在 20 世纪初的中国寥若晨星，处于广阔乡村的包围之中。农村拥有一个数量惊人的读者群和潜力巨大的文化消费市场。在相当长的历史阶段，文学艺术的生产者都漠视这一最大的读者群体，疏离和忽视广大农民的精神文化需求和审美需要。当历史行进到现代，注定要在广阔的乡土上进行一次亘古未有的变革，注定农民要在社会舞台上扮演时代的主角，乡村和农民已经成为文学不能漠视的艺术空间和表现对象。文学离开了乡土、农民，则无法反映时代的特征，无法记录历史的真实。关注乡村与农民，既是革命的需要，也是文学自身发展的需要。文学必须走进乡野，贴近大地，拥抱农民，及时而准确地捕捉他们的变化，真实而传神地塑造他们的形象，传达他们的心声，表现他们的追求，唱出时代的最强音，文学才无愧于自己的良心和使命。如果说 40 年代以前，作家对乡土小说的创作出于一种主体的自觉，那么，从 40 年代开始，特别是在毛泽东《在延安文艺座谈会上的讲话》发表之后，大部分作家把它提高到政治责任的高度。创作乡土小说，首先是对农村实际工作的指导，占领农村文化阵地，进行政治教育，其次才是满足农民的精神文化需求。被称为描写农民的"铁笔圣手"的乡土写实小说大家赵树理，就是这样一个典型的代表。他说："我不想上文坛，不想做文坛文学家。我只想上'文摊'，写些小本子夹在卖小唱本的摊子里去赶庙会，三两个铜板可以买一本，这样一步一步地去夺取那封建小唱本的阵地。做这样一个文摊文学家，就是我的志愿。"①50 年代以后，亿万农民获得了解放，真正成了国家的主人和社会生活的主人，他们对精神文化的需求也就更加强烈。与此同时，特定的政治文化背景也将描写农村、歌颂农民作为作家创作的近乎唯一领域，"似乎农村是社会主义文学生长的唯一土壤"②。尽管这会带来某些负面影响，但对乡土小说创作却有不可否认的推动作用。客观地

---

① 黄修己：《赵树理评传》，南京：江苏人民出版社，1981 年，第 43 页。
② 陈晓明：《本土的神话：一种被不断遮蔽的叙事》，《作家》1995 年第 7 期，第 66 页。

说，农民读者层文化素质不高，审美鉴赏能力有待提高，长期的农业政治和文化的社会氛围，使他们在一种集体无意识中，对乡土小说表现出天然的亲切感和浓于其他文学样式的兴趣，对作品主人公易于接受、认同，并产生与人物思想情感的交流和共鸣。他们影响着乡土小说的兴盛，关注着乡土小说的发展，这也是文学之大幸，尤其是乡土小说之大幸。

最后，现代中国乡土小说繁荣与兴盛，同乡土小说作家主体的生存环境和思想环境，以及由此而产生的自觉的理性与共同的文化心态是密不可分的。他们是一群真正的"地之子"，乡土文化已深深地根植于他们心中并化为血液奔涌在他们的周身，故土家园是他们魂牵梦绕的精神圣地，乡村田野是他们灵魂栖息的驿站。李广田在《〈画廊集〉题记》中说过："我是一个乡下人，我爱乡间，并爱住在乡间的人们。就是现在，虽然在这座大城里住过几年了，我几乎还是像一个乡下人一样生活着，思想着，假如我所写的东西里尚未能摆脱那点乡下气，那也许就是当然的事体吧。"[1]其诗歌《地之子》吟咏着这份情感——我是生自土中，来自田间的，这大地，我的母亲，我对她有着作为人子的深情。我爱着这地面上的沙壤，湿软软的，我的襁褓；更爱着绿绒绒的田禾，野草，保姆的怀抱。我愿安息在这土地上，在这人类的田野里生长，生长又死亡……著名诗人艾青更发出了这样的心声——假如我是一只鸟，我也应该用嘶哑的喉咙歌唱：这被暴风雨所打击着的土地，这永远汹涌着我们的悲愤的河流，这无止息地吹刮着的激怒的风，和那来自林间的无比温柔的黎明……——然后我死了，连羽毛也腐烂在土地里面。为什么我的眼里常含泪水？因为我对这土地爱得深沉……

乡村的痛苦，在他们的感觉中，是与所在皆有的人生痛苦连在一起的；乡村的快乐，在他们的意识中，是与他们自身的快乐同在的。他们深情地关

---

[1] 李广田：《〈画廊集〉题记》，《李广田文集》第 1 卷，济南：山东文艺出版社，1983 年，第 109 页。

注着乡村、农民、大地，流露他们的悲喜，诉说他们的情怀。鲁迅爱恨交织、心绪复杂地描绘他的《故乡》——我所记得的故乡全不如此。我的故乡好得多了。但要我记起他的美丽，说出他的佳处来，却又没有影像，没有言辞了；郭沫若要跪在《雷峰塔下》的一个老农民面前——叫他一声我的爹，把他脚上的黄泥土舔个干净……李广田倾心吟唱——我是生自土中／来自田间的／这大地，我的母亲／我对她有着作为人子的深情……朱自清发誓——我要一步步踏在土泥上／打上深深的脚印……艾青告诉我们——生长我的小小的乡村，存在于我的心里，像母亲存在于儿子心里……臧克家熟悉乡村与农民——我才从乡村里来／这用不到我说一句话／你只须望一望我的脸／或向着我的衣襟嗅一下／我很地道的知道那里的一切／什么都知道／像一个孩子知道母亲一样／他清楚她身上的哪根汗毛长……沈从文反复声称自己"是个乡下人"……他们从乡土中走来，但无论走到哪里，都无法走出温馨的乡村记忆，无法走出浓厚的乡村情感，无法割舍与乡村的联系。30年代以后，乡土中国风云突变，作家们深入农村生活，到农民中间去，自觉地成为他们中的一员，与他们同甘苦，共命运，在思想感情上与乡野融为一体，使乡土小说没有了以往的局外人的感觉。70年代后期出现的知青作家的乡土小说创作颇为耐人寻味。梁晓声对那片"神奇土地"的眷恋与深情，史铁生对"遥远的清平湾"的诗意书写，朱晓平对"桑树坪"的爱恋与痛恨，给我们一种似曾相识的感觉。最动人的是张宇以血泪凝成的《乡村情感》和李锐苦心营造的《厚土——吕梁山印象》。90年代何申、刘醒龙、关仁山又让我们感受着乡土人生的别样风情……总之，对乡土小说的作家来说，乡土是他们立身活命的基点，是他们精神之舟漂泊停靠的港湾，无论他们的身份、地位、生活发生了什么样的变化，他们始终魂系乡土，无法割舍与乡土乡亲的天然联系，无法磨灭纯朴亲切的农村生活记忆，将此诉诸笔端，便形成了乡土小说的空前繁荣。

从以上几个方面的分析可以看出，现代中国乡土小说的兴盛，是历史、社会、时代、生活、文学自身等多方面合力促成的结果。

三、潮起潮落：现代乡土小说的发展流变轨迹

纵观现代中国乡土小说的发展，无论是乡土写实小说还是乡土抒情小说，我们发现，在不同的时期，其表现出不同的思想、艺术和文化特征，不同的流派有各异的美学风格。以时间为线索，梳理乡土小说的发展流变，勾勒它的大体轮廓和嬗变轨迹，是我们研究工作前期准备中不可或缺的环节。

现代中国乡土小说发轫于五四新文学运动时期，历经了世纪的风雨沧桑，浸透着现代乡土中国百年来的鲜血与泪水，承载了现代乡土中国的梦幻与心境，书写着中国农民为争取"人"的地位而不断觉醒又不断陷入困惑、不断遭受苦难又不断艰难前行的曲折历程和心灵轨迹，记录着乡土中国在血污与泥泞中的挣扎和向现代艰难迈进的光荣与悲壮，勾画出一幅色彩斑斓的历史画卷，筑起了一座巍峨的世纪纪念碑。

中国新文学大厦的奠基者鲁迅，是中国乡土小说的开拓者。鲁迅的乡土小说，首先以伟大的人道主义情怀，忠实记录了生活在贫穷、破败、凋敝的乡村中的广大农民在封建地主阶级残酷的经济剥削下的血泪生存和悲惨命运，对他们倾注了无限的同情。穷困潦倒的孔乙己，这个生活在社会底层的"半农民"或"准农民"，饱受世人的戏弄与嘲笑，受人凌辱，遭受毒打，拖着一条断腿悲惨地死去（《孔乙己》）；农民出身的船工七斤，因为见多识广，"他在村人里面，的确已经是一名出场人物了"，但远在千里之外的北京城里发生的一场复辟闹剧，立刻使七斤陷入了要掉脑袋的恐惧之中，也使七斤全家陷入了大不安和惶恐之中（《风波》）；勇敢、聪明、纯朴、可爱、"项带银圈，手捏一把钢叉，向一匹猹尽力的刺去"的月光下西瓜地上的小英雄闰土，20年后，"先前的紫色的圆脸，已经变作灰黄，而且加上了很深的皱纹，眼睛也像他父亲一样，周围都肿得通红……头上是一顶破毡帽，身上只一件极薄的

棉衣，浑身瑟索着……我所记得的红活圆实的手，却又粗又笨而且开裂，像是松树皮了……"闰土变了，"多子、饥荒、苛税、兵、匪、官、绅，都苦得他像一个木偶人了"（《故乡》）；上无片瓦，下无立锥之地的阿Q，寄居在土谷祠中遮风避雨，靠出卖自己的劳动力维持生计；他一贫如洗，在"未庄世界"里没有任何经济地位和政治地位，赵太爷的两记耳光，让他失去了姓赵的机会，连个名姓也没有了；秀才的竹杠，让他失去了婚配的可能和出卖劳动力的机会，生计立刻成了问题；假洋鬼子的哭丧棒，经常落在他头上，并让他失去了"革命"的幸运，打碎了他"我要什么就是什么，我欢喜谁就是谁"的革命幻想；权势者的内讧使他成了替罪羊，无辜地丧命于把总老爷的屠刀下（《阿Q正传》）；死了丈夫守着儿子艰难度日的单四嫂子，儿子又病死了，唯一的寄托没有了，她的"明天"又在哪里呢（《明天》）？在旧中国封建政权、族权、神权、夫权四座大山压迫下的祥林嫂，先是被人像牲口一样卖来卖去，"一头撞在香案角上，头上碰了个大窟窿"却没有死去，她从此坠入了"伤风败俗"的贱民行列，连做奴隶的资格也没有了。鲁四婶子一句"祥林嫂，你放着罢！"的话，宣告了祥林嫂告别了"暂时做稳了奴隶的时代"[1]，从此"想做奴隶而不得"了，在鲁镇"毕毕剥剥的鞭炮"声中，在新年的"祝福"里，沦为乞丐的祥林嫂狗一样地死去了（《祝福》）……鲁迅的乡土小说，真实地揭示了中国农民的非人生活境地和艰难的生存状态，浸透着中国农民的血泪与苦难。如果仅仅描写农民苦难生活的表象，鲁迅的乡土小说就失去了深刻的思想性。我们仔细阅读就会发现，鲁迅在作品中很少直接描写地主阶级如何对农民施暴的细节和血淋淋的场面。祥林嫂在鲁四老爷家并没有受到肉体凌辱，还能拿到足额工钱；赵七爷对七斤没有任何肉体上的暴力，也没有纠集人去抢他的船、毁他的家；闰土面前没有一个具体的施虐者；孔乙

---

[1]　鲁迅：《灯下漫笔》，《坟》，《鲁迅全集》第1卷，北京：人民文学出版社，1981年，第178页。

己的腿如何被打断只是"听说"而并没有"亲见"。只有阿Q例外，挨过耳光、竹杠和哭丧棒，但总是事出有因。相比以后出现的直接描写农民如何受虐的乡土小说作品，文学品位和思想内涵的孰高孰低，则显而易见了。鲁迅的伟大就在于他能够透过农民生活的表层，去揭示封建思想对他们的精神奴役以及所造成的心灵创伤，剖析他们的畸形心态和分裂人格，批判他们陈陈相因的奴性生活观念和国民劣根性，从而挖掘出造成他们悲惨命运的原因，即性格悲剧和心理悲剧因素。可以说，鲁迅的乡土小说，是旧中国农民文化颓败的寓言，是农民病态精神的心电图，是现代中国乡土小说永恒主题的伟大发现者。

在他的感召和影响下，现代中国文坛上云集了一个阵容庞大的乡土小说作家群体：王鲁彦、许钦文、蹇先艾、沈从文、废名、芦焚、茅盾、叶圣陶、叶紫、王统照、吴组缃、萧军、萧红、姚雪垠、路翎、赵树理、丁玲、周立波、柳青、马烽、孙犁、刘绍棠、张弦、高晓声、李锐、贾平凹、路遥……真可谓群贤毕至，星河灿烂。他们自觉或不自觉地聚集在乡土小说的旗帜下，以各自的名篇佳作装点乡土小说的百花园，为乡土小说的繁荣发展做出了巨大的贡献。

中国乡土小说就其表现题材内容上说，是从反映农民生存的艰难与命运的悲惨、揭示农民的精神创伤与性格弱点起步的，进而描绘他们在战火中阶级意识、民族意识的觉醒与抗争，歌颂他们在民族危难中民族意识的苏醒以及舍生忘死的斗争。"要过好日子，先得打鬼子"是抗战时期农民的朴素的认识。正是基于这种朴素的认识，农民表现出极大的爱国热情和英雄主义气概。新中国成立以后，乡土小说热情讴歌了中国共产党领导下农民进行的伟大的社会主义革命实践活动。但应当指出，自50年代至70年代中后期的乡土小说，逐渐偏离乡土小说肇始之初确立的"人学"主题，从而进入徘徊不前的境地。新时期以来，乡土小说表现出回归的势头，诉说农民的不幸，剖析农民精神上的痼疾，承接了五四以来的乡土小说传统。改革开放至今，乡土小说呈现多元与无序的格局，题材领域广泛，内容丰富。不显喧闹却收获沉实，是乡土小说发展过程中的又一次自我超越和升华提高。

大体说来，现代乡土小说的发展可划分为 7 个时期：

（一）自五四初期至 20 年代中后期

这一时期的乡土小说除鲁迅的开创奠基之作外，还有师法鲁迅的青年作家和以文学研究会的部分成员为主的乡土写实派小说，以及以废名为代表的乡土抒情派小说。1918 年 5 月，《狂人日记》在《新青年》上揭载，这是鲁迅面向千年乡土中国发出的第一声呐喊，这是新文学第一次以艺术形象揭示"狼子村"里的那些"也有给知县打枷过的，也有给绅士掌过嘴的，也有衙役占了他妻子的，也有老子娘被债主逼死的"贫苦农民的悲惨状况，以及他们"被食"而不自觉并参与"吃人"精神悲剧；第一次披露了几千年来封建乡土中国的"吃人"历史。随后，《孔乙己》《药》《阿 Q 正传》《故乡》《风波》《祝福》《离婚》等乡土小说一发而不可收，集中地控诉了封建专制主义制度和封建思想观念、礼教道德的罪恶，反映了处于经济剥削和精神奴役双重压迫下，农民的生存艰难和心灵创伤，展现了曾经富饶的乡村的破败、萧条和农民日渐贫困的生活状况和精神面貌。其冷峻的批判性和深刻的思想启蒙精神力透纸背，表现出鲁迅作为一个伟大的先行者的强烈的时代忧患意识和庄严的历史使命感，使中国乡土小说一经产生就达到了深刻的思想价值与审美价值有机融合的高度，并具有了无可替代的示范性。以许杰、许钦文、王鲁彦、彭家煌、蹇先艾、台静农、裴文中为代表的一批青年作家，在鲁迅的精神感召和小说创作的影响下，1923 年前后，竞相发表了一批反映农民生活、具有浓厚的乡土气息的小说作品，形成了现代文学史上的第一个乡土小说的高潮和第一个乡土小说流派，一般称之为"乡土写实派小说"。他们以现代理性精神回首审视自己所熟识的故乡村镇，打量他们所熟悉的乡亲故人，一面倾诉着内心的思乡愁绪和怀旧情感，一面以批判的眼光来展示那些残酷、野蛮、愚昧的陈规陋习和麻木、苟且、迷信、僵死的灵魂。残酷的"水葬"（蹇先艾《水葬》）、"村仇械斗"（许杰《惨雾》）、野蛮的"典妻"（许杰《赌徒吉顺》）、愚昧的"冲喜"（台静农《烛焰》）、荒谬的"借种"（彭家煌《活鬼》）、荒诞的"冥婚"（王鲁彦《菊英的出嫁》）……一幅幅令人惊惧的风俗图画，蕴含着深刻的文化批判和文化反思意韵。

乡土抒情小说是 20 世纪 20 年代兴起的乡土小说大潮中的另一翼，主要以废名为代表。与写实派乡土小说冷峻坚实的格调不同的是，抒情派乡土小说对乡村的观照似雾里看花，用一种非写实、非浪漫的淡薄的现实主义与素雅的浪漫主义笔调，谱写了一首首清新素朴、远离尘嚣的田园牧歌，吟唱出对故园旧土的隐隐深情和对古老淳朴的民间文化的热爱。乡土抒情派小说 30 年代有较大的发展，京派小说中的乡村叙述可以看作该流派的延续。沈从文的湘西世界、芦焚的河南果园世界、萧乾的北京城根的篱下世界，甚至萧红的童年的"呼兰河"记忆，都显现出古老乡土大地上的人性美、人情美及田园气息。

（二）20 年代末至 30 年代后期

这一时期的乡土小说尤其是乡土写实小说成绩斐然：普罗作家率先以"阶级意识"引燃了奔涌的地火，感受和记载着"咆哮了土地"；接着左翼小说家们用犀利的手术刀深入乡村原野，剖析着农民经济破产、"丰收成灾"的根源，剥离出伦理关系、宗法制度分崩离析的原因，呼唤欲来的《山雨》（王统照）；饱尝亡国之苦，流亡关内的东北作家群，将黑土地上的鲜血与烈火，灾难与泪水诉诸笔端，展示出在日寇的铁蹄下"……北方人民的对于生的坚强，对于死的挣扎，……"[①] 这一时期的乡土小说作家自觉地用阶级的目光审视帝国

---

① 萧红：《生死场·序》，《萧红选集》，北京：人民文学出版社，1981 年，第 1 页。

主义经济侵略和国民党黑暗腐败统治下的畸形中国乡土世界，第一次表现和歌颂了中国共产党对农民的发动、组织和领导，预示出中国农村和农民的出路和前景，使乡土小说具有了高度的政治价值和社会宣传鼓动效用，唱出了时代的最强音，在审美风格与艺术特征上也发生了明显的巨大的变化，对40年代乃至70年代中期的乡土小说都产生了巨大的影响。

在同一时期，出现了对异域旖旎风光倾心的艾芜的《南行记》《南国之夜》等充满异国情调的乡土抒情小说，也有对乡土的梦幻般的书写的乡土抒情小说，主要以京派小说为代表。他们在视艺术即梦、情感即真，也就是所谓"理想界"与"现实界"二元对立的观念中建构着他们的乡土梦幻，对宗法制乡风民俗多取宁静认同的态度，努力从中开掘纯朴的人情美、道德美，奇特的风俗美，静穆的自然美。沈从文的湘西世界、废名的鄂东山野、芦焚的河南果园城、老向的河北农村、汪曾祺的苏北乡镇、萧乾的京华贫民区等无不表现了这一特色。京派作家的乡土抒情小说最突出的特征是在文体上都带有一种抒情性：在叙述中融入诗性的追求，在写实中弥漫着浪漫的气息，往往有着意境营造的自觉。作品或以景结情，或以象寓意，用空白和空灵构成立体的艺术空间，给读者以极大的想象空间。而且京派乡土抒情小说还把禅境中的静观、顿悟等引入创作中，进一步推动了作品的意境化。伴随诗性意境而来的是结构上的疏朗和散文化倾向。

（三）30年代后期至40年代末

这是中国乡土小说创作的一个繁荣时期，也是乡土小说与社会变革结合得最紧密的时期。1937年7月7日，抗日战争全面爆发，中华民族处于生死存亡的危急关头。是跪着生还是站着死，是每一个中国人所必须做出的选择。"国家不幸诗家幸"，战争为现代文学的兴盛提供了契机，激发出作家炽热欲燃的爱国热情，焕发出前所未有的民族责任感，乡土小说自此走向一个新的历史发展时期。

1937 年，七七事变后仅两个月，《七月》就沐浴着抗日初起战火而出生，形成了历经抗日战争、解放战争的硝烟炮火的"七月派小说"这一重要小说流派，成为现代中国乡土小说史上意义重大、价值独特的文学存在（就现有的乡土小说的研究论著或学术文章看，还少有人将七月派乡土小说纳入整个20 世纪中国乡土小说总体框架和研究范畴中去，这不能不说是一个遗憾。我们认为，20 世纪中国乡土小说史上如果没有七月派乡土小说浓墨重彩的一章，无论如何都是不完整的）。1938 年 3 月，中华全国文艺界抗敌协会在武汉成立，提出了"文章下乡，文章入伍"的口号，把五四以来形成了以城市为中心的新文学推向辽阔的乡村大地，使广大作家走出书斋，走向边远的山村边寨，和广大农民生活、战斗在一起，认识到他们在争取民族解放、阶级解放和自身解放过程中所必须经历的复杂性和艰巨性，塑造了千千万万个王哑巴（姚雪垠《差半车麦秸》）式的中国农民是如何在战争中不断革除自己头脑中的不良思想和身上的落后习气，勇敢投入战斗的形象，谱写了乡土大地上农民爱国主义与英雄主义的赞歌。1942 年，毛泽东的《在延安文艺座谈会上的讲话》，开辟了乡土小说创作的新天地，对乡土小说的发展产生了划时代的影响，使乡土小说获得了历史性的突破和超越。

立足乡土，关注农民不仅是当时作家的社会责任，而且是革命意识的自觉，同时也是其应承担的政治任务。主体的自觉与革命的要求高度结合起来，造成了 40 年代以来解放区乡土小说的新气象。一批成长于乡间的本土作家脱颖而出，大放光彩。赵树理的《小二黑结婚》《李有才板话》《李家庄的变迁》、周立波的《暴风骤雨》、丁玲的《太阳照在桑干河上》等已成为现代乡土写实小说的经典之作；而孙犁的《荷花淀》、华山的《鸡毛信》、管桦的《雨来没有死》等已成为乡土抒情小说赓续 20 年代的乡村诗情并注入时代新内容的名篇。此外，马烽、西戎、孙谦、柳青、于黑丁、李束为、胡正、袁静、孔厥、康濯、王林等也各有佳作。另一批是来自国统区的作家，他们本来就有深厚的艺术修养和文学功底，并且有较长时间的创作实践，一旦转变了观念，确定了方向，实力便显示出来。丁玲、欧阳山、周立波、草明等人的乡土写实小说，一方面变换着自己的口味和腔调，在民族化、大众化、通俗化方向上努力，一方面保留着知识分子的思考，弥补了本土作家乐观有余、理性批判精神稍弱的不足。活跃在解放区的两支乡土小说作家队伍，各有千秋，交相辉映，共同谱写了40年代乡土小说的壮丽篇章。

（四）50年代初至60年代中期

这一时期的乡土小说人们习惯上称之为"十七年乡土小说"。新生的共和国在隆隆的礼炮声中诞生，古老的乡土中国重新焕发出生机和活力，广大农民真正成了土地主人，他们的生活状况和精神面貌发生了巨大的变化，为乡土小说创作提供了更加丰富的题材内容。翻身后农民对精神文化的巨大需求，也极大地刺激了作家的创作热情。乡土小说从未像这个时期那样作家剧增，作品数量惊人。先是一批反映农村变革新气象、农民精神新风貌的乡土小说显示出最初的实绩，如赵树理的《登记》、谷峪的《新事新办》、高晓声的《解约》、马烽的《结婚》、康濯的《春种秋收》、秦兆阳的《偶然听到的故事》等，真实描绘了翻身农民挣脱封建残余思想的束缚，追求民主自由新生活的斗争和努力，展现了农村中人与人之间关系的新变化，记录了新一代农民的成长，歌颂了新的时代、新的生活。自李准的《不能走那条路》开始，反映农村进行社会主义革命实践——互助组、初级社、高级社、人民公社运动的小说成了乡土小说的主潮，表现农村社会主义与资本主义两条道路、两条路线、两种思想、两个阶段的斗争成了乡土小说的主题，人为夸大的变天与反变天、复辟与反复辟、反攻倒算与巩固政权的阶级斗争，让和平时期的乡土小说带有了刀光剑影的刺激性。如果说《桥》（刘澍德）、《铁木前传》（孙犁）、《三里湾》（赵树理）、《山乡巨变》（周立波）等作品火药味还不太浓的话，到了《创业史》（柳青）、《艳阳天》（浩然）、《风雷》（陈登科）等作品中，阶级斗争已经到了你死我活，刺刀见红的程度了。尽管这类作品在某种程度真实记录了农村进行社会主义革命所必须经历的斗争的长期性、复杂性、艰巨性，记录了农民对土地公有制集体化道路的怀疑、观望、消极的态度，表现了他们在社会主义道路上的摇摆不定、步履蹒跚和思想斗争及内心痛苦，但是，创作中观念先行，歪曲现实的痕迹十分鲜明，模式化、公式化、程序化的弊端也显而易见。

与这一时期乡土写实小说"空前繁荣"的局面形成鲜明对比的是，乡土抒情小说似乎不合时宜，流连山水田园的闲情逸致在"山乡巨变"的火热现实面前似乎与时代格格不入。在"人定胜天""一天等于二十年""跑步进入共产主义"的狂热的"乌托邦"追梦中，"敢教日月换新天"的热情放逐了桃源梦与田园诗。虽然在孙犁影响下实际形成的"荷花淀派"小说作品中，我们确乎能够寻觅到描绘京津运河两岸风光的乡土抒情小说的影子，但随着刘绍棠、丛维熙等作家被打入另册、剥夺了写作的权力，乡土小说中的乡野风光不再显现，田园牧歌也难闻其音。但值得一提的是，汪曾祺1961年冬创作的《羊舍一夕》，及1963年出版的《羊舍的夜晚》，语言平实直白，朴实自然，却富有诗意，人性、人情氤氲全篇，在当时的文坛上吹来一股别样的清新之风，可谓乡土抒情小说的一枝独秀。

这一时期乡土写实小说的另一个流向是对民主主义革命历史的再现。昨日的血与火时时浮现在他们眼前，枪炮声仍频频回响于他们的耳畔，战友的英姿常常在他们脑海中出现，使他们产生出一种难以抑制的表现冲动和创作欲望。安定的生活环境为他们提供了将愿望化为现实的可能，梁斌的《红旗谱》、峻青的《黎明的河边》、茹志鹃的《百合花》、冯德英的《苦菜花》、孙犁的《风云初记》和《山地回忆》，柳青的《铜墙铁壁》等，再现了革命战争中农民的英雄形象，歌颂了农民的崇高精神风范和美好情操，让那段血与火交织的历史充盈到乡土小说的艺术殿堂中去。

（五）1966 年至 1976 年"十年文革"时期

始自 40 年代解放区的文学对政治的迎合和对政治对文学的浸渐不断发展强化，终于导致了政治对文学的否定和文学对政治的屈从。"十年文革"期间，整个文坛一派荒芜凋零，阴谋文学肆虐、帮派文艺猖獗，艺术之神匿迹，乡土小说的发展遭受严重挫折。在"根本任务论""主题先行论""三突出""三陪衬"等极左文艺理论指导下，出现了《金光大道》《百花川》《万年青》《春潮急》等带有严重思想缺陷甚至方向性错误的乡土小说，以及完全为林彪四人帮政治野心服务的"阴谋小说"——《虹南作战史》之类的思想反动、艺术失败的作品。乡土的浩劫造成了文学的迷失。但历史不会留下空白，我们不能因它的不光彩而遮掩起来。否则，我们将无法解释现代中国乡土小说发展的历史逻辑性，也割裂了它的完整性。

（六）70 年代后期至 80 年代中期。这是乡土小说恢复生机、再次繁荣的时期。1976 年 10 月的惊雷宣告了一个时代的结束和另一个时代的开始。惨遭蹂躏、满目疮痍的乡土大地春潮奔涌，饱尝极左之苦倍受现代迷信奴役的中国农民开始解放思想，重获新生，乡土小说在十几年的徘徊不前之后，又一次青春焕发，饮誉文坛。"文学是人学"的文学观念的重新确立和现实主义传统的复归，使乡土写实小说首先在社会学层面上获得突破——《月兰》（韩少功）、《阴影》（左建明）、《笨人王老大》（锦云、王毅）、《邢老汉和狗的故事》（张贤亮）、《在没有航标的河流上》（叶蔚林）、《许茂和他的女儿们》（周克芹）等小说发出了血与泪的控诉，揭示了农民心灵与精神上的"伤痕"；《剪辑错了的故事》（茹志鹃）、《被爱情遗忘的角落》（张弦）、《犯人李铜钟的故事》（张一弓）、《心香》（叶文玲）、《李顺大造屋》《陈奂生上城》（高晓生）、《芙蓉镇》（古华）等小说对中国农民的多灾多难进行了政治反思和文化反思；《乡场上》（何士光）、《内当家》（王润滋）、《黑娃照相》《春妞和她的小嘠斯》《流星在寻找失去的轨迹》（张一弓）、《单家桥的闲言碎语》（潮清）、《燕赵悲歌》（蒋子龙）、《小月前本》《鸡窝洼的人家》《腊月·正月》（贾平凹）等小说展示了在改革开放后古老乡土上升腾起的希望；《人生》（路遥）、《秋天的思索》《愁天的愤怒》《古船》（张炜）、《海祭》《鲁班的子孙》（王润滋）、《老霜的苦闷》《老人仓》（矫健）等小说对改革中出现的人性丑恶，历史进步与道德进步的二律背反等问题进行了严肃的思考……还有一个十分奇特的现象，那就是崛起于新时期的知青乡土小说创作。《世界》（晓剑、严亭亭）、《这是一片神奇的土地》（梁晓生）、《我的遥远的清平湾》（史铁生）《黑骏马》、（张承志）、《桑树坪纪事》《桑塬》（朱晓平）等作品，为新时期的乡土写实小说画廊增添了新的景观。

新时期的思想解放、文学创作环境的宽松、审美空间的拓展、艺术价值观的多元化，为长期饱受冷落的乡土抒情小说提供了新的契机。在乍暖还寒的早春时节，汪曾祺在《北京文学》1980 年第 10 期上发表了题材、风格不合于当时的文学主流的短篇小说《受戒》，开启了这一时期乡土抒情小说的先河。20 世纪 50 年代被誉为"文学神童"、"荷花淀派"的后起之秀的刘绍堂，在长久"蛰伏"后进入爆发期，接连发表了《蒲柳人家》《峨眉》《渔火》《京门脸子》《瓜棚柳巷》等作品，格调清新淳朴，乡土色彩浓郁，描绘了京东运河一带农村的新风光。此外，迟子建笔下的奇异而神秘的"北极村童话"，曹文轩绘状的如梦如幻的"草房子""红瓦"，张炜的瑰丽的"葡萄园"与纯净的"一潭清水"，史铁生的那片"遥远的清平湾"，梁晓声魂牵梦绕的"北大荒"那片"神奇的土地"，雁宁的《牛贩子山道》所营造的一股浓重苍老、古朴、原始的文化氛围，谢友鄞在《马嘶·秋诉》中状写的辽西地域风俗民情……使乡土抒情小说在对乡土生活、乡土风俗和乡土人的整体的观照下，从哲学上和美学上有了提高和深入。

（七）80 年代中后期至新世纪的乡土小说

80 年代中期以后，被称为"后新时期"。文学进入一个价值多元、流派林立、没有主潮的发展时期。乡土小说也呈现出多元与无序的格局，无论是寻根文学对乡土文化的发掘和对民族文化重建的尝试，还是所谓"新乡土小说"，都把人作为类的存在而进行的人与自然、人与历史、人与社会、人与他人、人与自我、人的本能、本质等哲学或人类学层面上的探讨。韩少功的《爸爸爸》、刘恒的《伏羲伏羲》、李锐的《厚土·吕梁印象记》系列、李杭育的"葛川江系列"、王安忆的《小鲍庄》《大刘庄》、贾平凹的"商州系列"等作品，使乡土小说达到了一个新的高度。进入90年代，乡土小说的格局更是多元共生。有研究者将其大致分为三类："90年代乡土小说创作的多元化是对传统乡土小说一元话语主导模式的超越和突破，由此带来了丰厚的言说话题。……乡土小说的多元化趋势：一现实乡土小说：生存世相个体发掘；二历史乡土小说：乡土历史的民间叙事；三理想乡土小说：融入大地的浪漫。这三方面的乡土小说分别呈现了不同的审美情调和价值取向，或是对于现实的世俗关怀，或是对乡土历史的文化追寻，或是对乡土情韵的理想讴歌等，共同构造了90年代乡土小说的多元文化景观……"[①]总之，无论是90年代初的"乡土文学现实主义冲击波"，还是世纪末的"乡土小说已呈颓势"的断言，都说明了乡土小说面临的复杂性，它在寻找新的突破口，在等待新的契机，在酝酿新的超越。乡土中国不可能一夜之间步入现代社会，中国农民也不会顷刻间完成思想意识与价值观念的彻底转变。乡土小说表现内容仍十分丰富，题材领域仍十分广泛，前景和未来仍不可限量。

以上是我们对20世纪中国乡土小说发展轨迹及其大体轮廓的简单描述和粗线条勾勒。

---

① 周罡：《论多元选择中的90年代乡土小说》，河南大学硕士论文，2001年，第1页。

第二章　古老乡土的理性审视

乡土写实小说中中华民族的传统文化实质上是一种"农业文化"或"农民文化"，它深深植根于中国乡土之中。无论是土地的所有者，还是土地的经营者，无不对土地怀有宗教般的乡土情怀。土地是他们的衣食父母，他们依赖土地而生存。这种依赖性和小农生产方式潜在地决定着人们世代相袭的生活方式、思维方式、天命观、宗族血缘观念、伦理道德观念及审美观念。在条块分割、界线分明的土地上，一切统筹性、协作性、社会性的工程如修建水利、交通设施，必须依赖于集权政治，于是在政治经济和思想文化上便形成向心力极大的"大一统"模式及依附性、听天由命的心态，渴盼明君、青官的青天意识，寄托希望于飘缈来世的因果报应观念。人们的文化习惯，不是靠模仿社会中最有创造性的人来提高，而是承传先人前辈之礼教。迄至近代，传统文化的"常数"受到工业文化的"变数"的冲击而开始裂变，旧有的一部分文化要死去，未来的新文化要诞生。但这种除旧布新的工程是巨大的，也是痛苦的；既是一场社会变革，更是一场思想观念革命。五四新文学敏锐地感受到了这种深刻的矛盾痛苦，开始了对乡土文明的理性审视和批判。鲁迅的乡土小说和在鲁迅影响下的乡土写实派小说以及废名、沈从文等人的乡土抒情小说，都是时代巨变、文化冲突的写照，显示出新的文化选择和文学自觉性。

一、古老乡土的理性审视：初期乡土写实派小说

随着五四新文学运动的发展和五四精神的深入人心，作家纷纷挣脱个人生活的小圈子，艺术视野不断拓展，题材领域进一步扩大，特别是在鲁迅乡土小说的影响和感召下，一批侨寓北京、上海等城市的青年作家，开始关注广阔的乡村，视线聚焦于贫苦的农民，于是，在1923年前后，在新文学社团流派蜂拥竞起的高潮中，文坛上出现了一个充溢着清新淳朴的乡土气息的乡土小说作家群，形成了一个引人注目的小说创作流派——乡土写实小说。

这是一个在新文学史上颇有影响的文学群体，也是在现代乡土小说发展史上值得大书特书的重要篇章。主要的作家作品有王鲁彦及其《柚子》《黄金》《菊英的出嫁》；徐玉诺及其《一只破鞋》《祖父的故事》；潘训及其《乡心》《晚上》《人间》；彭家煌及其《怂恿》《陈四爹的牛》《茶杯里的风波》；许杰及其《惨雾》《赌徒吉顺》《大白纸》；蹇先艾及其《水葬》《到家的晚上》《盐巴客》《在贵州道上》；许钦文及其《石宕》《父亲的花园》《小狗的厄运》《鼻涕阿二》《疯妇》；台静农及其《天二哥》《红灯》《新坟》《蚯蚓们》；黎锦明及其《复仇》《轻微的印象》；王任叔及其《疲惫者》《族长底悲哀》《孤独的人》；李霁野及其《嫩黄瓜》《微笑的脸面》等。

乡土写实小说的兴起并呈流派之势，有着其历史的必然性。首先，五四以后思想革命的进一步深入和文学观念的日趋完善，促使这批曾热衷于"问题小说"创作的青年作家由幼稚走向成熟。当他们回首审视自己过去的作品时，发现那些揭示"问题"重于形象塑造的小说不仅思想内容空泛，而且艺术底蕴单薄。创作视野的局限使题材领域狭窄，急于表达个人的新思想、新见解或热衷于发现"问题"、提出"问题"甚至捏造一个生活人物或细节去表现某一"问题"，难免使作品落入观念化的窠臼。小说不是社会调查报告，它的生命力在于艺术审美含量。所以有人尖锐地指出了当时创作上的两个突出

问题:"一是题材过狭,男女恋爱小说占十之八九,农村题材则极少;二是艺术表现上的观念化,人物都是一个面目的,那些人物的思想也是一样的,举动是一个样的,到何等地步说何等话,也是一样的。"[①]读者并不仅仅满足于从小说中看到某个激进尖锐的"问题",更需要在作品中读到更加广阔真实的社会人生。与社会思潮同步发展的文学观念趋向明确,"人的文学"旨在"从反面暴露现实中的非人生活";"平民文学"是"以普通的文体,写普通人的思想与事实……以真挚的文体,记真挚的思想与事实"[②];"为人生"的文学主张,"人生"内涵主要是指下层劳动人民……在这种文学观念的影响下,当时占人口绝大多数的农民的苦难进入富有社会良知和责任感的作家视野之中了。

其次,作家主体的心态与乡土写实小说的出现也有极大的关系。乡土小说的作家大都是生活在农村或乡镇而又在生活的挤压下被故乡抛出的侨寓现代都市的青年。在这里,他们最先感受到的是城市文化与乡村文化的鲜明差异,嘈杂拥挤的城市空间与旷阔宁静的乡野田园、重实际寡人情的城市人际关系与古道热肠乐于助人的乡间邻里交往、刻薄精明斤斤计较的城里人与宽厚朴实善良的故里乡亲等形成了强烈的对比。城市文化排斥着他们,他们原来的文化积习也很难在短时间内改变。这种不适应性让他们心中常常充满着痛苦,而愈是痛苦,便愈是思念熟悉的故土家园,无尽的乡愁流诸笔端,"原乡"于是成了新文学一个永恒的主题。但应当强调的是,乡土小说的作家们尽管在城市历经了追求幻灭的痛苦,却也接受了现代生活和现代文明的洗礼,接受了新文化新观念的滋养。他们眷恋故土,而感情并没有融化理性。他们以现代理性的目光审视自己所熟识的故乡村镇和乡间人物,作品具有强烈的文化反思和文化批判意识。

最后,最直接的原因便是鲁迅的示范和影响。沈从文后来总结说:鲁迅

---

① 茅盾:《评四五六月的创作》,《小说月报》,1921年第12卷第8期,第19页。
② 周作人:《平民文学》,《每周评论》,1919年1月第5号,第7页

"于乡土文学发轫，作为领路者，使新作家的笔，从教条观念拘束中脱出，贴近土地，挹取滋养，新文学的发展，进入一新的领域"。①20 年代中期出现的乡土写实小说家，有的是直接受业于鲁迅的学生如王鲁彦、蹇先艾等；有的是与鲁迅常有交往的文学青年如许钦文、台静农等；更多的是仰慕鲁迅，师法鲁迅的文学爱好者。以《疲惫者》博得众人赞誉的王任叔说："我们作为文艺学徒，总觉得鲁迅先生是文坛的宗匠，处处值得我们取法。"②他取笔名巴人，就是因为鲁迅发表《阿 Q 正传》时用过这一笔名，他的中篇小说《阿贵流浪记》，明显受到了《阿 Q 正传》的影响。被称为"乡土写实的后起之秀"的王鲁彦，谈到鲁迅对他们的影响时认为鲁迅"是大家的眼前浮露出来的一盏光耀的明灯，灯光下映出了一条宽阔无边的大道……"③可以说，鲁迅先生不仅开辟了中国乡土小说的天地，而且催生了第一个乡土小说高潮的出世。

乡土写实小说，以真实的艺术图画，再现了乡土中国的贫困、苦难和愚昧，再现了农民罹祸兵匪、典妻卖子、饥寒交迫的血泪人生和悲惨命运。《乡心》中的木匠阿贵从农村跑到城里，仍不免忍饥挨饿；《疲惫者》中的运秧，从少年就开始劳动，背大树压弯了腰，被人称为"运秧驼背"，40 岁了仍没有半点积蓄，无家无室，无房屋无田地，寄居庙里，沦为乞丐；《陈四爹的牛》中的周涵海，为陈四爹放牛，后因丢了牛怕东家责罚而投水自尽，一个人的生命竟不如一头牛值钱；《蚯蚓们》中的李小，为饥荒所迫，忍痛典卖妻子；《水葬》中的骆毛，因无力养活母亲，只好去偷东西，被人捉住了，活活沉进水里；《石宕》中穷苦的石匠为谋生不得不冒着随时都会有的生命危险开山取石，一块巨石塌下来，死的死，伤的伤，另有三个人被挤压在石缝中无法救出，"两天过去了，石宕里面仍然不绝地发出求救的呼声。这呼声已经变得这

---

① 沈从文：《沈从文人文三书》，刘红庆编，北京：新星出版社，2017 年，第 231 页。
② 巴人（王任叔）：《发刊词》，《鲁迅风》，1939 年 1 月，第 1 页。
③ 王鲁彦：《活在人类的心里》，《鲁彦散文选集》，沈斯亨编，天津，百花文艺出版社，2004 年，第 223 页。

样悲惨，村中人再也没有勇气走过那里去了"。更让人心碎的是，"过了不过半个多月，铎铎铎的用铁锤打击铁锥的凿石的声音，又从山底另一面起来，石匠们又去那里开石宕了……"明知有生命危险，但为了活命却不得不去冒险，这就是挣扎在死亡线上的中国农民的生存状况。还有《沉船》中葬身海底的理发匠及同船的贫苦农民……

在展示农民悲惨生活状况的同时，乡土写实小说对农民自身的愚昧、落后和精神麻木等性格弱点进行了剖析和批判。潘训的《晚上》写了一个农民的堕落。

农民高令本来精明强干，因为地主收回了租佃的土地，便吃吃喝喝游游荡荡，酗酒无度，打骂妻女，成了行尸走肉，活着的鬼。许杰的《赌徒吉顺》，写一个农民如何在赌博中消磨时光，丧失了人性：赢了钱吃肉喝酒，赌输了打妻骂子，不管妻子儿女的死活，最后把妻子也典出去。许杰的《惨雾》写了村仇械斗，血肉相连、毗邻而居的环溪村、玉湖村只为了开垦一块荒地的权利和村子的所谓名誉，便刀枪相见，你死我活。这种最野蛮的行径却被村人看成天经地义的事情，完全丧失了理性。蹇先艾的《水葬》不止让人们为"老远的贵州"的野蛮私刑和草菅人命感到震惊：更为"骆毛"们的精神状态震惊：骆毛偷东西被捉住了，要被人投入河里淹死，这是一幕残忍的悲剧，却让那些和骆毛一样贫穷的村人感到热闹、兴奋、刺激："小孩子们，薄片小嘴唇笑得合不拢来，两只小手比着种种滑稽的姿势……妇人们，媳妇搀着婆婆、奶奶牵着小孙女、姑娘背着奶娃……"都是为着热闹而来。更发人深思的是主人公骆毛，临死之际竟颇有几分豪气的宣告："再过几十年，不又是一条好汉吗？"让人想起了黄泉路上的阿Q。

旧中国落后乡村冷酷的封建习俗及农民的神麻木状态令人不寒而栗。王鲁彦的《柚子》中人们对于杀头的欣赏，许杰的《菜芽与小牛》中村人以对一个小女孩的精神折磨来取乐，王鲁彦的《阿长贼骨头》中阿长用摸妇女的奶子来报复史家桥人的举动……所有这些，难道仅用悲愤就能表达出作家的内心情感吗！在乡土写实派小说作家笔下，旧中国农民的精神疾病——愚昧、麻木、落后、保守、迷信、狭隘等都被无情地展示和理性地批判。

乡土写实小说还注意从特定的地域的陈规陋习描写中来表现农民苦难生活和病态灵魂。荒诞不经的"冲喜"（《烛焰》《出嫁的前夜》），骇人听闻的私刑"水葬"（《水葬》），带有原始血腥气的"典妻"（《赌徒吉顺》），"转亲"（《拜堂》），野蛮残忍的"械斗"（《惨雾》），荒谬迷信的"冥婚"（《菊英的出嫁》），没有廉耻的"借种"（《活鬼》）……一幅幅残酷、愚昧、荒谬的风俗画卷，成为20年代乡土中国的真实留影。

因为作家的特殊生活经历和表现领域的迥异，乡土写实小说呈现出鲜明的特征。首先，乡土写实小说的作家们有着共同"爱恨交织"的故乡情结。城市生活的不如意，他乡异地的苦难经历，往往成为他们牵挂家乡故土、思念旧朋故交的内在动力，回忆故乡和描写乡村生活成了他们缓解内心痛苦、倾诉浓浓乡愁的最好方式。无所傍依的漂泊感使他们越发思恋梦中的故土家园。因此在描写故乡生活风貌和美丽的自然风光时，富有诗情画意，又凝聚着一种悲凉的气氛。但他们毕竟接受了现代文明的洗礼，他们对故乡不仅仅是爱，更是一种理性审视后的"恨"，恨故乡的落后、愚昧、野蛮。作品既有浓郁的思乡情感，又有鲜明的理性光泽。对故乡的文化反思和文化批判是一种更高层次上的爱而不是恨。喜忧参半、爱恨交织是乡土写实小说的一大特点。其次，乡土写实小说在集中表现农村、农民生活的题材中，尤为注重展示特定地区的风土人情和乡风民俗，生活在不同地域的作家写出了不同地域的地理文化和民间习俗，从而呈现出具有地方色彩的自然环境和社会人文景观相交融而成的特点，具有乡村地理学、人类学、社会学、民俗学、文化学等认识价值。第三，乡土写实小说不是一般地叙述人物命运或为了猎奇而状写某一地区独有的自然风光及民风习俗，而是把人物命运深深地镶嵌在特定的地方心理和乡土状貌的背景下，来展现其性格和命运，使人物和景物在独特的乡土氛围中融为一体。由此可以发现，20年代兴盛的乡土小说因其独具的特征，在中国新文学史上留下了深深的足迹，更在乡土小说史上写下了光辉的一页。

被鲁迅亲切地称为"吾家彦弟"的王鲁彦，是乡土写实小说中成绩最显著的作家之一。王鲁彦原名王衡，又名返我，浙江省镇海县人。他的童年和少年时代都是在农村里度过的，因而农村的生活和人物成为他以后文学创作的素材和描写对象。1919年王鲁彦离开故乡到上海谋生。在五四运动的影响下，王鲁彦于1920年初来到北京，参加由李大钊、蔡元培等人创办的半工半读的勤工俭学组织——工读互助团。这期间到北京大学旁听，有幸师从于文学大师鲁迅，成为鲁迅的追随者。1923年，他发表了短篇处女作《秋夜》，开始了文学生涯。

王鲁彦创作态度严肃认真，勤于笔耕，至1944年8月病逝于桂林，共出版了《柚子》《黄金》《童年的悲哀》《小小的心》《屋顶下》《雀鼠集》《河边》《伤兵旅馆》《我们的喇叭》等9部短篇小说集；《乡下》《野火》中、长篇小说各一部，另有几部散文集，其创作达300多万字，成为乡土写实小说的中坚作家。

鲁迅曾用"对专制不平，但又向自由冷笑"[①]来概括王鲁彦初期创作的基调。

他的创作"闪露着地上的愤懑"，以冷静的观察、"冷活"的笔调描写"在野蛮的世界上"发生的种种近乎原始人的生活。《自立》《许是不至于罢》《阿卓呆子》《菊英的出嫁》等是早期乡土写实小说的佳作。《菊英的出嫁》通过

---

① 鲁迅：《中国新文学大系小说二集·序》，《鲁迅全集》第6卷，北京：人民文学出版社，1981年，第248页。

描写浙东地区的"冥婚"风俗来表现农民的原始信仰①。菊英在八岁的时候患有喉病死去了，10 年后，菊英 18 岁了。她母亲认为生活在那个世界的 18 岁的菊英该论婚嫁了，应该给菊英找个丈夫，成门亲事。经过辛苦的努力，她终于为菊英找到了婆家，找到一个早已死去，但命相八字相合的"女婿"。于是，菊英的母亲为菊英准备了讲究周到的嫁妆，双方家长按照最严格、最讲究的习俗和规矩，为他们早已死去的儿女操办婚事。作者用朴实、细腻的写实手法，真实地再现了浙东一带"冥婚"陋俗，使小说具有极浓厚、鲜明的乡土特色，并深刻地揭示出长期封建思想迷信毒害下，乡土农民麻木落后的精神状态，也透出了有钱人不惜重金巨资浪费在死人身上，而穷人则艰难度日的社会不平。

不同于其他乡土写实作家的是，王鲁彦的小说表现了农村中小私有者的破产和资本主义意识冲破了封建性的宗族伦理关系和宗法制社会的人情关系，而变成了以金钱为中心的道德规范和行为准则。《黄金》是这方面的代表作，它通过如史伯伯被邻人前恭后倨的对待，勾勒出"外来工业文明的波动"②下"陈四桥道德世界"的新变化。如史伯伯是当时农村社会中的中等人家，有田地房产，并在外面工作过，因而受到了村人的尊敬。但他年纪大了，不能出去挣钱，而儿子也没有及时寄钱回来，他家地位立刻一落千丈，倍受人冷落了；到邻家串门，误以为来借钱，先加防范；参加婚宴，遭人奚落，无人让他坐上席；女儿到学校上学，因为哥哥没寄钱来，遭到同伴孤立，老师无端责打；他心爱的一条看家狗，遭人毒手；店家来逼债，叫花子来勒索，小偷趁机来打劫……陈四桥的道德原则突现出来了："你有钱，他们都来了，对你神似的恭敬你；你穷了，他们转过背去，冷笑你、诽谤你，尽力地欺负你。"

①　令人惊异的是，半个多世纪后，李锐 80 年代的小说《合坟》所描写的吕梁山区"配阴亲"、王安忆 90 年代的小说《天仙配》叙述的西北山区"孙喜喜与小女兵"的"阴婚"，竟与王鲁彦笔下的"冥婚"如此相像，同出一辙。

②　茅盾：《王鲁彦论》，《小说月报》1928 年第 1 期，第 39 页。

实际上，趋炎附势、落井下石、痛打死老虎是中国人的传统劣根性；资本主义商业意识的冲击加重了农民以貌取人、用金钱衡量一切的价值观念。作品的高明深刻之处在于，如史伯伯本是这种道德原则的受害者，却同时是这种价值标准的认同者：如史伯伯梦见儿子升任大官，发了大财，原先欺负过他的人，一个个都来跪在他面前磕头求饶。还有《许是不至于罢》《自立》《阿卓呆子》等，都注意揭示人们的社会心理状态。王鲁彦始终坚持对农民落后精神的批判态度，在浓郁的乡土风情中开掘浙东农村在农业经济衰败的社会动荡中农民的心理变化，审美上偏重于对恶的丑陋的事物的深入体验，使乡土小说免于流入肤浅。

许钦文是较早出现的乡土写实小说家之一。"自名他的第一本短篇小说集为《故乡》，也就是在不知不觉中，自招为乡土文学的作者。"[①]他作品表现的主要对象，是广大的农村社会以及这片土地是挣扎生活着的不幸人们。除前面我们已介绍过的《石宕》外，《疯妇》具有独特的价值。它通过一个青年女子如何被逼疯、最后死去的悲剧，揭露了封建礼教的罪恶和媳婆关系的陈腐性，并在新文学史上，较早地表现了女性变态心理对同性的虐杀。双喜媳妇是一个孝顺、贤惠、勤快的女人，每天从早到晚褙锡箔赚钱，青春的生命在无休止的劳累中度过。她并没抱怨生活，但她婆婆却时时责备她。双喜在上海做学徒，每年在家里待不上一个月，年轻夫妻久别重逢，未免亲热一些，却不见容于她早寡的婆婆，连穿双粉红洋袜子都看不惯。丈夫又要出门了，双喜太娘在河边痴情地望着载了丈夫远去的河水，忘记了提来的菜篮和米箩，遭到婆婆的辱骂。她心情愁闷，不吃不睡，精神崩溃了，最终发疯死去。这既是一个家庭悲剧或社会悲剧，又是一个人性悲剧。婆婆早寡，对儿子的爱是双重的，既有母性的爱，又有女性的爱。儿媳的介入打破了这种自私、垄

① 鲁迅：《中国新文学大系小说二集·序》，《鲁迅全集》第 6 卷，北京：人民文学出版社，1981 年，第 246 页。

断的爱；双喜太娘实质上成了双喜母亲的潜在对手，即使她并没有明确地意识到这一点。在以后张爱玲的《金锁记》、巴金的《寒夜》中，我们都会看到类似的婆媳关系悲剧。媳妇死后，婆婆凄凉地哭坟。这样的描写似乎掩盖了这种人性悲剧，实则更深刻地揭示出在封建思想窒息下人性畸变而不自觉的麻木所酿成的罪恶。也许因为许钦文是鲁迅的同乡，所以他的小说多有鲁迅式的忧愤和沉郁的格调。如果说双喜太娘是一个受害者的悲剧，那么菊花则上演了一个既是受害者又是害人者的悲剧。许钦文在中篇《鼻涕阿二》中，细致地刻画了菊花的悲剧历程。菊花是一个体面人家的次女，却倍受家人歧视，被称为"鼻涕阿二"。夜校的一场恋爱风波，使她成了全家人鄙视的"贱小娘"。及至出嫁而丈夫死后，又被卖给有钱人做妾，成了一个地地道道的受害者。但菊花做妾后，却兴风施雨，持娇邀宠，虐待奴婢，从一个受害者变成了一个害人者。但她最终没有逃脱悲剧的命运，像她排挤钱师爷的大太太一样，钱师爷的新相好同样排挤她。钱师爷死后，她也在贫病交加中死去。菊花没有走出旧中国女性追寻个人尊严的怪圈，自我意识的获得就意味着自我意识的丧失。她的悲剧同祥林嫂的悲剧一样，具有很高的思想认识价值。

此外，寓居上海的许杰和彭家煌也是有影响的乡土写实小说家。许杰以描写浙东山乡民风强悍好斗的习俗和宗族观念见长，短篇代表作《惨雾》通过描写两个村落、两大家族之间的一场村仇械斗，展示出在争权夺利的背后更为深层的封建宗法意识和族权观念，表现了乡民们的愚昧是如何掩盖了腐朽的传统思想。他的另一代表作《赌徒吉顺》，在新文学史上较早记录了典妻的野蛮习俗，是柔石的《为奴隶的母亲》等此类题材小说的开端。身居上海十里洋场的彭家煌，忘不了他的"溪镇"，《怂恿》《陈四爹的牛》《喜期》《喜讯》等乡土小说都以溪镇为背景，既散发着乡土气息，又融进了时代精神。代表作《怂恿》通过描写因卖猪而引发的家族争斗，使人看到古老的中国在蜕变的进程中宗法观念是如何根深蒂固，人性如何扭曲为兽性。《怂恿》被认为是那时期最好的农民小说之一。另一短篇《陈四爹的牛》既控诉了那个人不如牲畜的黑暗社会，又批判了农民逆来顺受的性格弱点。

综观初期乡土写实派小说的创作，我们不难发现，它不但使当时的文坛发生了很大的改观，并且对以后的乡土小说发展产生了重大的影响。应当看到，由于不同作家对农村生活熟悉程度的差异以及心理气质的不同，作品的水平也参差不齐，高低不一。

二、时代风云荡起的浪漫激情：普罗乡土写实小说

1927 年不仅是中国现代政治革命史上的分水岭，而且也是中国现代文学史上的一个分水岭。这一年，国民党反动派发动了"四一二"反革命政变，促使中国共产党和人民群众在悲愤中进行历史性的反思，思索革命失败的原因，寻找今后的道路。于是就有了政治军事革命从城市向农村的战略转移，开始探索"农村包围城市"的道路；也就有了文化思想战线上普罗文学运动的兴起。

与 20 年代的乡土写实小说作家不同的是，普罗文学作家不再用人道主义的目光审视农村，而是从阶级的视角，用革命的激情，呼唤原野大地奔涌的烈火，感受乡土的咆哮与震颤。

20 世纪 30 年代以后，中国的殖民地半殖民地程度不断加深，帝国主义的军事侵略与经济侵略和国民党反动派的残酷统治，加剧了农村经济的破产，农民生活日益贫困。社会剖析派乡土小说就像一柄犀利的手术刀划过乡村原野，对中国农村畸形的经济状况进行了细致入微的剖析，深刻地提示了农民破产的原因并指出了中国农民未来的出路和前景。"九一八事变"以后，国民党政府妥协退让的不抵抗主义政策，致使东北三省沦丧于日本帝国主义的铁蹄之下，东北人民陷入水深火热之中，遭受着异族侵略者和汉奸伪政府的双重压迫和蹂躏，肥沃的黑土地上血流成河、白骨如山。但是勇敢的中国人民

是不甘做亡国奴的，抗日的烈火燃遍了北国的白山黑水，不屈的身影活跃于林海雪原。东北作家的笔下咆哮着农民的呼喊，奔涌着抗日的烈焰，塑造出他们"对于生的坚强，对于死的挣扎"的光辉形象。这一时期的乡土写实小说有了新的突破和发展，表现农民阶级意识、民族意识的觉醒和觉醒后的抗争成了作品的主题。乡土大地上不再仅仅是血泪的流淌、痛苦的呻吟、绝望的叹息，农民也不再像阿Q、祥林嫂那样麻木、愚昧、逆来顺受。原野上风雷滚滚，烈焰奔涌；多多头（《残冬》）、云普叔（《丰收》）们醒悟过来，投入到革命的洪流之中，二里半（《生死场》）终于离开了他的山羊，参加抗日队伍去了。文学的社会使命感与时代精神更加显扬，较之20年代有了很大的进步。可以说，这一时期的乡土写实小说开始形成了新规范，直接影响到40年代解放区小说以至1949年后50年代的乡土写实小说，其积极作用和负面效应都非常明显。

将普罗文学中的农村题材小说纳入乡土写实小说的研究框架中，似乎有些勉强，仅就乡土风情的书写与描绘上讲，也许它们就算不上严格意义的乡土小说。但是，历时半个世纪之久、作品数量惊人、大规模表现农民阶级意识、阶级斗争主题的乡土写实小说毕竟从此起步，因此，无视普罗乡土小说的存在，将会有损于20世纪中国乡土小说的整体性。

普罗乡土写实小说兴起于20年代末，终结于30年代初。作为一个小说潮流，它的出现是特定历史时期社会政治思潮的产物。"普罗"即"革命"的法语译音"普罗列塔利亚"的缩语，普罗小说即是革命小说。"革命文学"的口号，早在20年代初就提出来了。1921年曾有人指出："当今一般青年沉闷时代，最需要的是产生几位革命的文学家，激刺他们底感情，激刺大众底冷心，使其发狂、浮动，然后才有革命之可言。我相信今日中国革命能否成功，全视在此间能否产生出几个革命的文学家。"① 中国共产党成立后,不少党的理论宣传工作者,都十分重视革命文学的倡导。早期共产党人邓中夏、恽代英、萧楚女、李求实、沈泽民等先后在《中国青年》周刊和上海《民国日报》副刊《觉悟》上,重申了对革命文学与革命文学家的渴望,要求青年们认清自己的社会环境和历史使命,将新文艺的创作与中国社会的政治革命联系起来,与反封建的革命斗争联系起来。十月革命之后,俄国与苏联革命文艺运动与创作也直接影响了对革命文学的要求,瞿秋白的《劳农俄国的新作家》、蒋光慈的《无产阶级革命与文化》等,从各个方面介绍了十月革命以后俄国革命文学的运动、理论、作家及其创作状况,对当时中国的革命者和一部分文学家都有很大的启示。1924 年底到 1925 年初,沈泽民与蒋光慈先后发表的《文学与革命的文学》和《现在中国社会与革命文学》,就是这种影响下的早期革命文学的理论纲领。几乎同时,郭沫若、成仿吾等人也提出了类似的主张。1926 年,中国共产党领导下的一些报纸杂志,更多地进行了革命文学的宣传,全国各地出现的一些从事革命文学倡导的文艺社团和刊物,也开始宣传革命文学的主张。加之当时轰轰烈烈的北伐革命形势的推动,革命文学逐渐成为一个在文学界影响巨大的文学思潮和文学主张。

1927 年大革命失败后,成千上万的革命党人和革命群众倒在血泊中,幸存者除了投敌变节和吓破胆子的人之外,都以无比的愤怒投入新的革命斗争。太阳社、创造社倡导的无产阶级革命文学运动,就是继续革命的另一条战线。普罗文学的兴起,既是文学历史发展的要求,也是时代对文学的要求,更是社会政治事变刺激下革命作家的逆反心理反映。敌人越是残酷,我们就越是勇敢,越是明确表明无产阶级文学的阶级意图,越是充分发挥革命文学宣传阶级意识、阶级斗争的作用。因而,普罗乡土写实小说的兴起,是提倡革命

---

① 郑振铎:《文学与革命》,《郑振铎文集》第 4 卷,北京:人民文学出版社,1985 年,第 215 页。

文学大环境的产物，是斗争形势要求革命中心的战略转移，即从城市转向农村的产物，同时也为普罗乡土小说创作提供了广阔的表现空间。

在革命文学大潮中，乡土小说的创作不再着眼于乡土世态人情的描绘，不再"隐现着乡愁"低吟浅唱田园牧歌，或表现乡村的凋敝、破败，而是迅速反映农村的革命风暴和农民的反抗斗争。主要作家作品有蒋光慈和他的《咆哮了的土地》、华汉和他的《地泉》三部曲、洪灵菲和他的《大海》、戴万平和他的《村中的早晨》、刘一梦和他的《雪朝》、孟超及其《盐务局长》、丁玲及其《水》等。这些作品在描写农民苦难生活的同时，突出表现他们在激烈的阶级斗争中，革命意识的觉醒及觉醒后的反抗和斗争，是普罗乡土写实小说的主要思想内容。华汉的《深入》描写了农民不堪压迫而奋起抗争的农民暴动。贫苦农民老罗伯因缴纳不起地主的田租，父子俩被田主勾结官府投入监狱。出狱后，新的缴租期限又快到了，老罗伯在走投无路之际，认识到只有斗争才会有出路，他决心拿这条老命去拼了。但他并不是像旧式农民那样单枪匹马地去反抗，他认识到了群体的力量，阶级的力量。在农会主席江森组织的四村农民抗租斗争中，老罗伯冲在前面，在攻打地主的庄舍时，他奋勇作战，不怕牺牲。儿子战死了，他也负了伤。但老罗伯不后悔，不动摇，他说："为了我们自己的衣食住，为了我们大家的衣食住，为了我们大家的子子孙孙的衣食住，我们用不着怕，用不着哭，我们只有拿我们这一点一滴的热血去拼啊！"觉醒之后农民斗争的坚决性，对封建剥削阶级的仇恨，组织起来的巨大力量，未来所必须走的道路，在小说中得以充分的体现。洪灵菲在中篇小说《大海》中，为我们展示了一幅南方农村革命斗争的壮丽画卷。三个被旧社会压迫得生活扭曲的贫苦农民，在苦难中挣扎，借酒来麻醉自己，消解痛苦。锦成叔是三个人中的强者，他有力气，有胆量，对社会有着一种原始的、近乎本能的不满，他鄙视金钱，认为金钱不是好东西。他嗜酒，认为酒才是好东西。这种人生观是对社会绝望的一种消极反抗。而裕喜叔则是一个被生活击倒的农民。他曾经健壮活泼，是劳动的一把好手。但多子、重租使他的力气没有了用场，地主抽出了田地。他愁苦哀伤，破罐子破摔，把六个儿子都卖了买酒喝，老婆没饭吃沿街乞讨他也不管。另一个酒友鸡卵兄同样在生活的重压下穷困潦倒，迷上了喝酒。三个人忍无可忍，终于走向反抗的道路。但没有组织起来的农民自发反抗注定要失败，放火烧屋的举动不会从根本上动摇地主阶级的统治，只有依靠阶级的力量，依靠大家的力量，农民才能取得真正的胜利，彻底地翻身。经过了阶级斗争的洗礼后，农村出现了改天换地的新气象，这三个酒友也有了新面貌：裕喜叔在分得的田地里辛勤劳作；鸡卵兄忙于宣传革命；锦成叔认识有了提高。小说对农民如何走向新生做了艺术的反映。此外还有刘一梦的《村中的早晨》，通过一个对革命还缺乏理解的农民老魏找儿子的故事，描写农村激烈的阶级斗争和革命者公而忘私、出生入死的英雄主义精神。孟超的《盐税局长》也写了盐民不堪盘剥，奋起抗税造反的革命斗争。

普罗乡土写实小说不仅突出了阶级意识、阶级对立和阶级斗争，而且第一次在乡土小说中表现了中国共产党对农民的发动、组织和领导，塑造了党的形象，突出了党的作用。在当时血腥的白色恐怖中，确实显示了普罗作家的勇气和普罗小说鲜明的政治色彩和战斗风格。蒋光慈在《咆哮了的土地》中，成功地塑造了革命者张进德和李杰的形象。矿工张进德出身农村，曾从事过工人运动。为逃避敌人的迫害他回到村里，但他依然保持着革命者的本色，积极发动群众，开展群众工作，为迎接革命高潮做好准备。当革命风暴咆哮在大地上时，他勇敢地领导农民向土豪劣绅做斗争，武装农民、教育农民，将革命引向深入，最后英勇牺牲。李杰是一个出身地主家庭、投身革命的知识分子。在革命过程中，他比张进德需要经受更多的考验，长期优裕的生活形成的卫生习惯使他难以一时间与农民同吃同住；知识分子的虚荣心所带来的名利思想；对母亲的怀念和对年幼妹妹的疼爱使他一度难以决断……

但是，他最终经受了考验，逐步成长为一个坚强的革命者。

普罗乡土写实小说中的农民形象都是新的，而这两个形象却有更深远的意义，为以后的乡土写实小说提供了宝贵的经验，做出了有益的探索。蒋光慈明确告诉"读者诸君，你们在我们这里或者不能发现你们爱看的风花雪月的小说，不能听见你们爱听的情人的恋歌——而所有的只是粗暴的叫喊！但你听，霹雳一声的春雷何曾有什么节奏？卷地而来的狂风何曾有什么音阶？我们所处的时代是暴风雨的时代，我们的文学就应该是暴风雨的文学"。① 这最能代表普罗乡土小说的格调。这是一种涌动着暴风雨般激情的文学，是不加雕琢的粗线条的艺术品，是激情笼罩着、贯穿着、支配着的心灵激荡。意识化、社会化了的激情表现为对敌人的强烈控诉和谴责，表现为对火热激烈的斗争画卷的描绘，表现为对农村革命的热烈赞美，表现为对农民形象的理想化描绘和对英雄主义精神的弘扬，表现为对未来理想社会的热烈向往。这种狂涛巨浪般的激情，传达出时代的强音和革命的力量，使普罗乡土写实小说迥异于乡土抒情小说，有一种力的美，有一种粗犷的质感。

正像江河奔涌不免夹带泥沙一样，普罗乡土写实小说的不足是非常明显的。普罗作家对国民党反动派背信弃义、血腥屠杀的激愤，对革命胜利过于急切的渴盼，对于马克思主义理论的生吞活剥，加之知识分子所特有的浪漫激情，都消融了他们创作时应必须注重的理性。他们笔下的乡村和农民，离当时真实的社会现实尚有较大的距离。几千年来封建思想文化在农民身上的厚重积淀及他们在觉醒、转变过程中的痛苦、艰难没有充分地表现出来；农村革命的残酷性、长期性、艰巨性也没有揭示出来。人物性格的发展符合革命的逻辑而不符合历史的逻辑，似乎一夜间就从沉睡中彻底醒悟了，农民思想转变的过程没有令人信服的展现，只有结果而没有前因。在辛克莱"一切

---

① 阳翰笙、李一氓：《前言》，《流沙》创刊号，1928 年 3 月，第 1 页。

的艺术，都是宣传"的观念影响下，普罗乡土写实小说只强调阶级的"真"，而不讲究艺术的美；只强调作品的宣传效果而较少顾及作品的审美意识，罗列大量的新制度、政策、法令的条文，让人感到与其说是小说，倒不如说是革命讲义，似乎是梁启超《新中国未来记》的阴影重现，是思想大于形象的弊端重演。一种锋芒毕露的，带有强烈的"左"倾政治意识的革命罗曼蒂克倾向十分明显，公式化、模式化的问题非常严重。历来为人诟病的"革命 + 恋爱""光赤式的陷阱"——模式在作品中表现突出，尤其是在其他题材的小说作品中几乎泛滥成灾。由于他们较少从事农村革命工作的实践经验，很难真正进入农民的内心世界，而农民的传统惰性、精神负担、负面积习、心理障碍等，在他们以革命者的主观逻辑推理中统统迎刃而解；中国革命道路的曲折被他们理想化地拉直了；残酷的革命斗争成了一场罗曼蒂克的冒险和乡土传奇。教训无疑是深刻的，但它毕竟是乡土写实小说史上值得书写的一笔，是乡土写实小说发展不可跨越的一个过渡。

三、犀利的手术刀划过原野：社会剖析派乡土写实小说

历史的进步以历史的灾难为代价，历史的灾难以历史的进步为补偿。20年代后期的社会动荡引起了文学的思考和反应，结果之一便是带有强烈政治色彩的普罗文学的兴起。进入 30 年代以后，民族矛盾和阶级矛盾日趋尖锐激烈。首先，1929 年前后，资本主义国家爆发的世界性的经济危机很快影响到中国，为了转嫁经济危机，帝国主义国家对中国实行商品倾销，加大经济侵略和军事侵略，造成了民族工商业的破产和农村经济的解体。其次，代表大地主大资本家利益的国民党政府为了维护其反动统治，加重了对农民的盘剥搜刮。吏治腐败，贪官污吏横行，政局动荡，社会混乱，军阀混战，兵匪如毛，民无宁日……所有这些，使 30 年代的农村不仅没有出现普罗乡土写实小说所描绘的革命成功的理想社会，相反，革命过后的农村却陷入了经济萧条、

农民大量破产、生活更加贫穷、痛苦的灾难中。残酷的现实消解了普罗作家带有幻想成分的浪漫主义激情，代之以从阶级意识、阶级分析的角度去理性审视当时的社会现实。马克思主义学说的影响不断扩大，尤其是中国左翼作家联盟在上海成立后，开始系统地翻译、介绍、研究马克思主义文艺理论。"左联"成立了马克思主义文艺理论研究会，冯雪峰、瞿秋白、鲁迅等人都有翻译、介绍马克思主义文艺思想的著作、论文出版和发表。左翼文学试图与中国实际相结合，建设有中国特色的马克思主义文艺理论，指导作家的创作。以马克思主义思想为指导，用唯物辩证法创作方法，对社会人生做深入细致的阶级剖析，并以小说的形式予以艺术的展示，逐步成为一股文艺思潮，一种创作风气，出现了许多优秀的作家作品。茅盾、叶圣陶、王统照、王鲁彦、吴组缃等文坛宿将实力雄厚；叶紫、柔石、沙汀、艾芜、张天翼等文坛新秀出手不凡。因此创作了许多乡土写实小说的经典篇章——既有《山雨》《野火》《山野》《故乡》等鸿篇巨作，也有《春蚕》《多收了三五斗》《丰收》《一千八百担》《航线》《兽道》《丰饶的原野》《脊背与奶子》《石青嫂子》等短篇杰作，塑造了奚大有、章三官、老通宝、多多头、华生、线子嫂、王小福、云普叔等一大批栩栩如生的人物形象，为我们提供了一组详尽精确的社会状况、性质、特点的分析图谱。除茅盾等少数作家对城市进行了剖析外，绝大多数作家致力于分析描写当时的农村社会，形成了 30 年代乡土写实小说的繁荣局面。

在神圣的历史使命感和庄严的社会责任感的驱使下，以阶级论作为武器，以理性精神从不同角度观照农村的凋敝、破败，农民的破产、苦难以及觉醒、反抗，剖析宗法制社会的瓦解和封建伦理世界的倾覆，是 30 年代初期社会剖析派乡土写实小说作家努力的主要方向。

茅盾的"农村三部曲"——《春蚕》《秋收》《残冬》、叶圣陶的《多收了三五斗》、叶紫的《丰收》、吴组缃的《天下太平》、夏征农的《禾场上》等作品，从政治经济学的角度，将触目惊心的"谷贱伤农，丰收成灾"的荒唐社会现实及其根源——帝国主义经济侵略和封建地主阶级残酷压迫而导致的农村经济破产——真实地揭示出来。

在开始创作前已久涉文坛、具有深厚文学功底和理论素养的茅盾，出手不凡，他的"农村三部曲"可谓此类作品的代表，他塑造的老通宝这个农民形象称得起典型。老通宝是一个本分的老一代农民，他勤劳质朴、忠厚老实，以自己的血汗换回温饱，寄希望于脚下的土地。他的人生信条是："只要一次好收成，乡下人就可翻身。"在他身上，中国农民节俭、吃苦、能干的传统美德和优良品质得以集中体现。为了春蚕的丰收，全家人少吃一顿饭，省下钱买来专门的糊窜纸来精心地糊蚕窜；虔诚地拿一头大蒜，涂上泥巴，放在蚕房的墙脚边，预测收成的好坏；把最后的一块桑地作抵押借了三十块钱的债买桑叶。一个多月忍饥挨饿，几乎搭上了老命，终于获得了好收成，比往常多收了二三成。丰收带来了希望，带来了欢乐，"全家立刻充满了欢笑。现在他们一颗心定下来了！宝宝们有良心，四洋一担的叶不是白吃的；他们全家一个月的忍饿失眠总算不冤枉，天老爷有眼睛！"然而，正像那头"大蒜"不灵验一样，蚕花丰收并没像过去那样给老通宝带来幸运。帝国主义军事侵略引发的战事，使"比露天毛坑还多的蚕厂一齐都关了门不做生意"，外来蚕丝的倾销使"那些雪白发光很厚实硬古古的"上好茧子没人要，往年像走马灯似的在村里巡回的"收茧人"鬼影也没有，而来了债主和催粮的差役。蚕养得愈多，愈好，就愈加困难。"老通宝家为的养了五张布字的蚕，又采了十多分的好茧子"，所以受的损失也就更大，"就此白赔上十五担叶的桑地和三十块钱的债！一个月光景的忍饥熬夜还不算！"有悖常理的丰收成灾的荒唐现实，彻底打碎了老通宝们对于土地的深厚期冀和靠勤劳来改变自身命运的幻想。作品深刻地揭示出帝国主义的军事侵略和经济掠夺是直接促使中国农村经济破产的主要原因。但是，作品并没有仅仅停留在这一个方面上，同时也剖析了农民自身的原因。老通宝是几千年来封建土壤上生长的老中国的儿女，既有勤劳善良、节俭、笃实、艰韧不拔、吃苦耐劳的一面，也有迷信、保守、盲目、仇洋排外的一面。他认为家庭的败落是被他祖父不得已杀掉的"长毛鬼"在阴间告状的报应；"每逢旧历朔望，老通宝一定要到村外小桥头那座简陋不堪的'财神堂'跟前磕几个响头，四十余年如一日"；去年蚕花不好，他认为那是用报纸糊了蚕箪"不惜字纸"的结果；他严厉禁止儿孙与绰号"白虎星"的荷花接近，以防冲撞了"蚕花太子"；他把命运押在那头占卜凶吉的大蒜上，信天，信命，事法守天，没有自我意识，缺乏变革观念，他的失败是注定的。老通宝恨洋人，他知道"铜钿都被洋鬼子骗去了"，但"洋鬼子怎样就骗了钱去，老通宝不很明白"。尽管不明白，却仇恨洋鬼子的一切，关于洋种土种，老通宝和儿媳吵了架，他认为洋肥田粉是毒药，洋水车是泥鳅精，会吸走地气。从政治上讲，老通宝是个朴素的爱国主义者，"自从镇上有了洋纱、洋布、洋油——这一类洋货，而且是更有了小火轮以后，他自己田里生出来的东西就一天一天不值钱，而镇上的东西一天一天贵起来。他父亲留下来的一份家产就这么变小，变做没有"的严酷现实，使他本能地仇恨帝国主义的经济侵略。从另一个角度看，他所排斥和拒绝的是一种先进的现代工业文明，是对他不熟悉的商品经济规律的仇视，在养蚕是洋种还是土种的选择争吵上，更突出地表现了这一点。由于历史的原因，老通宝这一代农民身上盲目仇洋排外的"义和团"情结愈加浓厚，这是建立在自给自足的小农自然经济基础之上陈旧保守心态的体现。农村自然经济的破产，是与农民忽视商品经济规律作用分不开的。直到《秋收》中他临终时对儿子多多头说："真想不到你是对的！真奇怪"时，也不能说他已获得了新观念，新意识，已经彻底醒悟了，只能说明他对传统的观念和生活方式产生了怀疑和动摇，对未来生活感到绝望，只能说他已经有所觉悟。但让老通宝这样的旧式农民彻底告别过去是非常艰难的，作者将希望寄托在多多头这样的青年农民身上，应当说是符合当时农民的真实状况和历史事实的。

与茅盾、叶圣陶侧重于从帝国主义经济侵略来剖析农村经济破产有异曲同工之妙的是，叶紫着重从国民党反动政府的腐败统治和地主劣绅的强取豪夺来展示农民的贫困破产和觉醒反抗。《丰收》中的主人公云普叔是和老通宝一样的旧式农民，他信天、认命，寄希望于上天的保佑及付出了巨大劳动的土地的回报，甚至是老爷大人们的大度与可怜上。去年春分前后，也是这样奇寒多雨，结果秋收季节暴雨成灾，庄稼颗粒无收，失掉了仅有的一间房屋，全家住进了祠堂里，连青草都吃光了，只好吃观音土。饿死了老父亲和一个六岁的儿子虎儿，卖掉了十岁的女儿英英。如果今年同去年一样，这个八口之家还不知道再去几个人。所以当清明时节连日冷雨，寒气袭人时，云普叔立刻陷入了极大的恐惧之中。但老天爷并没有过分与云普叔为难，天气暖了，顺利地插下秧苗。夏旱，洪水，统统让云普带着一年来未吃过一顿饱饭的儿子战胜了。稻谷金黄，丰收在望，云普叔满面笑容，从此便觉得自己已经在渐渐地伟大。而且，丰收也让云普叔对未来充满了希望："开始一定要饱饱地吃它几顿，孩子们实在饿得太可怜了。应当多弄点菜，都给他们吃几餐饱饭，养养精神。然后，卖几担出去，做几件衣服穿，孩子们穿得那样不像个人形。过一个热热闹闹的中秋节，把债统统还清楚，剩下来的留着过年，还要预备过明年的荒月，接新……立秋少普都要定亲，给他们每个都收一房亲事，后年就可以养孙子，做爷爷了。"……

一个农民最高的理想就是如此：吃饱、穿暖、传宗接代。这理想的实现要靠丰收，还要靠大人老爷们的恩典。安分守己的云普叔还办了一场"打租饭"。然而云普叔的希望都化作了泡影。官家的各种苛捐杂税，地主何八爷李三爹的残酷盘剥，云普叔用命换来的 150 担的稻谷，被抢得一粒不剩还欠着三担三斗五升！望着自己"黄黄的，壮壮的谷子，一担一担地从仓孔中量出来，云普叔的心中，像有千千万万利刃在宰割。眼泪水一点点地淌下，浑身阵阵地发颤。英英满面泪容的影子，蚕豆的滋味，火热的太阳，狂阔的大水，观音粉，树皮……都趁着这个机会，一齐涌上了云普叔的心头"。无情的现实一下子把他的希望、理想、信念打倒了，他大叫一声，横身倒地，口中吐出了殷红的鲜血……作者以强烈的爱憎，真实地反映出在政府腐败统治和地主疯狂压榨下农民破产的现实。云普叔比老通宝有进步，他不再责骂立秋，开始相信立秋的道理。在《丰收》续篇《火》里，云普叔不仅支持儿子立秋参加武装抗租斗争，自己也积极地投身到反抗斗争的行列。老中国的儿女终于觉醒了，乡土大地上现出了一缕曙光。

夏征农的《禾场上》同样展示了旧中国农村阶级压迫的残酷现实，表现了农民在经济上受盘剥，人格上受凌辱，最终走上生活绝境的悲惨命运，尤其是揭露了地主阶级的荒淫无耻和对农民的人身伤害。田主郑老板的爪牙范先生是个有名的"石灰桶"，色情狂，他企图奸淫农民泰生的女人，欺负捡禾穗的老妇人，调戏村中年轻的女人。对泰生家栽赃诬害，加租索债，把五十余担稻谷搜刮一空。泰生因丰收而产生的希望破碎了，又要像往年那样在饥饿死亡线上挣扎。

20年代以《沉船》在乡土写实小说中显示实力的王统照，于1933年出版了长篇小说《山雨》，以凝练深厚的笔触描写了30年代初在帝国主义经济侵略和国内军阀的残酷压迫下，我国北方广大农村经济崩溃、农民破产和不断觉醒的心灵历程，预示出"山雨欲来风满楼"的革命趋势。小说的主人公奚大有是一个"靠地吃饭、安土乐业"的农民，他认为只要赤背流汗与土地相拼，就不会没有好日子过。但进城卖菜时挨打、被罚款的遭遇，使他意识到自己被压迫的社会地位。随之而来的政府横征暴敛，军阀混战，兵匪祸患，老父亲被逼卖地忧愤而死，使他性格思想发生了巨大变化，由忠厚老实倾向激烈冒险，靠地吃饭的信念也开始动摇。他终于卖掉了土地，远走他乡。作品的深刻之处还在于奚大有仍幻想着有朝一日回到土地上去，重操旧业，表现了农民对土地难以割舍的依赖和农民彻底觉醒的艰巨性、长期性。这样，茅盾等人对南方水乡和王统照对北国乡村的剖析研究，形成了30年代中国农村完整的立体透析图，为了解那段历史的真相提供了乡土文学档案。

社会剖析派乡土写实小说在揭示农民破产的同时，还表现了农民，尤其是青年一代农民的反抗和斗争。与普罗乡土写实小说不同的是，社会剖析派乡土写实小说细致地描写了农民觉醒所必须克服的心理障碍和精神负担，描写了农民观念转变、心理变化的艰难性和曲折历程。经济破产给农村社会造成的巨大震荡，必然会带来人们思想观念、价值观念、道德规范、伦理关系、宗族制度的变化和扭曲。

吴组缃从社会伦理学的角度，在《樊家铺》《一千八百担》中，为我们展示了这种变化和扭曲。我们的祖先是从蒙昧中进入文明时代的，人与人之间的关系是一种以血缘关系为基础的上尊下卑的伦理道德关系。重亲情、讲孝道、明伦理，是中国人传统的道德规范和行为准则。然而在30年代，这种规范和准则遭受了严峻的挑战，日益恶化的社会政治生活和经济破产扭断了人际血缘伦理的维系。《樊家铺》给我们讲述了一个血淋淋的"女儿弑母"的悲剧故事。小说的主人公线子嫂在地处城乡的交通要道上开了间小铺面，昔日车水马龙，客人来往不绝，生意尚可；如今战火不断，民不聊生，小铺已无生意可做。线子嫂的丈夫小狗子租种了城里赵老爷家的田，租重收薄，无力完租。线子的母亲在赵家做用人，不肯拿钱帮助女儿。小狗子深感无望，认为在这个杀人不见血、吃人不吐骨的社会里，"你不杀人，人就杀你"。于是开始了本能的、直觉的、自发的求生行动，结伙抢劫别人的财物，结果被抓去投入大牢。而深受传统观念影响的线子的母亲却觉得，自己的女婿既还不起她主子家的债，又做了抢犯关进监狱，实在让她丢脸没面子，她宁肯拿钱到城里"摇会"，也不愿拿钱去救女婿。由此母女反目成仇，亲情荡然无存。线子嫂救丈夫心切，趁母亲睡下想悄悄地把钱找出来，不料被母亲发觉了，两人在争夺中，线子嫂对母亲的绝情，对社会现实的绝望，使她丧失了理性，用烛台上的铁签杀死了母亲。惨剧就这样发生了。是什么使线子的母亲没有了母爱，如此绝情？又是什么使线子嫂丧失了人性，如此残忍？谁是悲剧的制造者？到这里，小说的社会价值得以凸显：正是城乡经济的严重破产，扭曲了正常的人性，割断了人与人之间温情脉脉的伦理之情，瓦解了这个以名教伦常为纲的社会。

聚族而居是宗法制中国农村的一大特点，也是血缘扩大化的产物，由此而派生出来了家族文化、宗法制度，即族权。它是中国农民身上的一大枷锁。在风雨飘摇的社会动荡中，宗法社会的分化、瓦解、崩溃，直至被送进坟墓已是不可避免的。吴组缃截取了现代乡土中国社会现实生活的一个横断面，在集中而紧凑的时空内，为我们展示了富有时代特征的农村宗法社会的倾塌和贫苦农民的新生。

《一千八百担》描绘了这样一个极具戏剧性的故事：农历七月十五日大雨过后，有着"五世同堂，百岁齐眉，科甲齐全"光荣历史的宋氏大家族各房各家的房头户主们陆续聚集在宋家大宗祠，商量如何处置去年义庄宗祠存下的一千八百担稻谷。义庄管事柏堂表面上主持公义，为族人着想，实际上却侵吞宗族公产，往自己腰包里捞钱。他本想着囤积这一千八百担稻谷居奇，赚他一笔，但外国粮食的倾销使稻价大跌，让他乱了阵脚。宋氏家族的头面人物各怀鬼胎，都想侵吞这份公产：商会会长想拿稻谷填补因生意失败，债务发作的亏空；在省城教书的叔鸿因乡绅破产，他的存款成了"死钱"，借出去的钱本息全无，自家油坊倒闭，茧业蚀本，无力养家还债，想用这批稻谷弥补上去省城的盘川；老实可怜的塾师先生想在这批稻谷里"靠"三亩田契；满嘴花白胡子的耆老想在这批稻谷里分沾"古稀俸"……真正实权人物培英小学校长和区长在密室中争执不休；一个要办教育，增加学校经费；一个要建保甲队。一文一武，互不相让，都想经手这批稻谷，水过地皮湿，沾点油水。然而，正当人们吵吵闹闹，唉声叹气，甚至大打出手，各执一词，等待可以独断专行的宗族尊长日斋叔时，宋氏家族的叛逆子孙竹堂领着一群衣衫褴褛的汉子、满脸菜色的女人与孩子，冲进后堂仓房，蜂拥而上抢走了一千八百担稻谷，只剩下住宋祠堂的小厮伏在石阶上呼宗唤祖。祠堂是族人供奉祖先的地方，也是族权的象征。作者将笔触深入到维持当时中国特定的宗法社会结构内部，巧妙地抓住家族祠堂这一富有传统文化特征的场所，通过对祠堂内发生的这场闹剧的生动描绘，形象地反映了 30 年代宗法制农村的阶级分化和族权文化的崩毁。

与 20 年代乡土写实小说明显不同的是，社会剖析派乡土写实小说特别关注土地问题，表现出农民由原来"恋土"到"弃土"倾向。几千年来，农民依靠土地生存繁衍，土地就是一切，土地对辛勤劳作的回报——丰收，就是农民最大的期望。而当丰收带来的不是幸福而是灾难的时候，农民不仅改变了人生信条，而且也动摇了对土地的信念。人们不再眷恋，依赖土地，他们甚至这样说："这年头，田是个倒霉东西，是个瘟神，谁见了，谁怕。"

残酷的社会现实逼使农民产生了弃土的念头："田真个种不得了！退了租逃荒去吧。我看逃荒倒是满写意的。逃荒去，债也赖了，会钱也不用解了，好计策，我们一起去。"（《多收了三五斗》）农民土地观念的变化，首先是对"丰收成灾"的畸形经济现实的一种无奈，其次才是对社会制度的不满和怀疑，以及由此而生的觉醒和反抗。但我们必须明白，他们并不是真正以现代工业文明为参照，为了富裕、文明而彻底摆脱了土地的羁绊，是一种不得已的选择。有意拔高 30 年代初农民"弃土"的意义无疑是对真实的歪曲。客观地说，直到 80 年代，才有部分农民有了全新的土地观念，中国农民彻底从土地中解放出来，虽然他们还需要走很远的路。以多多头、云普、奚大有、华生为代表的一代农民，他们寻找的是一种与土地的新关系，即土地所有制度的变革，以期在变革中来改变自己的生存状况。这应该是农民对土地价值观念的一种认识上的进步。

总之，社会剖析派乡土写实小说让我们看到了农村土地关系的变化如何带来乡村的真正的悲哀，如何使几千年安于土地的农民失去了对于土地的信念，以及其中所隐伏着的农民们的普遍躁动不安的情绪，从而揭示出 30 年代中国乡村的时代风貌和社会本质。综观整个社会剖析派乡土写实小说的创作，可以发现，无论是侧重于从政治经济学的角度，还是偏重于从社会伦理学的角度来观照、分析、研究中国农村社会问题和农民的精神世界及心理变化，社会剖析派乡土写实小说根本的出发点是阶级意识和阶级分析。因而，社会剖析派的乡土作家往往依照有关阶级学说观点，选定某一社会科学命题，有意识地为表现这一命题或论证这一命题的科学性、正确性，去分析、研究社会问题，或在分析论证过程中表现出深刻的思想见解，是社会剖析派乡土写实小说的一大特点。但这样一来，就会带来一些问题。一是作品中的人物的言行举止控制在作家主观的理性思维和书写中，他们的一举一动、一言一行，都必须符合作家让他们所隶属的那个阶级的本性，符合他的社会属性。至于符合不符合人物的自然本性，则是无关紧要的。二是人物的性格心理的变化和生活命运的沉浮，要与社会科学规定的逻辑发展相一致，要遵守科学的逻辑而不服从于生活的逻辑。当然，生活发展的逻辑也带有科学性、必然性；但现实生活是丰富多彩、千变万化的，不会像公式推导那么严密，精确。三是环境的描写、情节的安排、故事的演进，都是依据预先确定的主题而设计的，为剖析某一问题，揭示某一本质现象，不惜假定某些生活细节。同是社会剖析派作家的吴组缃后来曾说："《春蚕》中的老通宝，对养蚕业日趋萧条全然不知，竟冒险押地借债买桑叶养蚕，这不符合一般的惜地如命的农民思想常理，与他整个一套保守的思想也是不相称的。"① 此外，主题先行造成的过于理性化往往会影响作品的情感，以理伤情、因情损美，大都是可以感觉到的。

---

① 吴组缃：《谈〈春蚕〉——兼谈茅盾的创作方法及其艺术特点》，《吴组缃全集》第 7 卷，吴泰昌编，合肥：安徽文艺出版社，2020 年，第 167 页。

文学家不同于科学家，艺术也不同于科学，小说毕竟是情感化、情绪化的艺术。因而 80 年代有人认为茅盾的《子夜》是"一份高级形式的社会报告"，①恐怕是不无道理的。

四、血泪浸泡的黑土地：东北作家群的乡土写实小说

反帝反封建是中国现代文学的两大基本主题，救亡与启蒙的乐章一直奏响在现代中国乡村大地上。自 1840 年以来至今，民族矛盾——中华民族和外国侵略者之间的矛盾——一直是让中国人既敏感又痛心的话题：或是由于受伤害太深而轻易不愿触及的心灵疮疤；或是是由于历史的积淀太厚仍浓得难以化解的情结。30 年代前后，广大农民的民族意识和民族思想还是比较模糊朦胧的，他们只是直观地感觉到了洋火、洋米、洋布、洋纱、洋面、洋油、洋轮船，特别是洋人开仗对他们经济生活上的冲击，而民族危机意识和救亡爱国思想在他们心中并不清晰。当帝国主义的铁蹄践踏着他们的家园，敌人的屠刀挥向他们亲人的头上时，他们才真正感受到国破家亡就在眼前。不抗日，只有死；要过好日子，先得打鬼子。民族意识一旦醒悟，抗敌热情立刻空前高涨，亿万人民积极投身到抗战的行列中。奋起抗争，救亡图存，是现代中国面临的最严峻课题，也是中国现代文学的主题之一。

率先推进了民族革命战争文学发展的是东北作家群及其创作。1931 年 9月 18 日，蓄谋已久的日本帝国主义炮轰沈阳北大营，东北数十万守军不战而退，大片美好河山陷入魔掌，东北人民开始了长达 16 年噩梦般的煎熬。但中华民族从来不会向任何敌人低头屈服，在中国共产党的领导或影响下，无数热血健儿抛头颅，洒热血，积极投身到救亡图存的民族圣战中，掀开了中华民族抵御外来侵略史上最惨烈的一页。生长于这片黑土地上，目睹了敌人的

---

① 蓝棣之：《一份高级形式的社会文件——重评〈子夜〉》，《上海文论》1989 年第 3 期，第 48页。

罪恶和人民的苦难及反抗，饱尝了亡国之苦、满怀去国之恨的一批东北籍青年作家，把胸中的爱与恨，北国的生与死诉诸笔端，表露了东北人民所承载的亡国之苦和民族之恨、显示出东北人民顽强的反抗精神和坚定的生活信念，写出了"中国的一份和全部，现在和未来，死路和活路"[①]，喊出了时代的最强音，是30年代文坛上血与火编织的乡土写实小说呈现的壮美景观。

这是一群被故乡放逐的作家，这是一群失去了故土家园的流亡者，这是一群远离了父母亲人的漂泊者。对亲人的思念、对乡土的眷恋、对敌人的仇恨，化作浓浓的乡愁和拳拳的挚爱以及强烈的爱国热情，倾注于作品中，让我们听到了让人心碎的歌与哭，让我们看到了使人感奋的火与剑，让我们感受到了白山黑水间的风雷滚动和大漠荒原的战栗。塞外的严寒和山野的厉风将他们的心灵击打得冷硬而火热，将他们的笔砥砺得粗犷而雄健，尽管他们来到关内，路遥水迢遮断了回首故土的视线，却挡不住心中的思恋。萧军下面一段话说出了他们的共同心声："我是在北满洲生长大的，我爱那白得没有限际的雪原，我爱那高得没有限度的蓝天；我爱那墨似的松柏林，那插天的银子似的桦树和白杨标直的躯干，我爱那涛沫似的牛羊群，更爱那些剽悍爽直的人民……我离开他们我的灵魂感到了寂寞。"[②]挚爱着那片浸泡在血泪中的热土，牵挂着那群承受着苦难的人民，是东北作家群成员的共同心态。他们追求的不是山水幽静的过去，而是山河完整的未来，他们追求的是民族正义而较少表现阶级对立，他们发出的首先是民族控诉，然后才是其他。他们开始创作时，有些人受到左翼文学的影响，但并不是完全的阶级论者，大多数人是站在民族立场上的民族主义者。如较早出现的李辉英的长篇小说《万宝山》，描写了日本人未来之前万宝山的农民安稳、宁静、富足而愉快的生活，

---

① 鲁迅：《且介亭杂文二集·田军作〈八月的乡村〉序》，《鲁迅全集》第6卷，北京：人民文学出版社，1981年，第107页。

② 萧军：《绿叶底故事》（诗、散文合集），上海：文生出版社，1936年，第2页。

而日本人的侵略才使这种生活遭到破坏，人民开始受苦受难。萧红的《生死场》尽管在前半部分表现了农民生活的艰难和自发的反抗，以及地主的压迫，但与后半部分对日本侵略者的屠杀和农民坚决反抗的描写相比，作家的民族意识与阶级意识孰轻孰重，是显而易见的。从这上面说，东北作家群是与时代共思维的。民族矛盾取代阶级矛盾上升为社会的主要矛盾，是当时社会的基本特征。

东北作家群对故土的眷恋与忧患首先表现为他们在小说创作中对日伪残暴兽行的无情揭露和强烈控诉，表现为他们对家乡父老乡亲所遭受的苦难的深切同情。罗烽的《第七个坑》描写了日本侵略者灭绝人性的屠杀：耿大家里穷得揭不开锅了，他无奈之下进城到舅舅家借贷活命，被一个日本兵拦住了，逼使他挖深坑埋活人。一个无辜的工人被活埋了，一对青年夫妇被活埋了，鬼子还残忍地把刺刀捅进女人的下体，一脚踢碎孩子的头颅；在蔡天心的《东北之谷》里，日本鬼子疯狂地烧房掠地，虐杀百姓，甚至捉活人喂狼狗；端木蕻良的《浑河的急流》讲述了日伪汉奸对浑水河畔猎户们的经济掠夺，限令25天时间进贡500张狐皮，否则以"反满"嫌疑的罪名法办；在《大地的海》中，农民赖以生存的土地被强占修路，日伪军洗劫村庄；马加的《登基前后》里，我们看到了日伪勾结在一起，狼狈为奸，对东北人民的政治压迫和经济搜刮，为了"皇帝登基"，村民要缴"护路警费、县骑兵团费、迎接日本参事官费、警备工作费、村公所办公费、招待费、修路费、政治工作杂费、春耕贷款费、高等学校的炉火费、制作国旗费"等各种名目的多如牛毛的苛捐杂税；在白朗的《轮下》，我们看到了被强行拆毁房子的居民无处藏身，到市政府请愿被抓走，日本官兵的囚车轧死了在骚动中跌倒在路上的陆雄嫂和她怀抱的孩子。萧红的《生死场》更是为我们勾画了在日本侵略者铁蹄下东北黑土地上的人间地狱惨景。作者通过金枝母亲的口讲道：

日子算是没法过了！日本子恶得狠！村子里的姑娘都跑空了，年青的媳妇也一样。我听说王家屯一个十三岁的小丫头叫日本子呐弄去了！半夜三更弄走的……我这些年来，都是养鸡，如今连个鸡毛也不能留，连个啼明，的公鸡也不让留下……

还有多起来的"废田"，对半夜里随便闯进家门的日伪军的担惊受怕，被掳走的女人，乱坟岗上的尸体……侵略者烧杀淫掠，无恶不作。美丽富饶的黑土地上血流成河，尸骨如山，成为人间地狱，勤劳善良的东北人民生活在水深火热之中。

其次，东北作家群把对故土的挚爱表现为对人民坚决斗争的热情歌颂和赞美，为我们塑造了一批在血泊中觉醒，在战火中成长，在国破家亡的生死关头挺身而出的农民形象，将他们的爱国主义精神和英雄主义气概渲染得淋漓尽致，绘制了现代中国乡土写实小说艺术画廊中最初的反帝爱国的农民画像，唱响了乡土小说发展史上最早的民族赞歌。《第七个坑》中的耿大，愤而用铁锹把日本鬼子劈进第七个坑里，拾起枪，用力在日本兵的腹部乱刺了十几刺刀，扛起枪消失在夜里，走上了抗日的道路。《浑河的急流》中，年轻的猎手金声在大树上写下"小口木"，掷飞刀刺上去，发泄着对"小日本"的仇恨；他的恋人水芹子，一个天真无邪的少女，也怀揣钢刀，手持猎枪，投入到反抗民族压迫和阶级压迫的战斗中。在金声的带领下，浑水河畔具有光荣斗争传统的猎户们与义勇军联络，埋伏在密林里，准备伏击敌人，迈出了争取自我解放和民族解放的第一步。《寒夜火种》里的农民陆有祥，在忍无可忍的情况下杀死敌伪村长，投奔义勇军，广漠的东北寒夜里，一颗反抗的火种闪耀着光彩。《四条腿的人》中那个在煤坑里失去了双脚、手腿并用行走的煤矿工人，在日本人接手了德国人开办的煤矿后，他疯了似的大喊："你们全是有脚的人……为什么不收回自己煤坑？"《大地的海》里，以艾老爹为代表的忍让克己的农民，因为日本人无理地占地修路，要毁掉他们赖以生存的土地，他们奋起反抗了。被抓来修路的农民伏击囚车，释放囚犯，发起暴动，与义勇军会合……

较有影响地反映了东北人民在共产党的领导下，与侵略者浴血奋战的小说是萧军的《八月的乡村》。此书于 1935 年 7 月出版后，被许广平认为是"东北人民向征服者抗议的里程碑的作品……给上海文坛一个不小的新奇与惊动"。[①]鲁迅将萧军推向文坛，使之成为东北作家群中有代表性的作家之一。《八月的乡村》也是较早地反映东北人民的反抗与斗争的作品。小说描写了一支由中国共产党领导的抗日游击队，在极其艰苦恶劣的条件下，在磐石一带和日、伪军进行了极为酷烈的斗争，表现了东北人民不甘当亡国奴，誓死保卫家乡，争取民族自由解放的英雄风貌，揭示了"不前进即死亡，不斗争即毁灭"的鲜明时代主题。作者深谙那片黑土地上的一切，了解敌人的凶残和暂时的强大，知道这场战争的残酷性和艰难性，也知道从未离开过土地的农民身上的缺点和狭隘，因而他没有赋予作品廉价的乐观主义而得出"速胜"的结论，而是将"失去的天空，土地，受难的人民，以至失去的茂草，高粱，蝈蝈，蚊子，揽成一团，鲜红地在读者眼前展开"。[②]在作品中，作者以更深刻的笔触挖掘了蕴藏在人民之中的最终必然胜利的潜在因素。刚毅沉着、政治觉悟水平很高的陈柱司令，敢打硬仗、英勇顽强的铁鹰队长，投笔从戎、追随革命，但又有小布尔乔亚情绪的知识分子肖明，热情爽朗、聪明能干的国际共产主义战士——朝鲜姑娘安娜等艺术形象给人们留下了深刻的印象。虽着墨不多，却异常鲜活的几个农民形象，有着更深刻的意义，预示出了"在神圣的民族战争中谁是先锋，谁是主力……"[③]被称为"小红脸"、烟袋不离

① 许广平：《文艺复兴》，1946 年第 1 卷第 6 期，第 18 页。

② 鲁迅：《且介亭杂文二集·田军作〈八月的乡村〉序》，《鲁迅全集》第 6 卷，北京：人民文学出版社，1981 年，第 107 页。

③ 乔木：《新的题材，新的人物——读〈八月的乡村〉》，《时事新报》，1936 年 2 月 25 日。

嘴的王姓战士，性格质朴，对战友关心体贴。尽管他有时会想家，想老婆孩子，"什么时候我才可以自由耕田呢？手里把持着犁杖柄，也可吃袋烟。老婆啦！孩子啦——那个招人爱的小王八羔子——老婆也还是好的啦！多么知道痛热！愿意吃着什么便做点什么，只要和老婆一说……"等想法经常在他心里出现。当陈司令过来问他看到肖明没有时，他先是为是不是把嘴里的烟袋取下来再回话做了一番犹豫，因为含着烟袋和人讲话不礼貌，应该取下来；但陈司令不是军队的官长，不用怕，也可以不取下来。短短几句话，一个微小的细节，将一个农民既胆小怕官，又盲目自大的心理性格刻画出来。他接着又为是不是要告诉陈司令肖明在哪里支吾。他明明知道肖明和安娜在一起，怕司令让他去搅扰了人家的"好事"讨嫌，又怕不告诉陈司令不好。所以这么一点小事也让他作难。这说明小红脸离真正的革命战士标准还有一段距离。然而，他精神上的负担在艰苦的战斗环境中不断减轻，最终锻炼成长为一个坚定的为民族而战的战士。另一个光彩照人的形象是李七嫂。作品真实地展示了她从一个普普通通的农家妇女走向反法西斯战士、英勇献身的艰难历程。李七嫂是个热情开朗的妇女，她命运多舛，丈夫去世后，她带着孩子，和唐老疙瘩情投意合，希望过上贫穷但安定的生活。然而日本侵略者的铁蹄踏碎了她的梦：孩子被活活摔死，自己被奸污，情人被打死……一连串灾难把她击倒了，也使她彻底觉醒了，"李七嫂剥下了唐老疙瘩的衣服，使自己穿上。子弹袋也束在腰里，提过了那步枪……"为了给孩子复仇，什么全要忍受的啦！她爬起来，顺着了草丛，步枪横提在手里，很快地走过去。李七嫂终于从黑土地上挺立起来了，站在了飘扬的红旗下，向日本侵略者讨还血债！正是千千万万个小红脸、李七嫂这样的农民，才是民族革命战争中的主力军，他们的觉醒和反抗，是战争最后胜利的根本保证！东北作家群笔下的农民形象，对20世纪乡土小说发展做出了伟大贡献。

最后，他们把对故土的思恋化为小说中对故乡山水风光的诗意描绘和对风土人情的深情书写。他们爱那片美丽的土地，爱那片土地上的山川景物，爱那片土地上的风俗文化。作品中充满了泥土气息和地域意蕴。辽阔无垠的蓝天碧宇，肥得淌油的黑土地，坚硬寒冽的山风，漫天飞舞的雪花，连绵不绝的莽莽大山，风沙扑面的大漠荒原，松涛阵阵的林海，奔涌咆哮的江河，一望无际的草原……是他们童年的摇篮，是他们梦中的家园；饱满的高粱大豆，滚烫的大碴子苞米粥，醇香的高粱酒，春节的饺子，生长百年的老参，可口的野味是哺育他们成长的乳汁，是他们久违了的家乡美食；涛沫似的牛羊群，穿越雪原的马拉雪橇，冬夜的驼铃，呼啸的狗群，浪漫而又刺激的雪后狩猎，剽悍爽直的乡亲们……是他们永远温馨的生活记忆，是他们梦中常现的客人；娶媳妇、嫁闺女、葬死人、跳大神、唱秧歌、逛庙会、放河灯等东北特有的风俗习惯在他们的笔下是那么鲜活，透露出浓浓的思乡恋土之情。他们的小说因而既有草原大漠的开阔气势，又有肥田沃土的厚重沉实；既有荒山野林的粗犷强悍，又有乡村小镇的质朴柔情；既有时代的血火风云，又有传统的沉郁温馨，是一部激越抒情的交响乐，是一幅峭岩陡壁参差着小桥流水的风景画，是一首时代主题与个人胸臆融合在一起的正义歌。30 年代文坛上东北作家群的代表当推天才的女作家萧红。她是北国的厚土和秀水哺育出来的文学精灵，她的才情与她的夭折同样使文坛震惊。自 1932 年开始文学生涯至 1942 年病逝于香港，短短 10 年间共创作了中篇小说《生死场》《马伯乐》，长篇小说《呼兰河传》，短篇小说集《牛车上》《旷野的呼唤》，散文集《商布街》《桥》《追忆鲁迅先生》等上百万字的作品，成为中国现代文学史上颇有影响的作家。

1933 年 10 月，萧军、萧红两人自费出版小说集《跋涉》，是萧红文学创作的正式起步。《跋涉》中收录了萧红的《王阿嫂的死》《看风筝》《夜风》等五篇小说，这些作品表现了北国乡村贫富差别下的阶级剥削，穷苦农民的悲惨遭遇以及不堪压迫下的觉醒、反抗和斗争。1934 年，她与萧军一起离开东北到青岛，1935年到上海。在鲁迅的帮助下，成名作《生死场》由容光书局出版发行，与萧军的《八月的乡村》同为来自东北抗日救亡第一线的血泪报告，开启了乡土写实小说史上"救亡文学"的先河，对抗战救国运动产生了积极的影响。

在东北作家群的乡土写实小说中，《生死场》是不可多得的佳作。全书共17节，计8万多字。前九节描写了沦陷前的东北农村广大农民的"人和动物一起忙着生，忙着死"的愚昧落后、悲苦无告的生活。难产、衰老、疾病、瘟疫、饥饿折磨着他们，地主的贪婪残酷虐杀着他们。他们也曾自发地反抗过，但这种注定失败的反抗流产后使他们陷入了更深重的灾难中。日本帝国主义的侵略使他们雪上加霜犹如生活在地狱之中。如果说事变以前他们尚还能苟延残喘地活着，那么日本人来了后他们连一丝活路也没有了。小说后8节描写了侵略者烧杀抢掠、奸淫妇女的残暴罪行和人民的奋起抗争。曾经秘密组织过镰刀会的李青山，今天又站出来，组织农民对天盟誓，坚决抗日："今天决定了……就是把我们的脑袋挂满了整个村子所有的树梢也情愿……"曾经在地主的软硬兼施下抗租失败，向地主低下过头的老赵三，亡国之恨也让他彻底觉悟了："救国的日子就要来到。我不当亡国奴，生是中国人，死是中国鬼……不……不是亡……亡国奴……"这是全东北人民心声，这是全中国人民的心声，它发出了震天动地的回音，喊出了不屈的中华民族魂。二里半是小说中唯一贯穿始终的人物，他的转变更有代表性。二里半是一个跛脚的身有残疾的农民，有一个罗圈腿的儿子和智力缺陷的麻面婆娘。他生活贫苦，靠种菜卖菜勉强度日，挣扎在死亡线上。身体有缺陷，家中的拖累使二里半形成了胆小怕事、自私守旧的性格。地里的菜和家中的羊是他的性命，此外什么国家呀民族呀在他看来都无足轻重。种好菜，养好羊，能让傻老婆和越来越多的孩子吃上饭，是他唯一的目标和生活意义。甚至日本人的血腥屠杀也没有让他觉醒。人们聚集在一起商议准备行动，可是"二里半对于这些事情始终是缺乏兴趣，他在一边瞌睡"，以至于老赵三斥责他："听着呀，听着，这是什么年头还睡觉？"更有甚者，当李青山带领村人对天盟誓，投人民革命军时，要杀个公鸡祭旗。由于找不到公鸡，要杀他的羊代替，但不知二里半从哪里搞到了鸡，换下他的羊回家了。全村人包括寡妇们都设了誓，唯独他没有设誓。只有当敌人杀害了他的傻老婆和罗圈腿儿子后，他才觉醒了，去参加抗日队伍。农民的那种"不见棺材不落泪"、缺乏主动的麻木精神状态，在二里半身上典型地体现出来。萧红以女性特有的细腻敏感为我们描绘出二里半离家的那段情景："虽然是夏天，却像吹起秋风来。二里半熄了灯，雄壮着从屋檐出现，他提着切菜刀，在墙角，在羊棚，就是院外白树下，他也搜遍。他要使自己无牵无挂，好象非立刻杀死老羊不可。"这是二里半临行的前夜：

> 老羊鸣叫着回来，胡子间挂了野草，在栏棚处擦得栏棚响。二里半手中的刀，举得比头还高，他朝栏杆走去。菜刀飞出来，喳啦地砍倒了小树。老羊走过来，在他腿上搔痒。二里半许久地摸抚羊头喃喃了一阵，关好羊栏，羊在栏中吃草……

这种不动声色的叙述，确已"力透纸背"。老羊在这里显然有了一种象征意义，二里半对老羊欲杀而不忍的举动，让我们看到中国农民要割舍对土地、家园的留恋是多么艰难，要向前迈一步是多么不容易。二里半把羊托付给老赵三，还是坚决地走了。这是一个真实可信的农民形象。萧军在《八月的乡村》里没有来得及展开的小红脸、唐老疙瘩的性格发展过程和农民的心理变化历程，在二里半身上完成了。这是萧红对抗战题材的乡土小说塑造农民形象的一个贡献。

五、血与火中民族意识的觉醒：抗战初期的乡土写实小说

1937 年 7 月 7 日，日本侵略者发动了全面侵华战争。多灾多难的古老乡土上，血腥的杀戮与顽强的抵抗，魔鬼的狞笑与激愤的呐喊交织在一起，构成一道永恒的历史风景线。它存活在历史的活页里，也存活在文学的记忆里。抗战时期的乡土写实小说忠实地记录了中国农民在民族战争中的觉醒、反抗和斗争，塑造了他们为争取民族独立和自我解放而英勇战斗的光辉形象，谱写了一曲中华民族史上最激越、最壮烈的民众之歌！

由于抗战时期政治文化背景和地理环境的复杂与差异性，乡土写实小说呈现出不同的态势：在最初的抗战乡土小说蜂拥过后，出现了三个风格迥异的乡土写实小说流派，一是以四川作家为代表，集中反映国统区豪绅强横、吏治腐败的乡土写实小说；一是以《七月》为阵地形成的，坚持五四现实主义传统的七月派乡土写实小说；再一个是兴起于以延安为中心的抗日民主根据地的解放区乡土写实小说。尽管它们在题材、风格甚至文学观念上有所不同，但却以各自的成绩和收获，共同谱写了 30 年代中期至 40 年代末乡土写实小说的壮丽篇章。

轰轰烈烈的抗日救亡运动遍及中华大地，震撼着每一个中国人的心。广大文艺工作者纷纷走出书斋，走向内地，走向农村，走向抗日前线，积极投身到伟大的民族圣战之中去。进而为我前方忠勇之将士，后方义愤之民众，奋起秃笔，呐喊助威。可以说当时所有爱国进步的文艺界人士都做出了这样的选择。空前高涨的民族热情和爱国赤诚凝聚于作家笔端，成为表现着同仇敌忾的时代情绪的戏剧、诗歌、小说、通讯、报告等，文学承担起历史赋予她的庄严使命，充分发挥了积极参与和推动社会变迁的能动作用。尤其是中华全国文艺界抗敌协会成立后，文艺界实现了在抗日旗帜下不分党派、社团、流派的空前大团结，响亮地提出了"文章下乡，文章入伍"的口号，有力地

促进了抗战初期文学创作特别是乡土写实小说创作的发展。

弘扬爱国主义精神，表现中国农民在血与火的洗礼后的觉醒和民族意识觉醒后的英勇斗争，热切关注民族命运和战争前途，是抗战初期乡土小说的基调。碧野的《北方的原野》展现着冀西游击健儿在硝烟战火里的流血、牺牲、斗争和成长；王西彦的《眷恋土地的人》《乡井》《老太婆伯伯》等剖析着农民质朴到几近麻木，而又不乏韧性生命意识的灵魂，深刻地揭示出身负几千年传统因袭重担的乡民在时代风云中转变观念、思想革新的艰巨性以及彻底走向民族解放和自我解放道路的艰难性；邵荃麟的《英雄》肯定了农民在抗日民族解放战争中的中坚地位；田涛的《地层》写厚实大地上的血债和怒火，描绘一支抗日游击队在血路上的搏斗和成长……值得一提的是曾在社会剖析派乡土写实小说潮中大显身手的吴组湘，这一时期苦心经营，创作了长篇小说《山洪》，被人称为一部描写农民民族意识觉醒的力作。这部小说原名《鸭嘴涝》，描写了生活在皖南黄山支脉的一个叫鸭嘴涝的小山村里的乡民，在民族危难时刻各自的选择和变化。作品集中塑造了一个叫章三官的农民形象，并由此真实地勾勒出中国农民由浓厚的家庭意识到强烈的民族意识的复杂而曲折的心灵历程和性格进程，预示着中国农民的抗战热情已化为一股汹涌的山洪，让民族的未来充满着希望。此外还有艾芜的《秋收》《纺车复活的时候》、萧红的《旷野的呼喊》、端木蕻良的《螺蛳谷》等，大都努力表现农民民族意识的抬头，表现他们在抗日烽火中得到锻炼成长。

也许是战时的漂泊不定和炽热欲燃的激情使作家难以静下心来精雕细琢，因而抗战初期的乡土写实小说显得匆忙、粗糙、不够成熟。而姚雪垠的《差半车麦秸》却是这一时期的同类作品中一篇难得的佳作。1938 年 5 月，茅盾主编的《文艺阵地》发表了《差半车麦秸》，随之产生了较大反响，不仅是姚雪垠创作生涯中具有里程碑意义的作品，而且也是抗战文学史上具有较大影响的作品。茅盾予以高度的评价，认为它塑造了"阿脱拉斯型的人民的雄姿"，是抗战文学的"新的典型"。^① 她的问世，改变了抗战初期热情有余而未免空泛的浮躁文风，使作家开始真正关注战争的主力军——农民的生存境遇、精神状态、思想观念和他们由农民向战士的转变之于民族前途、国家命运的重要价值和意义。谁都不能否认，中国是一个农业大国，农民占国民人口的绝大多数。中国现代战争实质上是农民战争，战争力量的主要构成实质上是农民。不了解这一点，就是对中国客观实际情况的无知。积极动员广大农民积极投身到伟大的民族解放战争中去，展示他们的精神面貌，塑造他们的英雄形象，既是文学不可推卸的责任，更是时代对作家的要求。《差半车麦秸》就是在这样的背景下应运而生的一部短篇杰作。它成功塑造了一个名叫王哑巴，外号"差半车麦秸"的农民艺术典型，写出了中国农民由落后到新生的精神历程和性格变化，具有极大的普遍性和极强的代表性。

"差半车麦秸"是一个老中国的儿女，在他身上，既有中国传统农民本分、能干、忠厚、坦诚、节俭等优良品质，又有着保守、自私、迷信、不讲卫生等局限性。作为农民，他热爱土地，对哺育了他的土地有着赤子般的深情，即使穿上了军装，成了一名抗日战士，他仍割舍不了对土地的眷恋。行军途中，看到地里长满了荒草，就像一个真正的庄稼人那样心疼："你看这地里的草呀，唉！"他情不自禁地"从地里捏起来一小块坷垃，用大拇指和食指把坷垃捻碎，细细的看一看，拿近鼻尖闻一闻，再放一点到舌头尖上品品滋味，然后他把头垂下去轻轻的点儿点，喃喃的说道：这块是一脚踩出油的好地……"他有着农民的节俭美德，珍惜贵得要命的香油，每夜悄悄地把宿营地的灯熄掉，他坦率待人，尊称其他人为"二哥"……但是这些优良品质仅仅是成为一个革命战士的基本素质，离真正的革命者还有较大的距离，更何况他脑子里还有很多的旧式农民的因袭；一开始并没有什么明确的敌我观

① 茅盾：《八月的感想——抗战文艺一年的回顾》，《文艺阵地》1938 年第 1 卷第 9 期，第 34 页。

念，民族意识，仅凭地理概念，将日军叫北军，中国军队叫南军；他固执地认为：小孩子没做过一件亏心事，凭啥要饿死呢？作品真实地反映出旧中国农民的愚昧心态，模糊的国家、民族观念及自我意识中的社会责任感的漠然。即使时代的洪流将他卷入斗争的漩涡，他骨子里的农民习气也不是一夜间就能革除掉的：摸了虱子送到嘴里咬死；擤了鼻涕抹在鞋上；更有甚者，在执行任务中竟拿了老百姓的一根牛绳……这就是要担负起民族解放大任的中国农民的真实状况。小说没有回避农民的缺点，没有拔高农民的思想觉悟，因而更深刻地揭示出农民在革命征程中的转变是如何艰难和前行的步伐是如何沉重。但正是千千万万个质朴得近乎愚昧的王哑巴们，一旦明白了"鬼子打不走，庄稼做不成"的道理后，当他们羞涩地却又无比虔诚地叫出"同志！"后，他们身上潜在的力量犹如爆发的山洪一般势不可挡，他们的勇敢和坚定也超出了常人的想象：在破坏敌人铁路的战斗中，挂了彩的王哑巴要留下来换他们几个……一个觉醒后舍生忘死的革命战士形象凸现出来了，一个土得掉渣的农民在民族战争的烈焰中浴火重生了！这就是我们民族之所以不会被灭亡的根源所在。这就是我们国家的前途所在！

《差半车麦秸》不仅在思想认识价值上达到了一个新的高度，而且艺术上也取得了较大的成功。首先是作家从丰富的生活中挑选出大量典型性的细节，来刻画人物形象、人物性格。王哑巴摸虱子、擤鼻涕的传神描写，吃完饭"用右手食指甲往牙上一刮，刮下来一片葱叶子。又一弹，葱叶子同牙花子从一个同志的头上飞了过去"的精彩的细节，"一天到晚他总在嗑着他的小烟袋，也不管烟袋锅里有烟没有烟"的习惯性动作，为我们勾勒出一个栩栩如生的土得掉渣的农民形象。他为讨吉利而说黑话，为节省灯油而悄悄将灯熄灭却造成麻烦的举动，让人既可恼又好笑。小说就是这样选取生活细节，让主人公的一言一行来表现自己的性格。其次，小说的言语颇见功力。作者成功地运用了生动活泼的群众语言，朴素简洁、通俗易懂，没有"八股"味和学生腔，完全符合主人公身份地位和素质修养。如在人们问他为什么叫"差半车麦秸"时，他红着脸急切地说："这是吹糖人的王二麻子给我起的外号，他一口咬死我不够数儿……"一个坦率无邪、憨态可掬的农民跃然纸上，让人如闻其声，如见其人。再如称呼别人为"二哥"，并争辩道："二哥，咱山东人叫二哥是尊称呐！"这独有的地域方言让人感到泥土气息浓郁扑鼻。还有吃晚饭叫"喝汤"，把路叫"条子"，把河叫"带子"，把鸡叫作"尖嘴子"，把月亮叫作"炉子"等，无不给人以新鲜感和趣味性，增强了作品的艺术感染力。最后，作品在结构上独具匠心。一开始写到"我们"之间喜欢用一个很有地方色彩的俗语"差半车麦秸"来互相取笑。但"差半车麦秸"究竟什么意思？人们为什么乐于以此相互取笑？不禁让读者疑念顿生，急于了解缘由。于是作者娓娓道来，由一个外号引出一个人，详细叙述了这个外号叫"差半车麦秸"的人如何明白了民族大义后投身于抗战的行列，如何在生活和斗争中不断地克服身上的缺点而完成了由农民到抗日战士的转变和思想上的飞跃，成长为坚强的民族勇士。作品并没有大开大合的故事情节，也没有紧张激烈、扣人心弦的场面，却给人一种率意而为，天然去雕饰的感觉，因而更显得真实亲切，令人信服。

综观抗战初期的乡土写实小说创作，众多作家在追逐时代潮流、关注重大时代主题的同时，还来不及探寻或形成自己独特的艺术个性和风格，较多急就章式的作品，显得不够厚重和沉实。随着抗日战争的日趋深入和作家心态由浮躁到平稳的过渡以及社会形势的变化，抗战时期的乡土写实小说创作逐渐克服以往的不足，变得丰富和成熟起来。

六、巴山蜀水的忧郁：川味乡土写实小说

在中国现代文学史上，四川作家是一个个性鲜明、引人注目的创作群体。秀美的巴山蜀水哺育了他们，赋予他们才情与灵性；独特的地域文化滋润着

他们，赐予他们美的启迪和丰富的素材。他们又用辛勤的创作回报这种厚赐，在作品中展现巴山蜀水的秀美和巴蜀文化的丰厚，绘染成现代文学史上一道独具地域色彩和饱含乡土气息的艺术风景线，形成了一个有着重大影响的乡土小说流派——川味乡土写实小说。她出现于 30 年代初，30 年代中后期呈现出流派之势，40 年代达到高潮，其发展流变波峰谷底，几度兴衰，绵绵不绝。80 年代初以周克芹为代表的川军雄风重振，可以看成川味乡土写实小说的再次繁荣。

　　川味乡土写实小说在中国现代乡土写实小说史上迥异于其他乡土小说流派，有着它独有的特征。首先是作家的构成有鲜明的地域色彩。该派作家李劼人、沙汀、艾芜、周文、罗淑等，均为川籍人士，不像 20 年代乡土写实派小说作家那样来自不同的地方，有着不同的文化背景，表现不同的地域风光和人文习俗。川味乡土写实小说家尽管他们各自的风格略有差异，关注点不尽相同，但对巴蜀文化的地域性指认是非常明晰的。李劼人对成都婚丧节庆、刀客火并等风俗仪式的展示，对袍哥独有的打斗方式的稔熟表现，艾芜对边地古朴原始的自然风光的陶醉，沙汀对川康边地荒蛮景致的描绘，罗淑对沱江上游典妻陋俗的揭示……都是对巴蜀地域文化的表现和挖掘，都带有鲜明的乡土色彩。川味乡土写实小说第二个显著的特征是具有强烈的时代感和进步的历史意识。揭露腐败吏治的横征暴敛、土豪劣绅的无恶不作、反动军阀的血腥残暴和袍哥流氓的贪鄙无耻，是他们关注和表现的主题。尤其是沙汀、艾芜等人，用阶级论的目光审视这个黑暗的社会，寻找制造了黑暗和不公的根源，追问劳苦大众受苦受难的原因，启发民众的阶级意识。抗战开始后，他们很快就认清了国民党反动派的真实面目，剥开了那些打着抗日旗号、大发国难财的基层官吏的丑恶嘴脸，批判的矛头直指国统区腐败的政治，将一切"新的和旧的癌疾,一切阻碍抗战,阻碍改革的不良现象指明出来"①,为抗日救亡的时代主旋律增添自己的音符。最后,川味乡土写实小说的沉重现实主义笔调,使之格外引人注目。他们敢于正视惨淡的人生,表现淋漓的鲜血,以锋利深沉的目光洞明世相,把握本质,揭示根源,他们不虚饰,不矫情,将正直的良知和强烈的社会责任感倾注在作品中,表现他们的所见、所闻、所思、所想,倾诉他们的悲愤和忧伤。他们是巴蜀大地忠实的儿女,是时代历史真诚的记录者。他们以质朴无华的文字,诉说着实实在在的社会人生;他们和父老乡亲及整个民族一起遭受灾难,一道感受痛苦,他们的心情和笔调一样沉重。我们可以在周文的《烟季苗》中体味到压抑;在沙汀的《在其香居茶馆里》的闹剧中感受到悲愤;在艾芜的《山峡中》理解了忧伤;在罗淑的《生人妻》中品味到绝望的滋味……川味乡土写实小说的凝重沉郁,真切地反映了那个特定时代巴山蜀水的忧伤。

最能体现川味乡土写实小说特色的应属李劼人、沙汀、艾芜的小说创作。从时间上说,李劼人当是现代文学史上起步较早的四川作家,他五四运动以前就开始了文学生涯。但真正给他带来声誉,使之能在文学史上占有一席之地的是他于30年代中期创作的"大河小说"——《死水微澜》《暴风雨前》和《大波》三部连续性的长篇小说。作品以绚丽多彩的现实主义笔墨,展现了以成都和天回镇为中心的四川社会从甲午战争到辛亥革命近20年间的人际悲欢和政治风云,真实地再现了这一时代的历史巨变。小说气势恢宏,大气磅礴,全景式地对那一特定时代的历史生活做了整体性观照,描绘了从地方风俗的革故鼎新到政治风云的翻卷变幻,表现了从家庭和社会生活的改弦易辙到观念和情感的潜移默化,刻画了从底层贫民到上层官绅的各种活动,展示了从政治和军事上的斗争到思想和文化上的碰撞,从而立体地映现了从"死

---

①　沙汀:《这三年来的创作活动》,《抗战文艺》,1941年第7卷第1期,第45页。

70　中国现代乡土写实小说与现代乡土抒情小说比较研究

水微澜"到滚滚"大波"的历史发展，并且揭示了其动因和流向。

李劼人是一个具有较高艺术修养的作家，在创作"大河小说"时已有了丰富的创作经验和较长的写作经历，但他为了把它写成"小说的近代史"，态度严谨，注重史料的收集和整理，"虽然亲身经历过辛亥革命，他为了资料真实，仍尽力搜集档案、公牍、报章杂志、府县志、笔记小说、墓志碑刻和私人诗文，曾访问许多人"①。因而，"大河小说"取得了巨大的成功，不仅是李劼人的代表作，也是川味乡土小说的扛鼎之作，被誉为是乡土小说和近代史小说的结合体。特别是在人物形象的塑造方面，达到了近乎炉火纯青的程度。作品所写的人物数量众多，身份、职业、文化修养各不相同，可以说三教九流无所不包：官吏、军人、师爷、衙役、教徒、士绅、地主、太太、小姐、学生、袍哥、流氓、土匪、地痞、妓女、暗娼、农民、商贩、维新人士、革命党人……应有尽有，构成了一幅川味十足的"清明上河图"。这些人物的悲欢离合，命运遭际和思想变化，不仅是对那个山雨欲来、大波涌动的历史时代的真实记录和客观再现，更是对文学艺术的贡献，丰富了中国现代文学人物画廊。"大河小说"最能体现川味乡土写实小说审美特征的是，她所描绘的一幅幅独特而亲切、热闹而古朴的成都地区乡土风俗画。无论是婚丧嫁娶，添丁增口，还是年节庆贺，亲戚走动，都带有浓郁的蜀文化印痕和独特性。即使衣食住行的日常生活，也写得原汁原味，饶有情调，展示出巴蜀川地独有的饮食习惯和民风习俗，具备了民俗学上的认识价值和风俗画上的审美价值。

沙汀是川味乡土写实小说的又一代表作家，被认为是在鲁迅身后，赵树理之前，在反映中国农村现实方面富有鲜明民族特色的作家。他的小说作品充满了时代气息和泥土滋味，为他赢得了"农民诗人""农民派作家"的称号。

---

① 张秀熟：《李劼人选集·序》，《李劼人选集》，成都：四川人民出版社，1980年，第5页。

沙汀 30 年代初开始文学创作。像大多数初学者一样，其文学道路也不是一帆风顺的。开始并不是描写和表现自己熟悉的四川农村、乡镇生活和人物，而是写知识分子（如《俄国煤油》等），因而感到在题材选取上困难。沙汀和艾芜联名向鲁迅先生讨教后，并没有全面理解鲁迅意见的深刻内涵，虽摆脱了身边琐事的描写，但转而去反映现时代大潮流冲击圈内的生活，急于表现重大题材，作品显得空泛，流露出概念化的倾向。1935 年秋，沙汀赴川奔母丧。重回故乡触发和调动了他原有的生活积累，认真总结了创作以来的经验教训，意识到了写自己熟悉生活的重要性，从此"把笔锋转到我（沙汀）所熟悉的四川农村去了"[①]。可以说，自 30 年代中期始，沙汀经过了一段时间的摸、爬、滚、打后，才找到了最适合自己的创作表现领域和最利于自己发展成长的艺术空间，找到了生活和艺术的契合点，才开始向具有代表性的川味乡土写实小说大家的位置上一步步迈进。

作为一个清醒而冷峻的现实主义作家，沙汀通过辛辣地揭露反动政权和军队在"天府之国"的罪恶，进而犀利而沉静地剖析了黑暗社会反动、腐朽的本质。

《丁跛公》中的丁乡约，一个投机钻营却屡遭排挤的狗腿子式的无赖，却能逼得小粮户上吊；《代理县长》贺熙在天灾人祸、乡民陷入绝境的情况下，仍巧立名目，敲骨吸髓，恶狠狠地说："瘦狗还要炼他三斤油！"《兽道》里儿媳妇吊死、小孙子饿死，最后自己也被逼疯的魏老婆子一家家破人亡的惨剧，《在祠堂里》上演的"一个四川女性的悲剧"等，强烈地控诉了旧式军队的残暴兽行。《淘金记》中鬼魅横行的北斗镇，无论是失势的袍哥、旧家子弟，还是得势的联保主任、贪鄙的财主，一个个吸血鬼、寄生虫都豪夺巧取，横行无忌；《还乡记》里保长罗懒王的霸道、荒淫、无耻，保队副徐荣成的凶残、

---

① 沙汀：《沙汀短篇小说集·后记》，《沙汀短篇小说集》，北京：人民文学出版社，1953 年，第413 页。

狠毒、贪婪，让人们深切感受到了四川农村乡镇的黑暗、沉闷、滞后和腐败。精制短篇《在其香居茶馆里》一场"吃讲茶"的闹剧，暴露了抗战时期国统区的兵役弊政和整个官吏系统的腐败。沙汀的乡土写实小说之所以川味十足，还在于他作品中浓郁的地域民俗文化色彩。生活在川西北农村乡镇人们的特殊思维方式和行为方式，无不打着鲜明的文化印迹。《淘金记》中坚决反对和阻止在筲箕背开掘金矿的何寡母，并不是没有对黄金的贪婪和占有欲望，而是怕破坏了祖宗的风水坟地而导致财富、门第、运气的毁败。《还乡记》中冯大生的父亲被老鼠咬了，立刻有一种灾祸临头的感觉，要家人去请巫婆破解。这种鬼神敬畏与其说是迷信，毋宁说是一种文化，是几千年来的民间风俗积淀而形成的支配农民思维和行为的文化模式。最具四川地方特色的是茶馆和"吃讲茶"。四川人吃茶、摆龙门阵是世界闻名的，尤其是通过"吃讲茶"的方式来消除误会、化解矛盾、平息事端是独一无二的。沙汀小说里经常写到茶馆、"吃讲茶"。《淘金记》中那个失势的袍哥头子林幺长子，正是茶馆给他提供了一个装腔作势、提劲撒野的场所，让人感到虎死威不倒。在地方上颇有势力背景的地头蛇邢幺吵吵和联保主任方治国之间狗咬狗的闹剧，发生在"其香居"茶馆里……让人一眼就能看出故事发生的地理背景和文化背景。此外，沙汀对于四川民间语言的纯熟运用，也增添了他作品的"川味"。由于长期生活在四川乡下，对民间语言耳熟能详，又经过精心加工和提炼，是沙汀的小说语言成为一种既不失生活原味，又能状物写人的文学语言，散发着精彩动人的蜀乡风味。如《还乡记》中保长罗敦五对儿子的教训："要想畜牲钱，得跟畜牲眠。"农民张逢春对冯大生的劝说："不要再东想西想了，好生把庄稼做起，这个才是办法。常言说：命中只有八合米，走尽天下不满升。"这些土腔土调的语言，既通俗易懂、质朴无华，又是那么深刻，富有张力和个性。

总之，沙汀的川味乡土写实小说，不仅在思想内容上具有重要的认识价值，而且在艺术审美上也达到了相当的高度，特别是作品中浓郁的乡土气息和鲜明的民俗彩色，更为引人注目。

　　与沙汀齐名的另一个川味乡土写实小说家是艾芜。同龄、同学、同籍甚至同寿的两个人堪称川味乡土写实小说家中的"双子星座"。艾芜青年时代曾有6年漂泊流浪的生涯，足迹遍及昆明、云南西部群山、缅甸、马来亚、新加坡等。这段生活经历存活在他早期几个小说集《南行记》《南国之夜》《夜景》《山中牧歌》里。对人民苦难的同情和对制造苦难者的抨击，是作品的基本主题，因而弥漫着一种朴素的人道主义精神，而旖旎的南国风光和独特的异域情调又给作品增添了别样的魅力。从1935年起，艾芜将目光聚集在故乡四川的农村，开始创作具有川味的乡土写实小说，由《春天》（1936年）、《落花时节》（1945年）和《山中历险记》（70年代末）三部连续中篇组成的《丰饶的原野》，体现了他在这条路上的最初成绩。稍后，长篇《山野》、中篇《乡愁》《一个女人的悲剧》和短篇《石青嫂子》等作品的陆续问世，使他步入了川味乡土写实小说大家的行列。

　　《丰饶的原野》由《春天》而《落花时节》，再到《山中历险记》，反映了作家思想观念的变化和对社会现实认识的不断提高。在《春天》中，艾芜启蒙主义的态度来展示农村社会错综复杂的人际关系，解剖农民可怕的带历史悲剧性的心理状态及精神世界。三个主要人物——邵安娃、刘老九和赵长生各人各貌，性格鲜明。邵安娃奴性的服从让人看到了几千年来旧文化对农民造成的精神伤害，刘老九的坚决反抗又使人感到了中国农民未来的希望；而在赵长生身上，反抗与服从的双重性格，让人体味中国农民走向新生的复杂性和艰难性。到《落花时节》和《山中历险记》里，作家已不再是个理性的启蒙主义者，而是以阶级的立场、观点和方法来审视农村社会现实，来昭示农民未来的必然之路。邵安娃的自杀形象地告诉人们，逆来顺受、一味屈从是没有希望的，只有死路一条。刘老九、赵长生从自发的反抗到投身革命，参加穷人的队伍，他们的行动是中国农民获得自我解放和阶级解放的唯一选择和正确道路。《丰饶的原野》可以说是四川农民麻木、觉悟、反抗的三部曲，是四川现代农村的一部变革史，同时也是中国农民命运发展和中国农村天翻地覆的艺术表现。

抗战爆发后，艾芜的创作发生了巨大的变化。救亡图存的民族热情使作家在创作中由对社会意识的侧重转为对民族意识的弘扬。短篇小说《秋收》明显地流露出这种倾向。姜家婆媳对要帮助她们收稻谷的伤兵们前怕后喜、先恨后恭的态度转变，力图表明在团结抗日的旗帜下，民众畏之如虎的官军是可以转变的，一向受兵家荼毒的百姓一旦看到了这种变化，就会由衷地欢迎和拥护这些为国为民的官军。小说在欢快明朗的叙述中告诉读者，异族侵略者才是我们共同的敌人。

1940年动笔，历时七年之久，直到1947年才完成的长篇小说《山野》，更是一曲民族精神高扬的颂歌。日本侵略者企图进犯吉丁村，故土家园将遭异族侵略者铁蹄的践踏，是在战斗中死，还是屈辱中生，每一个村民面临着生死抉择。贫苦农民阿劲、阿龙、阿岩等坚决抗日，而卸任的县长徐德川和村中首富韦茂廷则主张与侵略者妥协。村长韦茂和处境则更为复杂：一方面是村民的不解和误会，一方面是亲家徐德川等人的诱惑。更有甚者，妻子落入敌手，与金兰村的结盟濒于解体，吉丁村将腹背受敌……形势错综复杂，何去何从，举棋难定。最终，对侵略者的仇恨与民族大义终于占了上风，韦茂和处死汉奸阿留，重获村民信任，继续高举抗日大旗，打击敌人。小说将地主、绅士、自耕农、贫苦农民等形形色色的人物置放在一个特定的时间和空间内，展示他们的政治态度和精神状态，并从中对民族心理和民族文化进行了充分的挖掘，谱写了抗日存亡的新篇章。

艾芜毕竟是一个清醒的现实主义作家，他不会漠视人民的苦难，更不能容忍大大小小的贪官污吏、土豪劣绅的横行不法和丑恶行径，中篇小说《乡愁》《一个女人的悲剧》和短篇《石青嫂子》集中描写了四川农村的苦难、仇恨和愤怒，具有强烈的针砭现实和社会批判色彩。《乡愁》中的陈西生，在伤痛、穷愁和饥饿的逼迫下，欲代人受过，冒充凶手；《一个女人的悲剧》中的周四嫂，丈夫被捉丁后欲逃而不能，被枪决示众，小儿子死于疾病，家中所有财产被勒索一空，她被逼上了绝境，拉着两个女儿跳崖自尽……周四嫂家破人亡的悲剧实际上是国统区千千万万个农民遭遇的缩影，是无数个农村家庭命运的血泪写照。《石青嫂子》是一曲四川农村女性生命坚韧的悲歌，地主恶霸图谋她的土地，烧毁她的房屋，毁掉她的禾苗，意欲赶尽杀绝。但石青嫂子仍不屈服，她没有走周四嫂子自尽的老路，而是坚强地活下去，带着孩子远走他乡。像其他川味乡土写实小说家一样，艾芜也以浓郁的泥土气息和强烈的地域文化色彩见长。在他的作品中，无论是秀丽的边陲风光还是独特的异域情调；无论是古朴的乡间风俗还是奇特的地理文化，无不具有鲜明的个性色彩和只属于他自己的风格印迹。

七、感受血火大地的战栗：七月派乡土写实小说

作为在中国现代文学史上一个有重要影响的文学流派，七月派的成就是令人瞩目的。她诞生于抗战的硝烟烈火中，随着民族经历了一次生与死的涅槃而新生、成长，终于成为绚丽的浴火而出的凤凰，孤傲地、执着地翱翔于三四十年代的文坛上。

七月派得名于《七月》杂志。1937年9月11日，在民族抗战的隆隆炮声中，在淞沪战争的硝烟里，胡风、艾青、萧军、萧红、曹白、端木蕻良等人在上海编辑出版了《七月》周刊。刊物取名《七月》，其时代背景和立刊旨意不言自明。随着局势的不断恶化和环境的日益艰难，七月派历经磨难，刊物曾先后几次中断、更名，由周刊而月刊，进而以丛书的形式，坚持运作，顽强地存在着，保持着自己独立的流派风格和探索精神，并在世事变迁中不断发展壮大，显示出顽强的生命力和强大的流派凝聚力，在20世纪中国文学

史上写下了的浓墨重彩的一笔。尤其是该流派的乡土写实小说创作，在中国现代乡土小说史上的特殊地位和独特价值，是同时期其他流派所不能取代的，漠视甚至回避七月派乡土写实小说创作，不仅是对整个现代乡土小说发展史的割裂，而且是对历史的轻率。

七月派的核心人物和精神领袖是胡风。他是一位具备着诗人气质的文学批评家和理论家，七月派的成长与发展与胡风的影响和指导是分不开的。胡风不注重既有理论的推演和归纳，不唯现成的马列经典名言是从，他注重对文艺实践、文艺现象的认识和总结，注重对文艺与生活关系的认识以及文艺创作特殊规律的再认识，因而七月派较少有教条主义和公式主义的偏颇及"抗战八股"的习气。胡风对七月派乡土小说创作的深刻影响或理论指导主要体现在两个方面：一是注重对农民精神世界和心理状态的复杂性的挖掘和剖析；一是作家在创作过程中如何深入生活、表现生活的问题，以及作家如何发挥主观战斗精神。胡风较早肯定五四文学传统，并且竭力捍卫以鲁迅为代表的五四现实主义精神传统，他认为："鲁迅，以及他所领导的革命的作家们，破天荒的打破了中国文艺底封建意识的传统，用革命的人文主义精神唤醒了沉睡的现实的灵魂。由于他，文艺形象里面最初出现了人民底觉醒了的自由的意志，同时也鲜明的被画出了这觉醒了的自由的意志不得不和半殖民地半封建的黑暗现实苦斗的命运。"① 揭示"人民底生活要求里面潜伏着精神奴役的创伤"是胡风对五四时期解剖和改造国民性的历史命题在新的历史时代的传承。而当时从文学理论到创作实践，都是强调表现被压迫的农民的反抗与斗争，强调哪里有压迫哪里就有斗争，而且农民受剥削受压迫越深重越残酷，他们的反抗性就越强烈，斗争性就越坚决。但胡风却没有简单地接受这种貌似完全正确的理论观点，他深刻地认识到，经过长时期封建统治的中国农民，其

---

① 胡风：《胡风评论集（中）》，北京：人民文学出版社，1984年，第144页。

思想和心理状况是比较复杂的。特别是系统的封建旧思想旧礼教的奴役，使中国农民比之西方人具有更多的精神负担。所以，"他们的生活欲求或生活斗争虽然体现着历史的要求，但却是取着千变万化的形态和复杂曲折的路径；他们精神要求虽然伸向着解放，但随时随地都潜伏着或扩展着几千年的精神奴役的创伤"①。半个多世纪过去了，历史是这样无情地证明了胡风以其睿智的思维能力得出的认识。20世纪六七十年代中国农民重新陷入史无前例的现代迷信的深渊里，不正是"几千年的精神奴役的创伤"在适当的政治文化气候中的"扩展"甚至是恶性膨胀吗！由此我们就不难理解路翎看完《王贵和李香香》后会有这样的困惑了："试想一想，旧的家族社会出身的贫农的王贵，身受地主残酷的压迫，同时也负担着旧社会、旧经济形态底人生观和感情的重担，在投向革命进而坚持革命的过程中，应该有怎样强烈的自我斗争？然而王贵却是在那么简单地一直向前了。"②

正因如此，七月派乡土写实小说作家们注重剖析农民心理状态的复杂性和矛盾性，表现他们在前进路途中的沉重和反复，在斗争中的艰难与欲求，在战胜自我中的混乱与不安，所以，她显示出与同时代的解放区乡土写实小说完全不同的风貌和格调，具有历史的厚实、凝重、悲凉而不是那种肤浅的轻松、喜悦和简单的乐观。胡风也主张作家深入生活，到人民中间去，和人民群众相结合。但是，他强调一切文学作品的创作，都是通过作家的艺术思维对社会生活的反映。这种反映不是被动的而是能动的，不是机械的再现和简单的重复，而是饱含着作家的思想与情感、体验与心绪、欲求与理想等主观能动作用。创作的过程是主客体之间相生相克、相互搏斗的双方或者多向的情感运动过程。在这一过程中，作家必须保持和提高自己的"主观战斗精

---

① 胡风：《置身为民主的斗争里面》，《希望》，1944年10月第1期，第7页。
② 路翎：《对大众化的理解》，《蚂蚁小集》之二《预言》，成都：四川大学蚂蚁社编辑出版，1948年，第23页。

神"，即人格力量。只有这样，才能在现实生活中去追求和发现新的动向和积极的性格；才能在即使面对黑暗和污秽时，也可以在读者心里诱发起走向光明的追求欲望。应当说胡风的这一主张是建立在他对中国农民现状的深刻认识基础上的，是有合理性和预见性的。抗日战争时期，农民成了抗战的主力军，经历了战火硝烟的熏染，他们的思想与觉悟会在斗争和生活中有所提高，但"几千年来的精神奴役底创伤"是不会也不可能短时间内彻底治愈的，他们身上落后的习惯也不是一夜之间就可改变的。因而深入到人民群众中间去，绝不意味着对他们的缺陷弱点的视而不见，甚至是认同、欣赏。作家应当有自己主观的判断鉴别能力和批判眼光，应该用自我的主体精神"拥入"描写的客观生命，深入到灵魂潜层之中。并且在这一过程中，客体也会以其丰富性、复杂性、深刻性、真实性来促成、改变创作主体的意图，引起强烈的自我斗争。在这种观点影响下，七月派乡土小说作家笔下中国农民的压抑与扭曲，原始的强力和冲动，以及用某种常态规范的社会科学概念所不能表述的东西，极其自然而真实地显现出来，他们在社会灾难和精神奴役的窒息压迫下，发出的生命的呻吟和灵魂的撕裂，是那样的摄人心魄。

严格说来七月派小说家们算不上纯粹意义的乡土写实小说家。他们涌现和成熟的时代，正是民族和人民进行着血与火、生与死的挣扎和搏斗的时代，他们面对着战争和饥饿、天灾和人祸、正义和邪恶、伟大与渺小，他们的生活是丰富的，他们的视野是宽阔的，他们关注的对象也是众多的。乡村、城市、农民、士兵、知识分子，都是他们描写和表现的题材，因而几乎所有七月派小说家都有乡土写实小说作品，他们的乡土题材的小说创作构成了七月派小说的重要组成部分，成为我们审视中国现代乡土小说创作的一个不可或缺的研究对象。

彭柏山不是一个多产的作家，而且其作品也不具备典型的七月派特征，但他前期的短篇小说《皮背心》却是一篇不可多得的乡土写实小说佳作。老实纯朴的佃农长发，在苦难和贫穷中饱受财主的欺压，被打成重伤却无力反抗，只是叹息自己的命不好。当游击队搜出地主王大爷的一件羊皮袍子后，长发千方百计弄回来做了件"皮背心"，把它当作胜利的象征在别人面前炫耀，当作命根子一样精心收藏和保护。长期沉重压迫下中国农民的谨小慎微和很容易得到的满足，被一件皮背心真实可信地表现出来。冀济的长篇小说《走夜路的人们》则典型地表现出七月派小说的流派特征和风格。人性的扭曲、现实的苦难、心理的变态、原始的冲动、宗族宗法的野蛮……所有这一切，在作家强烈的主观战斗精神和热情"拥入"下，既让人在痉挛性的渲染中感到震悚不安，又让人在它所折射的历史内容中感到时代的迫力。小说以农民何宝山、刘大昌、地主简辅成三家以及他们的家庭成员之间错综复杂的关系为内容，展示出每一个人在时代、历史、文化等复杂因素下的命运和遭际。何宝山是一个老实本分的农民，租种简家的土地，他把简府的剥削看成恩惠。他的两个儿子金堂和银堂却不像他那样勤谨怯弱，一味认命。金堂强烈粗野地爱着刘大昌的女儿刘巧巧。当他听说简家少爷调戏他的意中人时，怒火万丈，要杀死那个坏蛋。而银堂则和刘家儿媳小玉发生了苦涩的情感。小玉是一个旧式婚姻礼教制度的受害者，病弱和有生理缺陷的丈夫使她无法过正常人的生活，精神和生理的双重折磨使她勇敢地追求正常的性爱，也使她心理产生了变态，把不幸的根源归罪于丈夫，野蛮地摧残同样是受害者的刘丙庭。金堂、银堂、小玉、巧巧等都不再是"老中国的儿女"，他们不再怨天尤人，他们敢爱敢恨。在他们身上，已经显透出新一代农民的性格。然而，历史的重负和现实的黑暗是那样强大，他们的反抗最终都显得苍白无力：金堂被大兵抓去生死未卜；小玉自缢身亡，巧巧在万般无奈之际为救回银堂卖身简家。只有银堂因了巧巧的牺牲逃出魔爪，离开苦难的故乡，寻找未来的道路……

丘东平的小说既充沛着沉郁的战斗激情，又饱含着庄严的道德意识，这在他的早期梅岭系列小说中表现得尤为突出。短篇小说《通讯员》用着质朴而遒劲风格单刀直入地写出了在激烈的土地革命战争中的农民意识底变化和悲剧。通讯员林吉是个勇敢地参加了革命的青年农民，他机智大胆，总能很好地完成任务。但在一次护送我方人员通过敌人的封锁线时却失手了，被他护送的少年落入敌人的魔掌惨遭杀害。林吉从此陷入了深深的痛苦中，未完成任务的负疚感和少年惨死而他生还的事实，使他时时处在难以自拔的自责与悔恨中，在极度的心理折磨中最后拔枪自尽了。另一短篇《多嘴的赛娥》表现了一个农村少女艰难的成长过程和最终为革命献身的壮举。赛娥是一个传统的重男轻女偏见的受害者，刚一出生即遭家庭抛弃。但她却顽强地活了下来。在执行任务被敌人抓获时，她再也不是那个不知轻重、多嘴多舌的乡间女子，对使命的尽责和对诺言忠诚的道德感使她守口如瓶，即使倍受酷刑折磨也一字不吐，直至惨遭杀害。一个卑贱的有缺点的生命在革命大潮中得以升华，赛娥是无数在时代战火中涅槃的农村女性的一个缩影。长篇小说《火灾》为读者勾画出一个阴沉可怕、如地狱般让人窒息的乡村世界。在梅岭镇罗岗村，饥馑肆虐，灾民啼号，而权势者却草菅人命、横行不法，还摆出一副慈善家的虚伪面孔。丘东平用他那支无情的、不避污秽的笔，犀利地揭开了30年代中国乡村地域的一角，让人感到压抑、震颤，同时又在压抑中隐隐地渴求着什么。抗战爆发后，民族危难和救亡激情使丘东平将关注的目光聚焦在战火硝烟中的中国军人身上，《给予者》《暴风雨的一天》《第七连》《我们在那里打了败仗》《我认识了这样的敌人》《一个连长的战斗遭遇》等小说，直追人物心理的深处，挖掘战火中民族的生命力和生存意志，以民族战争的苦难和欢乐通过冷峻的书写战栗着读者的心灵。

典型地代表了七月派小说的流派风格，也是胡风最为激赏的路翎，无疑是中国现代文坛上最杰出的小说家之一。路翎1937年开始文学创作，主要作品有中篇小说《饥饿的郭素娥》《蜗牛在荆棘上》《嘉陵江畔的传奇》；短篇小说集《青春的祝福》《求爱》《在铁链中》《平原》；长篇小说《财主底儿女们》

《燃烧的荒地》等。路翎艺术感觉敏锐，情感世界丰富，创作视野开阔，塑造了众多的人物形象，破产农民、矿工、江湖艺人、船工水手、逃兵、妓女、工匠、商贩、教师、青年学生、破落户、泼皮无赖、流氓恶棍等都是他的审美对象。但他最关注的是两类人：破产农民和知识分子，仅就其《王炳全底道路》《王家老太婆和她底小猪》《易学富和他的牛》《罗大斗底一生》《饥饿的郭素娥》《蜗牛在荆棘上》《燃烧的荒地》等几部作品而言，路翎也当之无愧地是中国现代乡土写实小说的大家之一。

路翎深受胡风主观战斗精神的影响，他不是对农民的现实生活做冷眼旁观的观察或考查，而是深入到生活的底层和人物的心灵深处，感受和理解具体的被压迫者或牺牲者的精神状态，挖掘与剖析中国农民几千年来的精神奴役下的精神创伤，张扬他们的原始强力和野性反抗精神。中篇《饥饿的郭素娥》可算典型的作品。郭素娥原是一个强悍美丽而命运多舛的农家女子，她逃荒遇匪，被亲生父亲遗弃，不得不委身于一个比她大 24 岁的大烟鬼。而她好吃懒做、寡廉鲜耻的丈夫既不能满足她基本的生活需求，也无法满足她正常的人性欲求，并逼她卖身赚钱，郭素娥存活在"灵"与"肉"的饥饿状态中。对正常欲求的渴望和对现实丑恶生活的无力摆脱，使她在朦胧思维与本能欲望中以"原始的强力"去反叛封建的伦理道德规范。于是，破旧的小屋里和包谷丛中处处上演着原始野性的欲望冲腾和肉体相搏的表演。郭素娥最后惨死在丈夫、保长、恶棍的惨无人性的暴虐中。但她"我是女人，不准动我"的叫喊显示出对自我尊严的初识和本能的反抗。

路翎对长期生活在灵魂极度压抑和贫困艰难状态下的中国农民的矛盾心态有着深刻的认识，对他们有时表现出来的非常态的疯狂心理和疯狂的举动有着准确的把握。短篇小说《王家老太婆和她底小猪》《易学富和他的牛》就形象地揭示出农民在绝望中的心理反常和疯狂行为。王家老太婆生活非常艰难，儿女们死的死，走的走，剩下她一个人孤苦伶仃地活着。她借了保长的高利贷买了一只小猪，把自己的幸福、未来，甚至死后的棺材本都寄托在这只小猪身上，爱得无以复加。可淘气的小猪风雨之夜跑出了她的破烂草棚，王家老太婆用篾条赶它回去，却一下也舍不得打在小猪身上。小猪自然不肯乖乖回去，在僵持中，碰到醉酒的保长。保长可一点也不怜惜，狠狠抽打小猪，一下一下就像打在王家老太婆的心上。保长一边打一边骂小猪是活不成的，还威逼王家老太婆记着借他的高利贷! 愤怒、痛苦、绝望使可怜的王家老太婆终于疯一样地抽打小猪，发泄她无以名状的心绪。易学富的妻子久病不治死去了，欠下的债却不能不还。万般无奈的易学富不得不去卖牛还账葬妻。对一个农民来说，牛是主要的财富和生产资料，失去了牛几乎意味着失去了一切。走投无路的易学富看着悠闲饮水的牛，竟暴怒地用石头猛击他像命根子一样的牛；打伤牛后，又抱着牛脖子心疼地失声痛哭……路翎以他天才的冷酷的笔锋，直指人物痛苦矛盾、混乱扭曲的心态隐微之处，让人震悚不已。

农民在沉重的压迫下有可能觉悟并走向反抗的道路，但他们的真正觉醒却是非常艰难和曲折的，路翎认为："比起政治、经济的斗争来，思想的斗争，人民摆脱精神的奴役和精神创伤的斗争更为艰苦。"[①]《王炳全底道路》就形象地表现了农民要突破精神奴役重围的艰苦性。王炳全是一个有个性的农民，却缺乏清醒的理性，他甚至怀着报恩的想法替表弟当兵，返乡后却发现孩子死了，妻子嫁了，田地也被姑父张绍庭侵吞了。原本强悍的王炳全要报仇、要反抗、要夺回他失去的一切。可当他发现娶了他妻子的吴仁贵忠厚老实，并与妻子相亲相爱生活平静时，举刀的手就再也无力了；当他看到昔日的仇人张绍庭已成了一个病弱的老人时，却不忍心将其置于死地……一颗悲愤的、仇恨的、绝望的却又不失恻隐的心在恩怨是非中滴血、挣扎……最终

———————
① 路翎:《云雀·后记》,《中国文学史资料全编现代卷:路翎研究资料》,杨义、张环、李志远编,北京:知识产权出版社,2010年,第51页。

离开了故土，去寻找新的未来。在王炳全底道路上，每一步都印着血迹，都有着灵魂的搏斗。地主豪绅对农民的压迫剥削，反动政权基层吏治的腐败和暴虐，同样刺痛着路翎的心。《爱民大会》中那个收买人心、愚弄群众、为拉壮丁不惜欺骗失去了五个儿子的母亲的伪县长；《王家老太婆和她底小猪》中那个骄横自大的保长；《饥饿的郭素娥》中那个灭绝人性的保长及其助纣为虐的流氓恶棍们；《燃烧的荒地》中那个残暴凶恶的土皇帝吴顺广，那个忽而残忍、忽而仁慈、忽而疯狂、忽而悲观的郭子龙……都被路翎置放在艺术的和历史的审判台上，予以深刻地揭露和鞭挞。

综观七月派的乡土写实小说，我们可以发现有以下几个突出特点：一是充满着强烈的忧患意识和浓郁的悲剧意识。较之广大农民的艰难生活境地，他们更关注农民的心理世界和精神面貌，更忧虑农民的自我意识的真正觉醒和对未来命运的认识与把握，他们以正视鲜血和卑污的勇气和态度，以不避现实腥秽的笔锋，揭示出乡村世界中上演的一幕幕悲剧，给人以警醒，促人深思，承传并发扬着五四的启蒙传统。二是高强度的心理描写。无论是丘东平还是路翎，他们都直追人物的心理深处，感觉人物内心激烈的、跌宕起伏的，甚至是扭曲变态的心理活动、灵魂撕裂、精神斗争，探索人性的奥秘，探索"原始的强力"爆发的临界点是如何爆发的，以强烈的主观色彩赋予作品撼人神魄的艺术力量，这种独一无二的艺术个性是乡土小说中极为罕见的。因为在一般人的理解中，农民的文化素质相对于社会中的其他群体（如知识分子）是偏低的，他们往往是粗放有余而较少细腻，往往是憨直的而较少动心思……七月派乡土写实小说创作，无疑为如何描写和表现农民开拓了一条新的途径，提供了有益的借鉴。仅就这一点，探讨和分析七月派的乡土写实小说的意义和价值就不容低估。

八、晴朗的天空下：解放区乡土写实小说

在现代乡土小说发展史上，解放区乡土小说的涌现及其成就，是不容低估的。她不仅代表了解放区文学的最高成就，而且规定和影响了新中国成立以来至 70 年代末乡土小说的创作走向、价值观念及审美情趣等。可以说解放区乡土小说之后的乡土小说的发展，是对其传统、风格、模式的承传及光大，无论其优势还是局限，都被完整地照搬照抄过来，逐渐成为包括小说在内的全部文学创作所必须遵循的文学"样板"，并且在外部政治因素的制约下，最终导致了 60 年代后期至 70 年代末文学的迷失。时代在变迁，时间为我们重新审视解放区乡土小说出现的历史语境、地域环境、所取得的成就和先天不足造成的局限以及原因等拉开了距离，使得我们能在一个相对宽松的话语氛围中，以较为公正、客观、科学的态度加以分析、探讨，能够较为全面地了解它的真实存在，认真总结经验，吸取教训，以期有助于未来乡土写实小说的创作与发展。

解放区乡土写实小说是在特定的历史时期、时代语境、政治形势、地域文化基础上产生和发展起来的。它上承苏区文学的风气与传统，直接服务于战争，以浅显、直白和易懂的文学语言及艺术形式向农民进行宣传教育，启发他们的阶级意识和阶级觉悟，动员和鼓励他们积极参与斗争，是其最基本的特征。同时，它又受左翼文学的影响。红军到达陕北后，建立起较稳固的根据地，并逐步成为抗日战争中的堡垒，成为广大进步青年向往的"革命圣地"，大批青年知识分子冲破层层封锁和阻挠来到解放区，其中不乏思想进步、受左翼文学影响的文学青年，甚而一些在文学创作中已颇有成绩和影响的左翼作家也先后来到解放区，如丁玲、白朗、舒群、草明、萧军、欧阳山、罗烽、邵子南等。左翼文学积极倡导无产阶级革命文学，强调文学的阶级性，注重从阶级的角度，以阶级的观点和方法来观察现实，表现生活，并积极推

动文艺大众化运动。尽管当时并没有很好地解决这一问题，但它的文学主张和审美取向对解放区文学创作产生了直接而又积极的影响。

除了上述两个方面的影响外，对解放区乡土写实小说起决定性作用的是当时特定的政治形势和时代背景。抗日战争全面爆发后，民族矛盾上升为主要矛盾。建立广泛的抗日民族统一战线，团结和领导广大人民群众同仇敌忾，共赴国难，拯救民族于生死存亡之际，救民于水深火热之中是抗日民主政权的主要任务。扩大根据地的实力和影响，并在对敌斗争中不断发展壮大，是抗日民主政权的首要任务。教育和动员广大农民积极抗战，投身到民族战争的洪流中去，争取民族的独立与解放，在战火与斗争中启发他们的阶级意识、阶级觉悟，推翻几千年来的封建专制，挣脱封建思想和封建迷信的束缚，消灭地主阶级的剥削和压迫，最终获得自我的新生和解放，成为时代和社会的主人，是抗日民主政权的根本目的。在这种政治要求和时代要求下，完成这一历史使命和实现这一根本目的就成了作家不可推卸的责任，成了乡土写实小说的努力方向。因此，解放区乡土小说也就呼应着时代的召唤应运而生。

为了正确地指导解放区的文学创作，修正作家思想认识中的偏差，1942年，抗日民主根据地开展了整风运动，在延安召开了文艺座谈会，毛泽东做了重要讲话——《在延安文艺座谈会上的讲话》。这一具有划时代意义的纲领性文献，开辟了工农兵文学的潮流，极大地推动了乡土写实小说的发展。《讲话》从当时异常尖锐、激烈的国际国内的民族斗争和阶级斗争的实际出发，从国际反法西斯战争、国内抗日战争、抗日民主根据地的自身状况出发，明确指出了"我们的文学艺术是为人民大众的，首先是为工农兵的，为工农兵而创作，为工农兵所利用的"①。闭塞、落后的根据地，少有现代意义上的工业，因而也很少有真正的工人阶级。广大的士兵也基本上是农民出身，所以文学

---

① 毛泽东：《在延安文艺座谈会上的讲话》，《毛泽东选集》第3卷，北京：人民出版社，1979年，第855页。

为工农兵服务，实际上就是要求文艺为农村、农民服务，作家为农民而创作，为农民提供精神食粮。《讲话》得到了广大文艺工作者的积极响应，他们纷纷走向农村，深入到农民群众中间，实践《讲话》精神。因而有了解放区乡土写实小说的大面积丰收。

独特的地理环境和深厚的民间文化底蕴，也对解放区乡土写实小说起到了积极的推动作用。以延安为中心的解放区，大多地处偏远区域，远离现代化都市，工业商业欠发达，经济文化落后，受外来影响较少。国民党反动派的封锁、包围，人为地加重了根据地的闭塞性。这样，传统的、民间的风俗习惯和文化积淀没有受到冲击而得以保留，广大农民的欣赏口味和欣赏水平停留在对传统艺术的接受程度上，这也有利于乡土写实小说走向民族化的道路。

在上述时代背景和地域文化的基础上产生的解放区乡土写实小说，无论是在创作主体的构成上，还是在表现主题上，以及艺术审美风格上，都有着迥异于其他时期、其他流派的乡土写实小说的明显特征。在作家队伍中，"土""洋"结合，各有千秋。尽管他们艺术个性各异，着眼点和表现形式也不尽相同，但总的审美趋向和价值趋向是一致的。解放区乡土写实小说作家大致有两类：一类是从上海、北京等地进入解放区的带有"洋"味的作家和文学青年，如丁玲、周立波、欧阳山等；一类是在解放区土生土长、土腔土调的本土作家，如赵树理、马烽、西戎、孙谦、束为、胡正、王林等。文艺整风和《讲话》发表后，"洋"派作家努力"弃洋学土"，不论是主观意识、价值观念，还是文学语言、艺术形式，都积极向大众化、通俗化、民族化上靠拢，尽量使自己的作品多一些"土"味，少一点"洋腔"，力争完成思想和创作上的蜕变。本土作家从乡土深处走来，他们和农村、农民有着天然的联系，他们熟悉乡风民情，深知农民的文化渴求和欣赏口味，了解农村的实际情况，因而在从事乡土写实小说创作中有着得天独厚的优势。在抗日的旗帜下，为了民族解放和阶级解放的共同目标，两支队伍走到一起来了，相互学习，取长补短，共同撑起了 40 年代解放区乡土写实小说的天空。

解放区乡土写实小说的主题，首先是表现广大农民在党的领导和教育下，在抗日民主政权的组织下，民族意识不断提高，爱国热情高涨，坚决抗击日寇的侵略，争取民族的独立与解放的斗争。杨朔的短篇《月黑夜》，成功地塑造了一个为掩护和护送八路军骑兵而被日军惨杀的老农民庆爷爷的英雄形象；于黑丁的《母子》，写了一个坚强母亲李大妈，大儿子春生已牺牲在抗日战场上，三儿子春起也英勇献身了，剩下的唯一的二儿子春发就要参军去了，作为母亲，李大妈悲痛欲绝，但她深明大义，为革命将痛苦埋在心底；华山的《鸡毛信》、管桦的《雨来没有死》以乐观明净的笔墨描绘出两个机智勇敢的少年传奇小英雄形象；邵子南的《地雷阵》中，胆大心细、英勇灵活的地雷大王李勇的事迹传遍千家万户，极大地鼓舞了人民群众的抗日斗志；马烽、西戎的《吕梁英雄传》谱写了一曲英雄主义的民族赞歌；孙犁的白洋淀系列小说，以淳朴的语言赞美了冀中平原上感情丰富、胸襟开阔、深明民族大义的农家女性在战火硝烟中的坚毅和美丽；孔厥、袁静的《新儿女英雄传》讲述了以牛大水、杨小梅为代表的中国年轻农民在战争中的成长……值得一提的是丁玲的《我在霞村的时候》，它不同于上述充满了革命英雄主义和乐观主义的作品，以其别致的笔致和特殊的题材，让读者感到震撼。贞贞是一个被欺辱被损害的柔弱女子，承受着封建礼教、日本侵略者强加于她的双重灾难。反抗包办婚姻不成，却被日军掳去，受尽了践踏。而村中的女人不仅不同情贞贞，反而歧视她、鄙视她。饱受着肉体和心灵折磨的贞贞却不向命运低头，她坚强地活着，并利用特殊的身份为抗日做着贡献！作品提出了新的道德观念，在挖掘我们民族生存潜力的同时，也批判了农民群众落后的思想认识。应当说这是在解放区较早出现的、思想内涵和艺术价值均具有较高水平的乡土写实小说佳作。

此外，柳青的并不太引人注意的短篇小说《地雷》，真实反映了农民，特别是老一代农民民族意识、国家意识觉醒的艰难曲折的心灵历程，显示出作家严肃认真的创作态度，反映了历史的真貌。太行山区李道村有一个胆小安分的老农民李树元，认为"打日本，那是真刀真枪，甚的时候还是要人家八路军……"不是庄稼人的事，尤其不是他儿子的事，"抗日……指望咱一家又济事？反正，这世道，把自己的身子保住，是正经办法"。他反对儿子去送地雷。当大伙都去，他也没办法阻止时，又到关帝庙烧香磕头，求关老爷保佑他儿子平安归来。民族国家意识的淡薄和家本位意识的浓厚是旧式农民的真实心理状态和精神境界。当政府因为他儿子英勇参战受到表扬，他也得到村人敬重的时候，李树元终于觉醒了，"这世道还要把我改变一下哩……"小说通过一个旧式农民的认识转变来折射抗战对农民的影响，由此揭示出中华民族御敌抗侮的力量源泉。

　　解放区乡土写实小说另一主题是反映广大农民阶级意识的增强和民主意识的提高，讴歌他们为争取阶级解放和自我解放的英勇斗争，刻画他们在解放区明朗的天空下的新生活、新面貌、新风尚以及翻身作主后表现出来的空前热情和历史主动性。千百年来，农民深受地主阶级的残酷压迫和经济剥削，在政治上卑微低下，在经济上贫穷困窘。他们也曾经奋起反抗过，也曾经尽力抗争过，但从陈胜、吴广起义到太平天国，无不以失败而告终了。只有到了20世纪40年代，在解放区，在共产党的领导下，广大农民掌握了阶级斗争的武器，才认识到了受压迫受剥削的真正原因，才彻底翻身做了土地的主人、社会的主人，政治上得以解放、经济上得以翻身。

　　赵树理是一位带着敏锐目光观察农村现实生活、善于发现问题的作家，中篇小说《李有才板话》既揭示出解放区基层组织建设中存在的问题和少数干部的官僚主义工作作风，更真实地反映了广大农民在党的领导下阶级觉悟提高和勇于斗争的精神，尤其是对那个"吃亏、怕事、受一辈子穷，可瞧不起穷人"的老秦的刻画,虽然着墨不多,却极有典型意义。同类题材和主题的作品还有孔厥、袁静的《血尸案》、王希坚的《地覆天翻记》、马烽的《一个下贱的女人》《村仇》、江山的《滹沱河流域》《江山村十日》、周立波的《暴风骤雨》和丁玲的《太阳照在桑干河上》等。李有才、陈大牛、金宝娘、孙国亮、金永生、赵玉林、郭全海、张裕民、程仁等农民不再是鲁迅笔下的阿Q、祥林嫂,茅盾笔下的老通宝,叶紫笔下的云普叔等愚昧、麻木、被侮辱被损害的对象,不再是受欺压而为痛苦的血泪所浸泡,他们的命运不再像牛马那样任人宰割!他们是阶级意识觉醒后敢于斗争、勇于把握自己命运和未来的中国几千年来历史上第一次出现的全新农民形象。他们以无比的热情和坚决,积极推动历史的前行,不怕流血、不怕牺牲,体现出前所未有的新风貌和英雄主义气概。

在民族解放和阶级解放的斗争中,解放区农民同时也获得了自我的解放。他们在党的领导组织下,民主意识、自主意识不断增强。为了捍卫和维护自我尊严,过上"人一样的日子",他们在与民族的敌人、阶级的敌人进行殊死搏斗的同时,也在与封建思想意识、礼教道德、迷信观念以及自身的落后意识进行斗争,努力从封建旧文化的泥潭中挣脱出来,做一个全新意义上的人。孔厥的小说《一个女人翻身的故事》,以其较强的纪实性讲述了一个女人如何从地狱的煎熬中过上了人的生活的故事。主人公折聚英三岁死了父亲,跟着母亲吃糠咽菜,九岁被卖给别人做童养媳,挨打受骂成了家常便饭,活得还不如条狗。是汹涌的抗日民族热潮感染了她,启发了她。折聚英勇敢地逃出地狱,到边区政府受训,解除了旧式婚约,成长为一个英雄模范和边区政府中参政议政的参议员。一个有趣的现象是,解放区作家反映农民民主意识觉醒的问题,大都选取婚姻恋爱家庭的角度加以表现。康濯的名篇《我的两家房东》中,金凤敢于反对给她包办的婚姻,顶撞她的父亲,大胆地和栓柱自由恋爱,在婚姻大事上不唯家长之命是从,也不屈服于旧式礼教和封建陋习,而是自己拿主意，自己做主张，退掉了包办的婚姻，大胆地和邻庄的青年农民栓柱搞起了对象。特别是小说对她和栓柱之间热烈而羞怯的爱情，机巧而实用的约会暗号的细腻描写，让人感到一股清新的泥土气息扑面而来，为乡村青年男女纯朴而甜蜜的恋爱方式发出会心的微笑和由衷的喜悦。影响最大的是赵树理的《小二黑结婚》。小二黑、小芹已经成了那个时代农民的共名。

刘家峧的民兵小队长小二黑和同村漂亮的姑娘于小芹真心相爱，两个青年人的爱情合理合法，但不合乎世俗的"情""礼"，并遭到混进村政权中的坏人金旺、兴旺兄弟的破坏和迫害。有情人难成眷属。小二黑的父亲刘修德，人称"二诸葛"，他"抬脚动手都要论一论阴阳八卦，看一看黄道黑道"。他反对小二黑与小芹的婚事，一是因为两人命相不对，二是嫌小芹母亲名声不好，三是图便宜已给小二黑收养了个童养媳。最主要的是他认为儿女婚事应由父母做主，应"由"他而不是"由"小二黑本人。小芹的母亲三仙姑每月初一、十五要顶着红布，摇摇摆摆扮神婆，为人烧香求财问病，也是刘家峧的"神仙"。她也反对小二黑和小芹的婚事，倒不是因为她也相信两个人命相不对，而是她心里也喜欢小二黑，一旦做了女婿，"以后想跟小二黑说句笑话都不能了"。女性的嫉妒和失落感使她心理变态，因此坚决反对这门亲事；再则她把小芹许配给一个退职旅长做填房，既高攀了门第，又可收到丰厚的财礼，名利双收。而最根本的原因是她脑子里的封建旧思想作怪，把儿女当作家长的私有财产，儿女的终身大事应由父母包办做主，无视儿女个人婚姻恋爱自由的权利和独立自主的要求。这样，小二黑和小芹的自由恋爱既不合父母之命的"情礼"，又不合应有媒妁之言和不悖迷信禁忌的"乡情"，再加上金旺兄弟欲欺负小芹没有得逞而产生的仇恨和报复，以及老实、胆小乡亲们的不敢帮助和支持，两个青年人的命运让人担心。但小二黑小芹们不再是任人宰割的羔羊，不再是没有民主意识和自我意识的祥林嫂们，他们有抗日民主政府撑腰，既不怕金旺之类的流氓恶霸的淫威，也敢违抗几千年沿袭下来的父母之命，更不信什么"千里姻缘一线牵""命相不对"的鬼话。他们大胆地追求个人的自由与幸福，勇敢地同封建思想、礼教、迷信和恶势力做斗争，掌握了自己的命运，成为千百年来新型农民的代表。

解放区乡土写实小说有着区别于同时代的七月派乡土写实小说和"国统区"乡土写实小说的明显特征。首先，它富有鲜明的政治倾向性和具体的现实针对性及时效性。特定的时代语境和政治环境在解放区乡土小说创作的思想倾向、主题意蕴、价值观念等方面做了规定，特别是毛泽东在《延安文艺座谈会上的讲话》中提出了新的批评标准和价值标准，即"以政治标准放在第一位，以艺术标准放在第二位"。[①] 将政治思想的正确与否作为评判作品的主要标准尺度。一部作品的好坏，首先看它是革命的还是反革命的，是符合党的政策还是违反党的政策，是紧跟党的路线还是背离党的路线。强调创作必须为政治服务。因而作品的主题非常明确，歌颂什么、批判什么都一目了然，拥护什么、反对什么态度截然分明，政治色彩非常鲜明。大部分解放区作家认为他们首先是"战士"，其次才是作家。他们以一个实际工作者的身份去深入现实生活，广泛接触实际，注意发现工作中的问题，并通过创作将问题艺术化地表现出来。所以作品具有较强的现实针对性和时效性。如果说解放区乡土写实小说中有相当数量的是"农村社会政治问题小说"，恐怕不是姑妄言之。以赵树理为代表的解放区乡土作家在 40 年代的创作实际，充分证明了这一点。他的《李有才板话》《地板》等曾被作为学习参考材料，下发到解放区开展乡村工作的干部手中，起到了"辅助文件"的作用，具有极强的功利性。

其次，解放区乡土写实小说在艺术形式和艺术审美上有它独特的风格特点。一是民族化的艺术表现形式。解放区广大的农民群众是乡土文学的接受

---

① 毛泽东：《在延安文艺座谈会上的讲话》，《毛泽东选集》第 3 卷，北京：人民出版社，1979年，第 861 页。

主体，他们的欣赏习惯，审美趣味，文化水准要求作家必须创造具有民族风格，为老百姓喜闻乐见的艺术表现形式来适应农民的审美需求。新评书体像《血尸案》《黑石坡煤窑演义》《吕梁英雄传》《新儿女英雄传》《洋铁桶的故事》这样的英雄传奇小说大量出现，正是对农民审美需求的呼应。这些作品均用传统的章回体形式讲述抗日战争的新内容。作品每章有概括内容的回目对子，甚至结尾留有"且听下回分解"的悬念，吸引着粗通文字或不识字的农民。赵树理自觉地做着这样的努力："我一开始写小说就是要它成为能说的"，并且认为"评书是正经地道的小说。"① 像《小二黑结婚》《李有才板话》之类的小说，则注重"讲故事"的功能。大故事套着小故事，环环相扣，层层推进，来龙去脉，清晰完整。没有冗长的心理独白和思想斗争，也没有烦琐的景物描写和场景烘托，人物的性格塑造在故事发展和情节冲突中完成。二是通俗化大众化的审美风格。解放区小说注重文学语言的通俗易懂，直白明了，崇尚土腔土调，远离洋腔洋调。作家善于从群众中采猎和提炼富有生活气息的语言，加工成纯粹、质朴、明快而又形象、活泼、生动风趣的文学语言，既便于人民群众阅读理解，又让他们感到亲切自然。三是独特的地域风情和民俗文化色彩。赵树理笔下的晋东南乡土民俗风情文化、孙犁描画的白洋淀的湖光芦影、周立波勾勒出的东北黑土地上的风雪与林海、丁玲绘制的华北平原上"桑干河"两岸的乡村风景画卷、马加讲述的"滹沱河流域"的风土人情……无不烙刻着鲜明的地域印迹和浓厚的民俗学色彩。

　　解放区乡土写实小说是特定时代语境、地域文化环境的产物，在它的发展和成长过程中受到多种因素的制约，因而在取得较高成就的同时，也存在着不容忽视的局限性甚至是偏颇，可以说是晴朗的天空下有阴影。这主要表现在以下几个方面：一，过分强调文学为政治服务，强调政治思想标准第一，

---

① 戴光中：《赵树理评传》，北京：北京十月文艺出版社，1987年，第330页。

使一些作品在注重思想性的同时忽视了艺术审美性，仅仅在诠释政策或图解方针路线，宣传效果增强了，艺术价值降低了，将内容与形式结合得完美无缺的作品还是很不多见的。二是在向民族化、大众化、通俗化目标前进的时候，有些矫枉过正。认为越土越好，越俗越好，漠视甚至敌视五四文学传统和西方文学中优秀的东西。过分迁就农民的接受需求，忽略了或淡化了农民的欣赏趣味其实是封建思想文化的载体，缺乏对农民思想意识中残存的落后、自私、狭隘、短视等不良东西的警觉，因而作品中充盈着乐观、轻松、欢快的格调而缺乏深刻清醒的理性批判意识。农民斗争胜利来得如此容易，他们的思想转变如此迅速，这无论从历史上看还是从艺术上看都缺乏真实感，中国农民精神蜕变所具有的独特的艰难性、曲折性很少得以充分地展现，不仅降低了作品的艺术价值，而且也弱化了其思想价值。三是部分作品，尤其是解放区本土作家的作品缺乏现代意识，带有某种陈旧性，甚而对一些竭力要批判的东西却加以不自觉地肯定，如《小二黑结婚》中"青天意识"的流露，对三仙姑的态度，都是基于传统的文化观念和道德标准上的判断。假设小二黑、小芹碰上了一个金旺式的区长，他们能顺利结婚吗？三仙姑不同样是封建婚姻制度的受害者吗？同样是解放区乡土小说代表作的《荷花淀》，也有值得我们重新认识的东西。水生参军临行前对女人交代："不要被敌人汉奸捉活的。捉住了要和他拼命。"要和敌人做殊死的斗争，任何一个有骨气的中国人都应该这样做。但要求一个柔弱的女子和武装到牙齿的敌人拼命，就值得玩味了，最起码不公平。丈夫要求妻子万一被捉就拼命，是出于一种什么心理？让人不由想起了鲁迅先生的《我之节烈观》。丈夫是怕妻子被敌人汉奸捉活的会失去贞节！作者写道："这才是那最重要的一句，女人流着眼泪答应了他。"我们不知道女人的眼泪中有几分恐惧，有几分甘心情愿，或有几分无奈。丁玲的《我在霞村的时候》中的刘贞贞，就没有这种承诺，尽管她也遭受到巨大的压力，但她却要活着，而且要活得有意思！这说明了作家思想认识的不同。

总之，解放区乡土写实小说是在那片明朗但封闭的天空下滋生、发展、成长起来的，它既有明朗天空下的清新、质朴、轻盈，也有历史条件和环境因素制约下的不足。无论如何，它是 20 世纪中国乡土写实小说史上的波峰之一，具有重要的文学史意义和历史认识价值。

第三章　田园牧歌的低吟浅唱：现代乡土抒情派小说

　　综观中国现代乡土小说的发展，我们不难发现，如果说以现实主义为基调的乡土写实派小说是在鲁迅的开拓与示范下发展起来的，并形成"理性批判—文化启蒙"模式，进而演化为"阶级意识——革命斗争"模式；那么飘逸着田园诗风的乡土抒情写意小说出现在 20 年代初并逐渐走向成熟，则是与周作人的影响密切相关，他注重文学因其地域性而彰显的独特性，主张作家要描写自然风景，乡土人情，融艺术特性与风土本性之中。也就是后人精辟地概括为"三画""四彩"的美学特征："……'三画'即风景画、风俗化、风情画；'四彩'则指的是自然色彩、神性色彩、流寓色彩、悲情色彩"。①从 20 年代的废名、30 年代的沈从文、凌叔华、萧乾、萧红、芦焚等，到 40 年代的孙犁、汪曾祺，以及 80 年代的刘绍棠、迟子建、曹文轩、何立伟等，乡土抒情小说成为现代乡土小说创作中与乡土写实小说并行不悖、齐头并进的另一翼，二者共同铸造了现代中国乡土小说的壮丽景观。

一、世外桃源的追寻与乡土情感的皈依

　　现代乡土抒情小说产生于 20 世纪 20 年代前期。有人认为："鲁迅的小说《社戏》《故乡》等，开创了以童年回忆为视角，着重挖掘乡民生活中的真善

---

　　① 丁帆：《中国乡土小说史》，北京：北京大学出版社，2007 年，第 19 页。

美的乡土抒情小说……"①1925 年底，废名的短篇小说集《竹林的故事》由新潮社出版，标志着现代乡土抒情小说的发端。乡土抒情小说的出现，是多种因素促成的结果。首先，乡土田园文学在中国具有悠久的历史传统，是几千年来的农耕文明在艺术审美领域的产物。从《诗经》到近代的晚清，描绘田园风光，表现乡土情调，寄情山水的诗歌散文是中国文学长河中最壮美的脉流之一，也是文学表现的永恒主题。对中国传统知识分子来说，无论是失意时回归山野，还是得意时指点江山，乡土山水都是他们情感思想的载体，都是他们的精神寄托。无论是"不为五斗米折腰"的陶潜"采菊东篱下，悠然见南山"的静穆淡远的心灵体验；还是作为"豪放派词人"的重镇辛弃疾的有声有色、惟妙惟肖、活灵活现描写的"大儿锄豆溪东，中儿正织鸡笼，最喜小儿无赖，溪头卧剥莲蓬"的农家生活场景……乡土田园文学是他们体验人生、流露情感、审美认知的方式，也是他们观察社会、体验民情的表现工具。尤其是那种淡化安邦济世的现实精神，突出超功利的审美情趣的田园山水欣赏之作，相比那些"载孔孟之道"的文章，对后世产生了更大的影响。起步于五四时期的中国现代文学，尽管更多的是对西方文学的吸收与借鉴，但作为五四时期中国现代文学中的重要一翼，乡土文学对民族传统文学的继承却是不争的事实。因而，现代乡土抒情小说也无法割裂与传统山水田园文学之间的联系。

其次是对西方文学的借鉴。继承并发扬光大民族文学遗产，绝不意味着排斥外来影响。五四新文学运动时期是中西文化大交流、大碰撞、相互采借、相互融合的时期。艾迪生、兰姆、欧文、吉辛等人雍容典雅的"美文"，乔治·艾略特、哈代等人皈依自然的小说，都在当时产生了重大影响。废名在

---

① 李冬影：《自然中的行吟——新时期乡土抒情小说的情感皈依》，硕士学位论文，安徽大学，2010 年，第 1 页。

其《废名小说选·序》中承认受过乔治·艾略特的影响。^①这位英国作家远离尘嚣、皈依自然的倾向和对故乡的青山秀水和古朴民风的情感指认，促成了废名充满了抒情色彩、洋溢着恬静气息的乡土田园小说的诞生。再次，作家的主观心理是重要的原因之一。无论是废名、沈从文，还是萧乾、芦焚、田涛等，他们来自乡下，居住在城市，却始终对于城市有一种异己感，对于乡村有一种割舍不了的亲切感，有一种依恋。芦焚曾说："等到你的生活潦倒不堪，所有的人都背弃了你，甚至当你辛苦的走尽了长长的生命旅途，当临危的一瞬间，你会觉得你和它——那曾经消磨过你一生最可宝贵的时光的地方——你和它中间有一条永远割不断的线，它无论什么时候都大量的笑着，温和的等待着你。……"^②故乡的宽容，越发使他们感到城市的苛刻；故乡的温暖，越发使他们感到城市的冷漠；故乡的纯朴，越发使他们感到城市的虚伪丑恶……他们始终与都市文明有着隔膜，他们心想着从烦琐、庸俗、充满诱惑与陷阱的现实世界中逃脱出来，去追寻梦中的世外桃源，回归到宁静恬淡的故土田园中去，回归到浓浓的亲情中去，从情感上皈依乡土。魂牵梦绕的乡愁使他们笔下流淌出田园寻梦的低吟浅唱，勾画出古朴乡村的风情画卷。

最后，周作人对"地域文学"的倡导与乡土抒情小说的出现不无关系。1923年，周作人连续发表了《地方与文艺》《旧梦》等文章，提倡"乡土艺术"，明确提出要"跳到地面上来，把土气息泥滋味透过了他的脉搏，表现在文字上"，充分张扬"风土的力"，将文学的"国民性，地方性与个性"统一起来："我相信强烈的地方趣味也正是'世界的'文学的一个重大成分。"^③将自己的文学理念付诸实践，周作人对乡土抒情小说的早期实践者废名奖掖有

---

① 废名：《废名小说选·序》，北京：人民文学出版社，1957年，第2页。
② 芦焚（师陀）：《师陀全集·看人集》第5卷，刘增杰编校，开封：河南大学出版社，2004年，第119页。
③ 周作人：《周作人文类编：本色》，钟叔河编，长沙：湖南文艺出版社，1998年，第733—734页。

加，积极扶持。《竹林的故事》出版时，周作人亲自作序，肯定了废名的田园牧歌的艺术倾向："冯君著作的独立的精神也是我们佩服的一点。他三四年来专心创作，沿着一条路前进，发展他平淡朴讷的作风，这是很可喜的。"[1] 沈从文、萧乾等人，都曾得到过周作人的推许。可以说，周作人对现代乡土抒情小说的发展，产生了积极的影响。

与凝重峻切的乡土写实小说不同，乡土抒情小说是写意的、抒情的、温馨的，无论题旨还是审美情趣，都表现出明显的属于自己的特征。第一，乡土抒情小说突出表现了以小农生产经济为基础的宗法制乡村的人性美和未经工业文明异化的人情美。在废名的《菱荡》中写道，陶家村翠竹绿水，宁静和谐，浣衣妇轻松快乐，主人和气宽容，长工勤敏能干，人情怡怡，无争无斗；在《竹林的故事》中，种菜的少女三姑娘充满着青春气息，性格像竹一样的挺直和有气节，心像水晶般洁白无瑕，没有一丝世俗气，与人为善，与双亲和睦；《桃园》里的阿毛姑娘，心底无私，一心助人，她把自栽的花送人，把自己的桃子送人，还可惜自己上不了树多摘几个桃子……在沈从文的《萧萧》中，童养媳萧萧违背了妇道，生下了一个野孩子，也没有被"沉潭"或"发卖"，生下孩子后，"萧萧依然是往日的萧萧"；《边城》中的船总顺顺开朗公正，热情好客；祖父贫而不贪，怡然自得；傩送美甲一方，勤劳能干；天保诚实忠厚，正直朴素；翠翠天真未凿，白璧无瑕……当时中国农村中的贫富悬殊、阶级对立、暗流涌动等都被作家超越阶级功利的原始道德价值标准消解了，展示的却是宗法制农村人性美、人情美的画卷。第二，追求自然美、风土美，在风土人情画卷中寻觅神韵。山水景物，民风习俗作为文学的象征，是从赋比兴开始的中国文学传统。现代乡土小说独特的美学魅力和艺术个性就在于它的地域色彩和泥土气息，应当说乡土写实小说和乡土抒情派小说都

---

[1] 周作人：《〈竹林的故事〉序》，北京：北新书局，1925年，第2页。

注意对风土人情的描绘。但是两者的出发点和落脚点是不同的：乡土写实派小说对山川景物、民风习俗的描写是为主题、故事、情节服务的，正如茅盾所说："在特殊的风土人情而外，应当还有普遍性的与我们共同的对于命运的挣扎。""故事托足的地方色彩，当然能增加故事的真实性和趣味性"①，即"寓政治风云于风俗民情图画，借人物命运演乡镇生活变迁"。② 而乡土抒情派小说主要是从美学的层面而不是社会学的层次上来观照乡土村镇，表现的是自然美，风土美，追寻的是一种境界、一种神韵，不是以此来表现农村的愚昧（如王鲁彦描绘的"冥婚"）、麻木（如蹇先艾笔下的"水葬"）、残酷（如许杰笔下的"械斗"）、野蛮（如《赌徒吉顺》中的"典妻"），从而进行文化批判与思想启蒙，而是有意识地规避了这些纠缠，从鲜活的生活场景和朴实的民俗风情中，去挖掘和张扬纯朴、善良的人性，具有人类文化学的价值。第三，乡土抒情小说追求文体美。他们的作品具有诗化、散文化的特征。他们不追求故事的完整性、冲突的戏剧性、情节的节奏感，不主张那种"太象小说"的刻意书写，而力求把小说的叙事功能与抒情功能完美地综合起来，以淡雅自然、古朴凝练的笔致，冲淡平和的节奏，在记忆的童年的故土园田中，寻故觅旧、浅吟低唱、抒发情怀。尤其是沈从文的乡土抒情小说，形式灵活多变，表现活泼自由，堪称文体大家。钱理群就认为："沈从文被人称为'文体作家'，首先是因他创造性地运用和发展了一种特殊的小说体式：可叫做文化小说、诗小说或抒情小说。"③

废名是乡土抒情小说早期的探索者和拓荒者。废名原名冯文炳，1922 年考入北京大学，同年开始在《努力周报》《语丝》周刊、《晨报副镌》《浅草》季刊上发表小说、散文、诗歌。主要作品有小说集《竹林的故事》《桃园》

---

① 茅盾：《小说研究 ABC》，《茅盾全集》，北京：人民文学出版社，1991 年，第 24 页。
② 古华：《芙蓉镇·后记》，北京：人民文学出版社，1983 年，第 251 页。
③ 钱理群等：《中国现代文学三十年》，北京：北京大学出版社，2016 年，第 201 页。

《枣》和长篇小说《桥》《莫须有先生传》等。

鲁迅先生注意到了废名的乡土抒情小说创作，认为："在一九二五年出版的《竹林的故事》里，才见以冲淡为衣，而如著者所说，仍能'从他们当中理出我的哀愁'的作品。可惜的是大约作者过于珍惜他有限的'哀愁'了，不久就更加不欲像先前一般的闪露，于是从率直的读者看来，就只见其有意低徊，顾影自怜之态了。"①

废名的乡土抒情小说创作可分为两个阶段，第一个阶段是他早期的创作，大都收入《竹林的故事》中；第二个阶段是 20 年代中期至 30 年代初期。他在第一个阶段的创作中，现实主义的色彩尚能有迹可觅，能在一定程度上着眼于社会问题的关注和人间世相的写实，关心由于宗法社会关系解体给农民造成的生活灾难。如小说《河上柳》就写了一个被官府逼迫失去生计的民间艺人的遭遇：陈老爹是个演木头戏的滑稽艺人，平日衣食无忧，生活自足自乐，门上"东方朔日暖，柳下惠风和"的对联和门口粗大的柳树，透露出陈老爹安详自得的生活。但衙门口出了禁令，官府不许他演木头戏，断了陈老爹的生计，他再也不能坐在柳荫下谈古论今了，不得不砍伐那棵象征着古朴乡风的柳树。小说《浣衣母》的社会意义更为显现——李妈由"公共的母亲"变为"城外的老虎"，深刻地揭示出封建礼教对美的摧残和毁灭。李妈早年生活孤苦，丈夫离家，孩子死的死走的走，她只有在门口卖茶为生。李妈的慈爱让人感动，孩子们在那里逗留、玩耍，家长大可放心，李妈成了"公共的母亲"。但当她留下一个中年男人搭帮着过日子后，立刻遭到别人的非议和冷眼，原来的好人变成了坏女人，"公共母亲"成了"城外的老虎"。中年男子只好离去，李妈只能把盼望儿子回来作为生活的寄托。20 年代中期，废名的艺术趣味和人生观念发生了明显的变化，他远离现实人生和社会生活，对农

---

① 刘祥安主编：《普通高等教育"十五"国家级规划教材·中国现代文学作品导引》第 1 卷，北京：高等教育出版社，2004，第 55 页。

民凄苦的同情和对乡村破败的惋惜，变成了对"一切农村寂静的美"与"平凡的人性美"的眷恋与歌吟，开始了世外桃源的寻梦对乡土自然的情感皈依。他的长篇小说《桥》典型地体现了他的这种变化。史家庄在废名笔下是一个世外桃源、人间乐土——村民男耕女织，知足常乐，斯文儒雅，怡情养性，民风淳朴，道德敦厚……作品主人公是处于三角感情纠葛中关系微妙的三个青年男女，他们爱不能婚，婚非所爱。程小林郊游偶遇河边放牛少女，摘了许多野花送她，结识了农家姑娘史琴子，两人青梅竹马、两小无猜，家人按照乡间习俗为两人订婚约。十年后，程小林辍学返乡，又对史琴子的表妹细竹一见倾心，他既喜欢温厚贤惠的史琴子，更喜欢天真活泼的细竹。作为家长的史奶奶不加干涉，任小辈们顺其自然发展。三个人在一起四处游玩，欣赏山景，采花折柳，各自怀着一颗返璞归真、恬淡自然之心。这是废名理想中的田园世界，是他刻意营造的"一座通向远离尘嚣的古朴乡村的桥"，象征着对竞争生活的心理排斥和观念性拒绝，也意味着对世俗痛苦的超越，是一次心灵回乡的历程。

废名善于用山水小品的笔触，精细地写景抒情，形成了他小说中一种田园诗般的宁静、和谐、幻美的韵味，因而超尘脱俗，飘逸空灵。散文化的结构是他小说最突出的特征。他认同周作人的看法："小说一方面要真实——真实乃亲切；一方面又要结构，结构便近于一个骗局，在这方面费了心思，文章乃难得亲切了。"（周作人：《明治文学之追记》）[①]他在创作中使故事让位于情绪，情节淡化而不巧合，人物与景物并重，注重意象、意境的营造，因而，他的小说便同时兼有了散文的形貌与诗歌的情韵。而语言的简洁洗练、含蓄优美，又让人觉得更像"唐人绝句"或"牧童短笛"。废名用隐逸、出世情调来召唤理想的王国，躲避现实社会，远离时代的风云变化与鲜血烈火，为渐

---

① 周作人：《立春以前·明治文学之追忆》，北京：北京十月文艺出版社，2012年，第89页。

趋瓦解的宗法制农村低吟浅唱着田园牧歌，显示出"有意低徊、顾影自怜"的悲哀，既冲淡了对苦难现实的真实刻画，又削弱了作品的认识价值和思想价值。然而，作为一个风格独异、别有拓新的乡土抒情小说的先行者，废名在中国新文学史上，特别是在现代乡土抒情小说史上的地位和影响，是不容置疑的。杨义曾这样评价废名的乡土抒情小说："……是我国新文学运动初期最富有诗情和青春气息的作品之一，它似一枝悠扬的牧笛吹响在五四时期朝霞灿烂的晨空之下，清美而不落轻浮。作者以一枝凝练而有才情的笔，写竹林，写茅舍，写菜园，写少女，触笔之处皆是一派牧歌式的青春气象。……她（它）们之间已达到了一种诗情的象征境界。"①

二、乡土梦幻的编织与诗意书写

20 世纪 20 年代后期，北伐胜利后国民政府定都南京，从而使当时中国的政治中心发生了位移：由北京而南京。于是，出现了这样一种罕见的格局：政治、经济、文化中心三足鼎立。南京——政治中心；上海——经济（文化）中心；北京（后改名北平）——文学中心。于是，继续留在京、津地区或其他北方城市的一个自由的作家群，也被称作"北方作家"群体，形成了所谓现代文学史上的"京派"。尽管有人提出质疑，认为京派作为一个文学流派来研究，"本身就不很科学"②但在对中国现代文学的研究中，大家已经约定俗成地把它作为一个文学流派来解读，并且有研究者注意到了它的情感基调："在中国现代诸多小说流派中，京派是最富有乡村情感的作家群体。他们侨寓于城市，却'在'而不属于其置身的都会，淡淡哀愁的心灵不无矛盾地漂泊在现代都市与古朴的乡村之间，大都毫不掩饰自己对城市文化的隔膜和厌恶，或

---

① 刘祥安主编 .：《中国现代文学作品导引》第 1 卷，北京：高等教育出版社，2004，第 58 页。
② 王嘉良：《略说"京派"与"京派作家"萧乾》，《浙江师范大学学报（社科版）》，1991 年第 3 期，第 51 页。

如萧乾那样把城市体验为‘狭窄’而‘阴沉’的所在，或如芦焚那样把都市视作‘毁人’炉”。①京派作家的小说创作讲求"纯正的文学趣味"，以"和谐""节制""恰当"为基本的审美原则，文风淳朴，贴近乡村民众的生活，感情诚实、从容、宽厚，显示出比较成熟的乡土抒情小说特点。作品较多在《文学杂志》《文学季刊》《大公报·文艺》副刊等京津地区的文学报刊上发表。这应当是现代乡土抒情小说充分发展的一个时期。此后，因为种种因素（比如抗战的兴起、主流话语阶级斗争的盛行、社会转型的急遽等）的影响，乡土抒情小说远不像此时那么光彩夺目。

30 年代的乡土抒情小说之所以风光无限，呈一度繁荣之势，在现代文学史上成为一朵奇葩，这与"京派"的形成不无关系。京派现于 20 世纪 30 年代，此时五四已经大潮远去，涛声难觅，文化和政治的中心都已经转移到了上海，留在北京等地的作家便处于一个"文化边缘"的地位。我们可以从以下三个方面来看：第一，成为文化边缘的北京，虽然比较沉闷，但毕竟是文化古都，有着深厚的文化积淀，特别是在经过了新文化运动的洗礼之后，浓重的文化氛围为那些志趣相投的作家重新集结创造了很好的条件。第二，处于政治、经济边缘地带的北京，既远离时代风云、斗争旋涡，又少有十里洋场的灯红酒绿、霓虹闪烁的诱惑，大多生活在"象牙塔"里的大学校园，因而较少沾染上商业和党别的味道，比较容易形成一种平和、恬静的创作心态。此外，这些知名高校里的名学者教授，大多拥有雍容高贵的气质，喜尚扎实稳健的文风，加之收入稳定，生活优裕，社会地位较高，"羽毛丰满"，因此，他们在对时代和社会的态度上也大多趋于保守。第三，在文化边缘中能够甘于寂寞继续坚持创作的作家，大多是真正有志于文学事业的人，特别看重文学的独立价值，对于那些在文学创作中表现出政治功利性、党派性和商业性

---

① 丁帆：《京派乡土小说的浪漫寻梦与田园诗抒写》，《河北学刊》，2007 年第 2 期，第 132 页。

的倾向，都有一种本能的排斥态度，有意识地与各种流行文学保持一定的距离。所以，从某种意义上说，京派文化是乡土文化的典型象征，具有双重的文化和美学特征：对现代性既追求，又怀疑，从而导致对现代性的焦虑。于是，在现代性的强大冲击下，他们对乡土的传统美感的日渐式微而产生了一种挽歌情怀。

京派乡土抒情小说的一大特点是对乡土的梦幻般的描摹。他们是在视艺术即梦、情感即真，也就是在朱光潜所谓"理想界"与"现实界"二元对立的观念中建构着他们的乡土梦幻的。基于此，他们对宗法制乡风民俗多取宁静认同的态度，努力从中开掘纯朴的人情美、道德美，奇特的风俗美，静穆的自然美。沈从文的湘西世界、废名的鄂东山野、芦焚的河南果园城、老向的河北农村、汪曾祺的苏北乡镇、萧乾的京华贫民区等无不表现了这一特色。二、悲悯人生。京派乡土抒情小说多表现出对人类的悲悯情怀。他们在历史文化的观照中，既由衷地赞美那未蒙教化的原始文明的淳厚朴实，又看到了礼教、宗法制的野蛮和人生不幸的一面。同时，浓厚的学院背景又使他们在情感上对社会对人类有一种悲悯情怀。沈从文和废名都十分郑重地把自己作品中悲剧的美学特质的一面指出来，沈从文说："我的作品能够在市场上流行，实际上近于买椟还珠，你们能欣赏我故事的清新，照例那作品背后蕴藏的热情却忽略了；你们欣赏我文字的朴实，照例那作品背后隐伏的悲痛也忽略了。"[①] 在他们看来，人的神性存在与悲剧性存在有着必然性的联系，由此决定了京派乡土抒情小说的悲剧性往往是人性的悲剧。另一方面，京派作家对人性的单纯信仰又使得他们在悲悯人生时是"明快的"，带着"悲悯的微笑"的情怀。这样，他们的表现方式就是在所写的人事上不为故事中卑微人事而失去明快。萧乾的作品这种特点比较明显，这在《邓山东》《小蒋》《印子车的

---

① 沈从文：《习作选集代序》，《沈从文全集》第 9 卷，太原：北岳文艺出版社，2002 年，第 9 页。

命运》中都可以看到。三、诗意抒情。诗意抒写是京派乡土抒情小说的鲜明特征。在叙述中融入诗性的追求，在写实中弥漫着浪漫的气息。他们往往有意境营造的自觉，或以景结情，或以象寓意，用空白和空灵构成立体的艺术空间，给读者以极大的想象空间。伴随诗性意境而来的是京派作品结构上的疏朗和散文化倾向。

沈从文无疑是京派文学的重镇，也是 30 年代乡土抒情小说成就最大的作家。20 年代初，胆气十足的沈从文抱着"重造社会"的宏愿和朝圣般的虔诚来到"五四"新文学运动的发源地北京，但现实却给这个豪情万丈、"傻头傻脑"的乡下人上了严酷的一课，使他清醒地认识到这里绝不是他所想象的"光明"的所在。如果说湘西的落后中还葆有古朴世风和善良人性的一面，那么，都市的"先进文明"则把一切都征服和锈蚀了。为了让受伤的心灵能得到抚慰，沈从文放飞灵魂，让它随着想象的翅膀重返故乡，在《夜渔》里重温儿时的浪漫情趣，在《猎野猪的故事》中品味山野的冒险刺激，在《腊八粥》里咀嚼家庭的温馨甜蜜，在《雨后》中想象乡村少年甜蜜的男女欢爱⋯⋯开始了乡土抒情小说的初步尝试。大约自 20 年代末开始，[①] 沈从文的文学创作从感性摸索进入到理性自觉阶段，其乡土抒情小说的旨趣、美学风格基本确立，把自己的审美理想付诸诗性表述最为充分、最完美。正如金介甫所说："到了 30 年代，沈从文的理想主义已不仅仅停留在小说中提倡进步人生观的意义上了。他眼望高处，攀登一种哲学的，或可被称作'抽象'的理想境界。"[②] 他希望能有更好的"新办法"从根本上解决现代乡土中国现实存在的种种问题，

---

① 我们的这种判断应该说基本符合史实，可由沈从文于 1981 年在《〈沈从文散文选〉题记》中的一段话来证实。他说："直到接近三十年代，手中一支笔，才开始能较有计划用到我较为熟悉的人事上，文字运用得比较准确责任。"（参见《沈从文全集》第 16 卷，太原：北岳文艺出版社，2002 年，第 385 页。）

② ［美］金介甫：《沈从文笔下的中国社会与文化》，虞建华、邵华强译，上海：华东师范大学出版社，1994 年版，第 74 页。

还是以文学重造一切的"五四"原则来铸造人性，改良世道人心。他惋惜左翼作家们"……似乎业已忘了自己如何得到大众的原因，仿佛手中已操持了更好的武器，各在轻视原来手中那枝笔"①。特别是他1934年、1937年的两次湘西之行，"桃源梦断"②的现实促使他重新审视故乡。我们不得不说，20年代北京时期的故乡回望，沈从文在很大程度上情感难以驾驭理智，寻求精神慰藉和心理补偿的欲求往往无意识间支配了他手中的笔，使得那一时期的作品难免粗疏混乱。但在经过十几年现代理性意识的浸润和洗礼后，沈从文已能辩证地看待故乡的历史与现实，好与坏，美与丑，善与恶，"常"与"变"，并向民族、人类的未来凝眸。他既赞美翠翠、三三、阿黑、潇潇们自然的生命和自由的天性，赞美柏子、贵生、龙朱、虎雏们雄强的生命和原始的野性，但也为他们的蛮憨麻木而忧心，更为"现代文明"侵蚀下乡村固有的正直素朴的人性美、人情美的逐渐消亡而伤感。他把希望寄托在贵生们的自我觉醒和人性回归上——让失去爱情的贵生放火烧掉了杂货铺逃走（《贵生》）；让"丈夫"扔掉了老婆卖身换来的钱领妻子回家（《丈夫》）。他设想的理想未来应是传统美德、健康人性、雄强生命与现代知识、文明理性的完美结合——来乡下养病的城里人在三三与她母亲心里掀起一阵莫名其妙的波澜和若有若无的希冀（《三三》）；貌似强大的保安队长始终占不到夭夭的什么便宜（《长河》）。③他在其乡土抒情小说中描绘了理想的图景——湘西（中华民族）未来应是"优秀品质的继承＋知识理性的抬头＋生命强力的拥有"。④他"拟将'过去'和'当前'对照，"探寻"所谓民族品德的消失与重造，可能从什么方面

---

① 沈从文：《记丁玲》，《沈从文全集》第13卷，太原：北岳文艺出版社，2002年，第143页。

② 连佩珍：《沈从文湘西小说："品德重造"的工具》，《江西社会科学》1998年第9期，第46页。该文对沈从文重返湘西的心理感受和思想升华做了较好的分析。

③ 夭夭的形象十分特殊，不同于翠翠、萧萧、三三等其他湘西少女，沈从文给她设计了一个在城里读书的未婚夫，隐喻着生命的理想形态应是原始雄强与知识理性的合二为一。

④ 王友光：《穿越城市文明的三次精神返乡——沈从文小说创作心理学阐释》，《中国现代文学研究丛刊》1998年第4期，第61页。

着手"，在"相宜环境中，即可重新燃起年青人的自尊心和自信心"①。正是这种自觉的理性追求，让他创作了《边城》《长河》《龙朱》《媚金·豹子和那羊》等现代乡土抒情小说的经典之作。当东北沦陷、华北"特殊化"后，他认为"文字在华北将成为唯一抵抗强邻坚强自己的武器"②，为此，他"在军阀横行的那些黑暗日子里，在北方一批爱好文艺的青少年中把文艺的一条不绝如缕的生命线维持下去"，"……日日夜夜替青年作家改稿子，家里经常聚集着远近来访的青年，座谈学习和创作问题。不管他有多忙，他总是有求必应，循循善诱"③。用文学的理想之光，照耀着"死沉沉"的北方文坛和危机日益逼近的华北原野；用文学的理想之火，温暖着曹禺、芦焚、卞之琳、何其芳、李广田等文学青年的心灵。

总之，京派的乡土抒情小说有着独特创作个性和美学风格，作为一个疏离时代风云的自由主义作家群体，高蹈于现实功利之上，以"和谐、圆融、静美的境地"为自己的美学理想，无论是着力表现自然状态下人性庄严，还是彰显一种健康的优美的生命形式，或精心描绘风土人情、民风习俗的"风景画"——都把自然背景与人物巧妙地融合为一，编织着他们的乡土梦幻，精心营造，诗意书写。

初步梳理中国现代乡土小说的发展流变轨迹，我们发现，乡土写实小说可作为现代乡土中国沧桑变迁的艺术档案，是时代风云的壮丽画卷，是历史发展的忠实记录。而乡土抒情小说，则是一部分现代作家寻找精神家园的心路历程写照和浇乡愁块垒的"原乡神话"。乡土小说研究一直是中国现当代文学研究领域中的显学，对现代乡土写实小说与乡土抒情小说做比较研究，进行整体性的对比和相互性的观照；将其置放于同一视域中审视，探寻她们

---

① 沈从文：《长河题记》，《沈从文全集》第10卷，太原：北岳文艺出版社，2002年，第5页。
② 沈从文：《从现实学习》，《沈从文全集》第13卷，太原：北岳文艺出版社，第384页。
③ 朱光潜：《从沈从文先生的人格看他的文艺风格》，《花城》，1980年第5期，第78页。

在题材选择、内容表现、主旨倾向、情感指认、价值判断、审美情趣、艺术特征、叙事风格、人文情怀等方面的差异与不同，去挖掘其创作表征背后的潜层根源——同在一片蓝天下，同在一块土地上，生活在同一个国度里，乡土写实小说和乡土抒情小说对同样的乡村原野为什么会呈现出截然不同的景象？苦难／快乐、贫穷／富足、丑陋／美丽、凶残／善良、地狱／天堂、凋敝／生机……乡土作家的情感指认与价值倾向为什么会迥然相异？眷恋／决绝、肯定／否定、赞美／批判、神往／厌弃、欢快／忧郁……是什么使得乡土写实作家对血泪浸泡的土地冷峻而沉重，自觉承担起改变现实的使命？又是什么让乡土抒情作家能超越乡土社会的存在困境，通过精神的过滤而获得一种诗意的透明？去探寻原因，明显具有重要的学术价值。因而，在新的语境与视域中，将现代乡土写实小说与现代乡土抒情小说置放于同一平台上，全方位、多角度、立体式地加以比较分析，既彰显其血脉相连的内在一致性，又突出其创作表征的差异性，进而触摸创作主体在中国现代社会转型时期的不同心态、价值选择，把握其面对传统文化和外来思潮的自我取舍，勾勒他们的精神历程轨迹与情感波动图谱……这对新世纪乡土小说的健康发展、当下人文精神建设和民族文化大厦构筑，共享和谐社会，实现中国梦，也无不具有社会意义。历史既能照亮现实，更能昭示未来。中国现代乡土写实小说与乡土抒情小说是宝贵的艺术遗产，也是重要的精神资源，深入探索和把握这一文学的历史存在，学术价值与现实意义并重。

下编　作家论 ——

第四章 "旗帜"的陨落与"方向"的迷失：
赵树理"十七年"乡土写实小说的矛盾性探究

在解放区乡土写实小说的创作中，赵树理是最具代表性的作家，曾被誉为表现农村生活、描写农民形象的"铁笔圣手"，其作品《小二黑结婚》《李有才板话》被看作实践《在延安文艺座谈会上的讲话》精神的实绩，被树为"工农兵"文艺的"旗帜"和解放区文学发展的"方向"。赵树理的乡土写实小说实践和其影响及以他为代表的文学思潮和文学追求构成了中国现代文学传统的一个重要组成部分。但是，在"十七年"这一特定的历史时期，赵树理所坚持的文学道路以及他与中国底层乡村社会所保持的水乳交融的密切关系，却使他的乡土写实小说创作处于极为尴尬的境地、两难处境。他对民间大众接受习惯的尊重、对民间传统文艺的自觉趋同、吸收与改造，除了为政治服务之外，也流露出对中国底层大众的针砭与启蒙。正是因为这份真诚与良知，使他在自己的创作中表现出种种矛盾与冲突，体现了他在时代政治的严格规定范畴与氛围内不失自我的大胆艺术追求和试图冲出人们给他规范的"赵树理模式"的努力、痛苦、挣扎。通过解读赵树理"十七年"乡土写实小说创作的矛盾性，可以透视出在大一统格局形成后，并且解放区文学传统得以全面继承并不断加强的"十七年"间，"指引方向"的赵树理却在他自己开辟的道路上"迷失"了，作为解放区文学代表的这面"旗帜"却陨落了。在这一令人费解的现象背后，究竟潜隐着多少解读历史本相的信息密码？能否通过这样一个个案剖析，窥斑现豹，从而勾勒40—50年代转折时期作家的心路历程？赵树理的困惑与尴尬是否也多少折射出"十七年"文学生态环境恶化的一部或全部？赵树理的"陨落"与"迷失"在多大程度上预示出以"工农兵"文学为主流的当代文学会在"文革十年"走向末路的必然性？或者说"赵树理现象"或"赵树理悲剧"是在怎样地动摇着"工农兵"文学的绝对正确性及意识形态对文学艺术的绝对权威性？在中国现代乡土写实小说的发展历史上，赵树理有着什么样的警示作用与教训意义？

一、"十七年"间赵树理角色的错位与身份的尴尬

赵树理是受民间传统熏陶的土生土长的农民作家，在接受"五四"启蒙思想之后，他痛思农村现实而立志做一名"文摊文学家"。但在1949年革命胜利后，赵树理也和其他作家一样，走出山区，告别村野，沾满泥巴的双脚踏上了大城市的街道。作为革命干部身份的赵树理，一心要用笔为农民代言。但时代语境的遽变和惯常思维的断裂，已经把他挤压在十字路口，"东西总部胡同"之争，更体现了赵树理与当时意识形态的格格不入，其艰难的自下而上的生存选择与文学选择赋予了他多重文化视野，并影响制约他的文学道路。

（一）农民代言人身份与革命干部身份的矛盾

赵树理的迷茫与惶惑背后隐藏着作家农民代言人与革命干部两种不同的身份角色，不同的身份角色又存在相矛盾的一面。一方面，农民代言人身份催促赵树理时时处处为农民"呼喊"，并且揭露底层革命干部的狭隘与弊端；另一方面革命干部身份又迫使赵树理不得不维护革命干部的形象，保留对农村与农民的弊端的批判。这种矛盾与冲突逼迫赵树理必须做出创作"方向"上的选择。

1949年前，在赵树理的小说创作中，农民代言人的身份与革命干部身份达到了高度的"和谐",而这种和谐掩盖了内在的矛盾。因为这种状况基本上符合了当时时代环境的要求和意识形态的规范:文学的大众化与为"工农兵"服务。作为农民的代言人,他的小说基本上以农村生活为题材,真实地写出了农民的可爱与可叹与农村的巨变与隐患,写出了阻碍农民翻身解放的落后因素和各种封建势力,表达了农民的艰辛和对幸福的向往。《小二黑结婚》中的小二黑、小芹争取婚姻自由,既和受传统封建思想毒害的上一辈做斗争,又与封建恶霸势力做斗争,在区长的英明决断下,有情人终成眷属。为解放区深受封建势力压迫的青年男女树立了一个榜样。小二黑和小芹的坚强斗争,代表了解放区农村千万青年男女所要进行的斗争。在《李有才板话》中,以李有才为代表的贫苦农民,常年受阎恒元的压迫,在老杨的强权干预下,阎家山的贫农才得以真正翻身。赵树理的乡土写实小说不仅写出了老实本分的农民反封建的迫切愿望,更写出了他们骨子里的善良本性。在农村,农民为了生存,做各种重活,还是不能填饱肚子,甚至在乡村流浪,生存的压力诱使他们沾染了一些不良的习惯。一些群众和干部忽视其善良的本性而妄加断言其为"二流子",甚至是批判与指责。赵树理勇于揭露真正的罪恶和张显善良的本性。《福贵》就是这一类题材的小说,原本善良、热爱劳动的福贵,因高利贷使他一无所有,还被借贷者逼债,不得不以乞讨为生。梦想一夜富贵的他沾染了赌博和偷窃,除了受乡亲们歧视外,还受到封建宗法的惩治,活的人不如鬼。党带领群众斗倒了王老万,福贵分了土地,生活才好起来。《福贵》中的干部形象,在赵树理的笔下,扮演着"青天大老爷"的角色,这一个方面说明了赵树理对贫农的深切同情和其本人骨子里的"青天"意识在作祟,另一方面,也深刻揭示了在赵树理的文学理想世界里,作为领导者的革命干部,完全操纵着农民的命运。一味地强调革命干部的正面形象,从而暗合了革命话语,从而缓和了本身的双重身份的矛盾,达到一定程度的"和谐",正是赵树理以前的乡土写实小说被作为"旗帜"和"方向"的逻辑合理性。

而在"十七年"间，农民代言人身份与革命干部身份存在的矛盾开始凸显。鉴于新的革命任务，特别是在第一次"文代会"召开之后，党对作家的管理更加体制化与规范化，要求作家描写重大历史题材和英雄人物，一切人民群众的革命斗争必须歌颂之，这就是革命文艺家的基本任务。硬性规定了人民作家不仅不能描写群众的愚昧落后，更不能描写作为革命骨干力量的干部的蜕化变质。赵树理作为一个有着革命干部身份的作家，其身份的特殊性决定了他必须无条件地迎合革命话语，进而在文学中塑造革命干部与群众的正面形象。但作为农民代言人的赵树理，既不得不为群众的愚昧落后而痛心，又不得不批评少数干部的粗暴霸权作风。例如，村干部杨小四粗暴的批评"吃不饱""小腿疼"："不但作风粗暴专横，无视法律与人权，为了'整人'不惜诱民入罪，把妇女当作劳改犯来对待，而纵容支持这些农村新型坏干部为非作歹的，正是极'左'路线下的国家机器和权力。"①处于夹缝之中的赵树理既不能很好地揭露农村陋习与启迪农民，也不甘心沦为政治的工具，表现出了对前进方向的迷茫与困惑，也不知道路该往哪里走的窘境。由此，赵树理一直自命为农民代言人的身份与政权建立后正规的体制内的革命干部的身份，开始显示出明显的矛盾冲突。

　　（二）时代语境的遽变与惯常思维的断裂

　　毛泽东的《在延安文艺座谈会上的讲话》，基本上规廓了1949年前党的文艺政策的基石，政权建立后，更是成为文学艺术领域必须尊崇的金科玉律。《讲话》指出："文学艺术都是为人民大众的，是为工农兵的，为工农兵而创作，为工农兵所利用的""人民生活中本来存在着文学艺术原料的矿藏，这是自然形态的东西，它们是一切文学艺术的取之不尽用之不竭的源泉，这是

---

　　① 陈思和：《民间的沉浮》，《中国当代文学关键词十讲》，上海：复旦大学出版社，2002年，第147页。

唯一的源泉"①。《讲话》突现了当时文艺的目的性和工具性。1949年后,党以高度的纲领性与方向性再次强调了这个为工农兵服务的政策,全国第一次文代会在北京召开,国家领导在会上做了讲话,周恩来的《政治报告》和郭沫若的《为建设新中国的人民文艺而奋斗》的报告再次着重强调了两个问题:一是各种文艺队伍的"合流"与建立新统一战线的问题;一是文艺更深入地为人民服务问题。"文代会"为了推进"新的群众文艺",实行了更为激进的举措,那就是树立"赵树理的方向"。在整个"文代会"期间,成名于解放区的农民作家赵树理都是以实践毛泽东文艺路线的成功典型而得到过誉的褒奖。周扬更是把赵树理推举到一个"无人能及"的位置,周扬"过度"称赞道:"赵树理的成功,一方面固然是得力于他对于农村及农村的阶级关系、阶级斗争的复杂微妙的了解,以及这些是如何反映在干部身上,这就使他的作品具有了高度的思想性与价值性;另一方面也是得力于他的语言,那么平易自然,没有一点矫揉造作的痕迹,在他的作品中艺术性和思想性取得了较高的结合。"②"文代会"力图把赵树理推举到高高的"庙堂"之上,并且获得当局的"认可",目的就是展示"新的人民文艺"这一"理想规范"得到普及,使其他作家认同与效仿。赞扬赵树理,称他为新时期文艺的方向,除了一种荣誉之外,更表明党的领导有信心把这一"方向"发扬光大,促使其走得更远。在会议上,赵树理被给予了体制上的认可:"他被列入99人主席团阵容;会议最后选举,他得到的位置是全国文联和全国文协(也即更名后的中国作协)常委。以后其他"职务"的纷至沓来:中国戏曲改进会副主任委员,中国戏曲改进会委员,《文艺报》《小说月刊》编委,工人出版社社长,文化部戏曲改进局曲艺处处长……"③

① 毛泽东:《在延安文艺座谈会上的讲话》,《毛泽东选集》,第3卷,北京:人民出版社,1979年,第855页。
② 《中华全国文学艺术工作者代表大会纪念文集》,北京:新华书店,1950年,第76页。
③ 韩玉峰:《赵树理的生平及创作》,太原:山西人民出版社,1981年,第46页。

从"乡野"进入"庙堂"的赵树理，面对"惊人"的褒奖与方向性的定型，此时正处在十字路口，如果及时认清"方向"，识大体懂大局，也许可以像其他的作家一样，顺利"过渡"与"转型"。然而，在这新解放的急剧变化的人物关系及其复杂的新环境里，赵树理显得无所适从，自然影响了乡土写实小说的创作。正如孙犁所说："他的创作迟缓了，拘束了，严密了，慎重了。因此，也多少失去了当年的青春泼辣的力量。"① 不知什么力量拖住了他的双腿，使他步履蹒跚。而其他作家几乎都在往前走，与时俱进，并不断与环境、地位、工资级别等这些东西保持一致。赵树理则显得越来越不协调。现实不断给他带来新的困惑，他自己却好像逐渐被边缘化。进入庙堂的赵树理却完全地禁锢了自己。领导要求赵树理转变创作题材，描写重大题材和英雄形象，从写农村改写城市工厂，赵树理也欣然接受，他本以为只要深入工厂车间，像在农村一样和工人打成一片，自然可以写出东西来。奔波了一段时间，赵树理感觉困难重重，当时的文艺口号是"为工农兵服务"。然而，工人的生活与农民的生活却完全不同，在农村，你可以整天和农民泡在一起。工人却不给你这种"了解"他们的机会，工人每天都有固定的生活模式，固定时间上班，下班回家。这个农民的知心朋友，在工人阶级中却连个普通朋友都没有。赵树理在《回忆历史，认识自己》中是这样解释的："胡乔木同志批评我写的东西不大（没有接触重大题材）、不深，写不出振奋人心的东西来，要我读一些借鉴性作品，并亲自为我选定了苏联及其他国家的作品五六本，要我解除一切工作尽心来读。"② 赵树理的这次被批评，显然，有关方面失望地认为，赵树理"进京"赶考的成绩很不好，已经落后于形势，他应该充充电，帮助其换换脑筋了。于是有关领导亲自来助其改造，具体到其读的著作中也

① 孙犁：《谈赵树理》，《孙犁散文集》，天津：百花文艺出版社，2004年，第3页。
② 赵树理：《回忆历史·认识自己》，《赵树理文集》，北京：人民文学出版社，2005年，第1825页。

是来自苏联老大哥的革命文学。1956 年，刘少奇在作协第二次理事会扩大会议上讲话，提出"只当一个土作家是不行的"，"我们的许多作家，是革命培养出来的，有丰富的斗争经验，和群众也有联系，就是知识不够，是土作家，只懂得关于老百姓的知识，不知道世界知识"①。无论是胡乔木的批评还是刘少奇的"暗指"，都包含了革命意识形态对于一个作家的新要求，作家必须紧跟时代"巨变"，创作出具有"宏大主题"的作品来。然而赵树理只是一个农民作家，在特殊的时代环境下，可能与当时的革命意识形态相一致，一旦环境骤变，他也渐渐"落伍"了，并且固执的守候在"老地方"。于是赵树理把自己的全部精力和才能都倾心于编刊物上。虽然他主观上想把《说说唱唱》办成像当年《山地》那样受广大群众欢迎的通俗文艺刊物，但形势和条件都发生了变化，工作没有完全顺手，还因为刊登了一篇有争议的作品《金锁》，而引起一场轩然大波。《文艺报》第二卷第五期发表邓友梅的《评〈金锁〉》，当头棒喝质问："这是农民吗？是劳动群众吗？简直是地痞，连一点骨气都没有的脓包，旧社会的渣滓才有这样的性格。"② 这下可好了，进城之后的赵树理，跟知识分子"粘"不到一块，也不能深入工人生活，思想上跟不上革命步伐。现在，连他最引以为豪的农村生活，选描写农村现实的作品，编入刊物，也遭到"城里人"的厉声发难。

"十七年"间，赵树理走过的路，不是一帆风顺的，崎岖坎坷，思想矛盾，很不如意。其中原因很多，情况也比较复杂，但从赵树理的思想发展来看，问题还是比较清楚的。可以这样说，原来创作上的"得心应手，左右逢源"，变得"处处棘手，左右为难"了，最后甚至弄到"真话不能说，假话我不说，只好不写"的地步。

---

① 刘少奇：《关于作家的修养等问题》，《刘少奇选集》，北京：人民文学出版社，1981 年，第827 页。

② 邓友梅《评〈金锁〉》，《文汇报》1950 年第 2 卷第 5 期，第 13 页。

（三）"唯上"与"唯实"的冲突："东西总部胡同"之争

第一次文代会是全国文艺工作者"会师"与"合流"的会议。会议要求作家为工农兵服务，描写重大题材和主题，以塑造英雄形象为紧迫任务。这次大会顺理成章地促成了中国作家管理的"体制化"，使作家的写作性质发生了变化，作家由自由职业者转为中国作家协会和各种文化机构的领导干部；由以赚取稿费、面向读者、以读者为中心转变为拿国家俸禄的宣传机器；由业余写作、随感而发、随心所欲转变为国家服务、为政权说好话、为领袖唱赞歌。作家被规训后不得不"唯命是从"，他们作为知识分子的独立人格也逐渐丧失。1953 年 10 月，全国文协正式更名为中国作家协会，茅盾任主席，周扬任党组组长，副主席是丁玲。他们极力推崇符合意识形态和歌颂工农兵的英雄小说，由周扬主持编选出版了"中国人民文艺丛书"，包括《白毛女》《李国瑞》《刘胡兰》等解放区戏剧与小说作品五十多种，集中展示了为"工农兵服务"的创作成绩，以体制的力量把"人民文艺"逐步推向"经典化"。中国作家协会最终得到赏识并走进"庙堂"。而同时步入"庙堂"的还有北京市大众文艺创作研究会，赵树理被任命为主席，赵树理强调："我们来发动大家创作，利用或改造旧形式，来表达一些新内容也好，完全创作大众需要的新作品也好，把这些作品打入天桥去，就可以深入到群众中去。"① 以赵树理为代表的创作团队将"打入天桥去"作为口号，目的就是提倡文学的大众化和群众化。短时期内，大众文艺创作研究会出版了《说说唱唱》和《大众文艺通讯》两种刊物，出版了大量大众文艺丛书。赵树理将通俗化、大众化的文艺普及潮流在城市迅速推广，并且在京城殿堂得到立锥之地。同时赵树理也体会到了高处不胜寒的窘境，在一次次地与中国作协产生摩擦之后，赵树理在庙堂里显得那么土气、促狭。严文井在《赵树理在北京胡同》一文中写道："50 年

---

① 赵树理：《在大众文艺创作研究会成立大会上的讲话》，《赵树理文集》，北京：人民文学出版社，2005 年，第 1427 页。

代初的老赵，在全国早已是大名鼎鼎的人物了，想不到他在'大酱缸'里却算不上老几。他在'作协'里没有官职，级别不高；他又不会利用他的艺术成就为自己制造声势，更不会昂着脑袋对人摆架子，他是个地地道道的'土特产'。不受人尊重。'官儿们'一般都是三十年代在上海或北京熏陶过的可以称之为'洋'的有来历的人物，土头土脑的老赵只不过是一个'乡巴佬'，从没见过大世面；任他的作品在读者中如何的吃香，本人在'大染缸'还只能算一个'二等公民'，没有什么发言权。他绝对当不了'作家官儿'对人发号施令。"① 就这样一个习惯与农民打交道的泥腿子赵树理，处在庙堂那样一个处处是喝"洋墨水"成长起来的作家中，的确显得另类。除了两个文学团体不断地摩擦外，个人方面，丁玲对赵树理也没有什么好印象。丁玲在1948年的日记中描写了赵树理第一次给他的印象："同着家里人去见赵树理，我们谈了一阵，内容凌乱得很，这个人刚看见时也许以为他是一个不爱说话的人，但他是一个爱说话的，爱说他的小说，爱说自己主张，他这个人是一个容易偏狭的人，当他看见我打开我的点心包吃了半片饼干之后，又看有面包，他惊奇地叫一声：'面包？'他说：'我没有吃面包的习惯！'我几乎笑了。"② 好一个"几乎笑了"！在丁玲的心里多少产生了对赵树理的嘲笑。无论是自己领导的团队发展出路的艰辛，还是自己思想根深蒂固的农民情结，在这人际关系及其复杂的京城，赵树理越来越感觉到彷徨与苦闷，甚至时不时地闹情绪。其中孩子上学也是一个问题，这也多少折射出东、西总部胡同之争。严文井在《赵树理在北京胡同里》这样写道："年末，北京市可以容纳学生住宿的重点小学"育才"小学有两个名额分配给'作协'。当时'作协'该入学的孩子不少，竞争很激烈。老赵也争取过，让孩子住了校，自己可以省很多事。竞争的结果，老赵自然归于失败者的行列中。许多话，老赵又不愿意说，在气

---

① 严文井：《赵树理在北京胡同》，《风雨回眸》，武汉：武汉出版社，1983年，第450页。
② 丁玲：《1948年日记》，《丁玲文集》第9卷，北京：人民文学出版社，1984年卷，第286页。

头上，老赵就采取了农村妇女通行的自我发泄方式。"①东、西总布胡同之争，暗含了民间和庙堂的冲突，也夹杂着门户、身份之争。在申报斯大林文学奖上，就是一个很重要的分歧与摩擦。一方面申报老赵的《李家庄的变迁》，另一方面还有丁玲的《太阳照在桑干河上》。但最终申报了《太阳照在桑干河上》和另外两部作品。最直接的冲突就是在大众文艺创作研究会一周年纪念会上，丁玲到会讲话说："我们不能再给人民吃窝窝头了，要给他们面包吃。"暗指西总布胡同是生产"窝窝头"的工厂。双方唇枪舌剑情绪越来越对立，甚至开始互相批评。赵树理曾经在一份材料中说："进城后，王（指王春）也说过丁玲是'自然领导者'的话，并说'东总布胡同那一伙只是说些空话的。'他说：'好猫坏猫全看捉老鼠捉得怎么样，你最好是抓紧时机多捉老鼠，少和人家那些高级人物去攀谈什么，以免清谈误国。'他说：'文联的作用只是开会出席、通电列名，此外不能再希望有什么成绩。'——我对文联的观感也正是如此，只是还不像他说的那样明显，因而就主动躲着文联走……"②1951年，赵树理出席周扬召集的东、西总布胡同会议，东总布参加会议的有丁玲、严文井、王淑明等，西总布参会者除赵树理外，还有王春、章容、颜天明等。周杨在会上主要是双方达到和解，强调不能搞"门户之见"，要共同为人民服务，还说："以后你们东总布胡同不要批评赵树理，西总布胡同不要批评丁玲，谁要批评这两位同志，都得经我批准。"③身处"大染缸"的"二等公民"赵树理不能送孩子去育才学校寄宿，也不能从东总布胡同领导手里获得这种权利。在当时情景下，他们认为赵树理根本没有这种资格也不配获得这个名额，一个连"面包"都不愿意吃的人，是无论如何不能被接受的。同样，在评奖方面，赵树理也是不可能和跟着"太阳"走的丁玲相提并论的。而周扬的不着根基

---

① 严文井：《赵树理一二事》，《严文井选集》，北京：人民文学出版社，2004年，第243页。
② 董大中：《赵树理年谱》，太原：山西人民出版社，1982年，第386页。
③ 董大中：《赵树理年谱》，太原：山西人民出版社，1982年，第387页。

的看上去就像和稀泥的调解，毫无效果。赵树理所遭受的种种排斥，甚至东、西总部胡同之争，实质上是民间文化与新文化，或者是"民间"与"庙堂"的冲突。赵树理骨子里的农民性决定了他时时以民间传统为主，替农民说话。但在当时，连年战争，百废待兴，随着城市建设的发展，城市文化也逐渐流行起来，这样才能满足市民阶层的审美需求，赵树理所提倡的乡村文化在与城市文化碰撞中渐渐退缩。不能忽视的是，赵树理所提倡的也不符合主流话语的要求。在对赵树理一次次地修正而不能让人满意后，当权者也逐渐失去了耐性，不得不将其"边缘化"。

赵树理从骨子里透漏出来对民间传统的热爱。他在"文化大革命"中写的一份材料中的观点代表了他的内心的想法："民间传统有很多使他们相形见绌的部分——例如有些民间唱法能使人想听不清也不行，有些洋唱法，就是神仙也听不清楚。不高是可以'提'的，总比先把一大部分人拒于艺术圈子之外好得多，这个道理强烈反对的人也不多，就是愿意那样做的人太少了。"[1]这也是他四十年代以来所坚持的观点，陈思和先生将其概括为："赵树理是个典型的民间文化正统论者，他始终把五四新文化传统与民间文化传统对立起来，认为新文化不及民间文化。"[2]这种概括是非常正确的，是他一生执拗地没有改变的主张。这也是东总布胡同所不能接受和认同的，除了"暗寓着对一直被尊为'正宗'的'新文学'的极大威胁"，[3]此外，可能也使赵树理感觉到城市知识分子对他的"排挤"。于是他更加偏执地依靠民间资源，然后向丁玲那样的所谓的"正统"的知识分子继续抗衡。孙犁指出："这一时期，赵树理

---

[1]　陈思和：《民间的沉浮·从抗战到"文革"文学史的一个解释》，《鸡鸣风雨》，上海：学林出版社，1994年，第33页。

[2]　赵树理：《回忆历史·认识自己》，《赵树理文集》，北京：人民文学出版社，2005年，第390页。

[3]　席扬：《赵树理为何要"离京出走"》，《多维整合与雅俗同构——赵树理和"山药蛋派"新论》，北京：中国社会科学出版社，2004年，第18页。

对于民间文艺形式，热爱到了近于偏执的程度。对于'五四'以后发展起来的各种新文学形式,他好像有比一比看的想法。"①所谓的"偏执"与"比一比看",对于赵树理来说，只不过是没有办法的事情。他来自民间，只有依靠民间才能继续保持自己的价值，他自己明白与城市文化是疏离的，但身在城市中，他不得不时时面对城市文化和城市知识分子，就只能时时处处显得小心和谨慎。洪长泰指出："在中国不少民间文学家看来，唯有在农民身上，才保持了人的善良本性,这些本性已很难从文明化了的都市人身上找到了。"②"老百姓喜欢看，在政治上起作用"，一直是老赵所主张的，但在那个特殊的时代背景下，这显得是那么的格格不入，与当时唯革命意识是从的东总布胡同存在着严重隔阂，在当时的宏大革命叙事面前，双方在各自的宗旨下，努力展现和改造自己，以博得垂恩与青睐。"争宠"的结果，当然是更能看清当时形势的以丁玲为代表的东总部胡同得到赏识。而来自民间的赵树理，却渐渐"落伍"，接踵而至的是被批评和检讨，甚至在"文革"中惨死。赵树理的"落败"，固然有其局限性，更重要的是活在自己的理想世界而无法"超脱"。

二、"真实生活"与"理想世界"之间的徘徊

第一次文代会所给予赵树理的褒奖与头衔，在表面上，赵树理获得当时最高荣誉，被称为文艺为工农兵服务的"方向"。但这并没有使赵树理"高高在上"，心里"唯上"是从，也没有庇佑他进入"庙堂"而逃脱厄运。50年代初，批评具有小资产阶级倾向的文艺，迫使知识分子思想改造的运动方此起彼伏，被称为"方向"的赵树理因为编《说说唱唱》陷入了没完没了的检讨。50年代末，文艺界的反右斗争刚刚结束，却因为一篇关于农村工作的建议，

---

① 孙犁：《谈赵树理》，《孙犁散文集》，天津：百花文艺出版社，2004年，第27页。
② [美]洪长泰：《到民间去——1918—1937的中国知识分子与民间文学运动》，董晓萍译，上海：上海文艺出版社，1993年，第24页。

赵树理被定为犯了"右倾机会主义"错误。60年代"昙花一现"的大连会议刚刚闭幕，就传来了文艺界批判修正主义思潮的风声，旋即赵树理也落入了写"中间人物"的劫难。这些是身处当时事件与当时环境的赵树理所未能明白的，对"理想世界"的逃避，对真实世界的沉痛体验，对政策的迎合和反对，使得赵树理人格力量凸显，也渐渐回归民间，如董大中所述："50年代之后的赵树理倒是对小说渐渐失去了兴趣，他的情感天平倾斜到了那些'小戏'、秧歌和能够'说说唱唱'的鼓词、相声等曲艺形式上；甚至在"文革"中批挨斗时他还表示：'如果以后还有机会写作，他将再也不写小说，而是专攻戏剧'。"① 表面上看，他更加关注民间，然而，实际上他潜心研究的目的依然是如何让"农民听得懂，政治上起作用"，进而把民间建构成一个对抗"政策"的平台。

（一）沉重的现实与喧嚣的"乌托邦"

"我不想上文坛，不想做文坛文学家。我只想上'文摊'，写些小本子夹在卖小唱本的摊子里去赶庙会，两三个铜板可以买一本，这样一步一步地去夺取那些封建小唱本的阵地，做这样一个文摊文学家，就是我的志愿。"② 做一个文摊文学家，一直是赵树理的志愿。然而事与愿违，新中国成立后，赵树理与政治的关系磨合，其过程也预示着从农民向城市人过渡的乡村知识分子所必须经历的艰难、困惑与彷徨。他所遭遇的艰难与机会的同生，挫折与辉煌的相伴的命运轨迹，暗含了他现代中国农民的独特历史遭遇之间所形成的错综复杂的关系，以及他在这种复杂关系中所凸显出的对农民同情与批判相混合，以及对农民利益的深深维护。许纪霖先生曾分析道："真正的知识分子人格是在进行人格选择时注重灵魂的价值，将人格的尊严、精神的独立视为至高无上的目标，在实践中采取蔑视任何外在权威的自主意识，坚持孤军作战，

---

① 董大中：《赵树理年谱》，太原：山西人民出版社，1982年，第656页。

② 李普：《赵树理印象记》，《赵树理研究资料》，太原：北岳文艺出版社，1985年，第19页。

以此来进行人格建构的人,称之为特立独行人格。"①在特殊的时代背景下,具独立人格的赵树理,在沉重的现实与喧嚣的"乌托邦"之间艰难的生存,并在此之间寻找出路。赵树理明确称自己所找的出路为"问题小说":"我在做群众工作的过程中,遇到了非解决不可而又不是轻易能解决了的问题,往往就变成我要写的主题。"②"感到那个问题不解决会妨碍我们工作的进度,应该把它提出来。"③可见,问题来自现实并试图在现实中得到解决,既是赵树理小说创作的出发点和归宿,也是赵树理在"凯歌高进"的社会大潮中逐渐被"边缘化"的症结所在。在政治与经济"乌托邦"的笼罩下,赵树理越来越被动,举步维艰,面对农村工作中存在的一些严重问题如"供应粮食不足""命令太死板""基本建设要求太急"等,使赵树理深深地陷入困惑和迷茫中。赵树理的儿子赵二湖在《我的父亲赵树理》中对赵树理的思想变化做了叙述:"进入合作化后,也就是赵树理写完长篇小说《三里湾》以后,他的创作迟缓了,凝重了。他长期下乡,看不到当年期望的高级社和人民公社的优越性,《三里湾》写作完成之后,再不愿意违心地去写农民在集体经济中表现出的什么劳动热情。"④失去热情的赵树理又不忍心从此默默地"失语",于是在1956年给长治地委写信说:"试想进入社会主义了,反而使多数人缺粮、缺草、缺钱、烂了粮、荒了地,如何能使群众热爱社会主义呢?劳动比前几年来紧张得多,生活比前几年困难得多,如何能使群众感到生产的兴趣呢?"⑤赵二湖接着叙述道:"到了1959年,农村经济在'浮夸风'的影响下,日益严峻,几近崩溃。在一次县委会上,他对一些干部欺上瞒下的做法已经到了忍无可忍的地步,愤怒地说:'一百斤捏(胡编的意思)成一千斤,一千斤捏成一万斤,捏来捏

---

① 许纪霖:《许纪霖自选集》,桂林:广西师范大学出版社,1999年,第28页。
② 赵树理:《赵树理文集》第4卷,北京:中国工人出版社,2000年,第1592页。
③ 赵树理:《赵树理文集》第4卷,北京:中国工人出版社,2000年,第1882页。
④ 赵二湖:《我的父亲赵树理》,《民族文汇》,2006年12期,第3页。
⑤ 赵树理:《赵树理文集》第4卷,北京:中国工人出版社,2000年,第1513页。

去，干部提拔上去了。最后还是把社员捏翻了，眼看要饿死人了，有些人还是忙着捏啦，吹啦。实在可悲！可悲！'"① 就在这种情况下，赵树理完全站在了群众一边。尽管在心里他是相信党和党的政策的，但沉重的现实与一个作家的良心让他不能无动于衷。于是他便下决心给中央写了一封名为《公社应该如何领导农业生产之我见》长达万言的信。怀着对组织的忠诚和对同志的信任，内心苦恼的赵树理给作协领导写信："在这些年中，前三年感到工作还顺利，以后便逐渐难于插手，到去年公社化以后，更感到彻底无能为力。……每遇这种矛盾出现，我便感到难于开口。在这种情况下，我不但写不成小说，也找不到点对国计民生有补的事，因此我才把写小说的主意打消……"② 思想上的苦恼可以独自一人静静地咀嚼，面对批判的肆虐和领导异样的眼光，他也并不介意，他还是坚持实事求是的原则和一个作家的独立人格。从 1958 年"大跃进"到 1966 年"文化大革命"开始的这八年，赵树理把集体化过程中经历的曲折和失误，以及针对人民公社的体制和政策的得与失，本身在忠于生活的基础上对生活见解和想法都反映在他的乡土写实小说创作上，有《"锻炼锻炼"》《老定额》《套不住的手》《实干家潘永福》《杨老太爷》《张来兴》《互做鉴定》和《卖烟叶》等 8 篇短篇小说。在作品中，他不歪曲与也不粉饰现实，真实地反映社会生活与农民的要求和愿望。在波诡云谲的政治环境下，无论是"左"的或"右"的风潮袭来，他从没有写过"风派"作品，顺势文章，更没有为了迎合形势去搞那些"瞒"和"骗"的创作。所以，其作品虽然被打成"毒草"，却能够经得起时间的检验。1965 年底，赵树理的《十里店》，也是他最后一部完整的大型著作历经四易其稿，终于完成。这个剧本不断修改，他亦在不断揣摩中国政治局势的变幻。董大中说他"生于《万家楼》，

---

① 赵二湖：《我的父亲赵树理》，《民族文汇》，2006 年 12 期，第 4 页。
② 赵树理：《致邵荃麟的信》《赵树理文集》第 4 卷，北京：中国工人出版社，2000 年，第 1633 页。

死于《十里店》"①。这也折射出一个作家的奋斗与凄凉。《十里店》是他最后一部关于上党梆子的剧本,他是"主动完成的,而且是自以为重新体会到政治脉搏,接触到了重要主题","现在我们正在进行阶级教育,要注意全面理解政策。个人成分和阶级出身分开来定,成分是'娘家',但要都划入打击对象,那么团结的就不多了"②。此剧却屡演屡改,最终遭到"枪毙"的命运,彻底地把赵树理推向了生命的终点。虽然广大群众热情欢迎;但是领导不断摇头不满,被勒令停演了。赵树理悲愤地说:"文艺作品要不要真实地反映社会现实生活?一个作家,要做人民的代言人,替人民说话呀!"③他不顾一切,迎风而上要求"公演",骨子里的韧性和对劳动人民的热爱糅杂在《十里店》里,自认为是非解决不可了。但事与愿违,1966 年,风云突变,赵树理迅即陷入生命的"悲歌"中。据《赵树理年谱》提供的信息,赵树理被隔离审查,被认定是贫下中农的死敌。赵树理对前来探看的女儿说:"近些年来,我几乎没有写什么,因为真话不能说,假话我不说,只好不写。"④在太原市被批斗,大会开始后不久,即栽倒在地,随后含冤去世。被誉为"旗帜"的赵树理就这样陨落了,他没有自我迷失,而是时代迷失了自我。

(二)欲说还休:对政策的迎合与抗争

赵树理代表当时新文艺的"方向",被誉为整个文艺界学习的"旗帜",并且规定他的文艺创作必须符合主流意识的要求和规范。但他难以适应新形势与新话语对他的要求。当然,他也进行过"努力":一方面紧跟形势,歌颂新政策、新社会,体现出对政策的"迎合"。但另一方面,社会革命意识形态所要求的重大题材和典型形象中有着一种观念化和固定化的设定,这与他面向实际、发现与聚焦问题意识的眼光"透射"社会又难以协调,折射出对政

---

① 董大中:《赵树理年谱》,太原:山西人民出版社,1982 年,第 220 页。
② 董大中:《赵树理年谱》,太原:山西人民出版社,1982 年,第 222 页。
③ 戴光中:《赵树理传》,北京:十月文艺出版社,1987 年,第 190 页。
④ 董大中:《赵树理年谱》,太原:山西人民出版社,1982 年,第 190 页。

策的"抗衡"。这两方面在不断的碰撞与摩擦中迸发出理性的火花。

赵树理始终认为文艺应该服从政治,应该为政治服务。他在 50 年代文艺界讨论文艺应否"赶任务"时,强调:"因为人民长远的利益以及当前最重要的工作才是第一位的,所以赶总比不赶好,赶得多总比赶得少好。"① 其部分乡土写实小说作品的确就是赶任务赶出来的,并且大多数还取得了成功。例如《李家庄的变迁》,就是抗战胜利后,民族矛盾让位给阶级矛盾,赵树理为了揭露蒋介石的反动面目教育群众,配合上党战役,特写这部长篇。小说通过一个贫农在党的帮助下逐渐成长,逐渐完成了自我的蜕变,从而走上领导岗位。这是公认的较好的一部作品。《登记》是配合新中国成立初期宣传新婚姻法而存在的,当时他正在编《说说唱唱》,刊物缺这方面的稿子,逼得他不得不亲自动手来赶任务,这回真的赶出来一个相当优秀的短篇。这些成功使他多少有点忽略了这是因为他对所要表现的题材,已有长期的积累,深切的感受,不是单靠赶任务赶出来的。一时的某种政治任务的需要,只起到了一种启动器的作用,使原先的库藏的储备,经加工而化成作品。当然不能简单地从表面层次上理解赵树理的"赶任务",因为在那个每人都树立崇高信仰的年代,新的国家刚刚建立,人们满怀信心准备建设自己的家园,赵树理也就选择了运用自己手中的笔,来描写农村中一些普遍存在的问题,暗含了对当时政策的迎合。1954 年,赵树理完成了长篇小说《三里湾》,表现了当时的"重大题材"——农村合作化运动。这篇小说发表后在一定程度上也得到了好评,但批评意见也异常激烈。有批评指出:"赵树理的《三里湾》对主题思想的认识和理解还有不够明确之处,《三里湾》虽然写了农业合作化运动中两条道路的斗争,但没有把它当做'此消彼长'、'你死我活'的阶级斗争,却把它作为一种先进与落后的斗争加以反映,这就'大错而特错'了。"② 在当时的

---

① 赵树理:《赵树理文集》第 4 卷,北京:中国工人出版社,2000 年,第 1880 页。
② 王中青:《谈赵树理的〈三里湾〉》,《人民文学》,1958 年 11 期,第 53 页。

语境下，对于政策的盲从，使大部分读者容易做出简单化的判断。更有评论片面地认为："当前农村生活中最主要的矛盾，即无比复杂和尖锐的两条路线的斗争，没有达到应有的深度，三里湾的领导王金生对走资本主义道路的蜕化分子范登高，竟没有流露出应有的愤慨的心情，没有把范登高的问题当做一天也不能容忍的事情，作者更没有写他如何在党内向范登高进行激烈的斗争，突出阶级矛盾。"[①]1958 年，赵树理又发表了反映农村合作化运动的小说《锻炼锻炼》，小说的潜在主题是"小腿疼"和"吃不饱"的形象，正是当时农民缺吃少穿和劳动积极性下降的真实反映。作者在批评她们自私、懒惰习气的同时，对她们的物质和精神生活处境也抱有曲折的同情，对杨小四等干部的蛮劣的工作作风和"不把人当人"的态度予以质疑和针砭。但作品却招致更加激烈的批评，批评者认为：像"小腿疼""吃不饱"这样的人物，"在大跃进中的今天农村……不是占农村妇女的大多数，而是极个别的"。批判者又质疑小说中的农村基层干部形象，认为他们"应该是党的化身和真理的代言者"，可是在小说中"他们却成了作风恶劣的蛮汉，至少是严重脱离群众的坏干部"，"人们不禁要问，这就是社干部的形象吗？这就是农村现实情况的写照吗？""作者把它写到纸上要达到什么目的？"[②]面对质疑和异样的眼光，面对土改后农村的阶级斗争状况，赵树理有自己的看法。他说："《三里湾》写的是农村中社会主义和资本主义两条道路的斗争，但是这个斗争，并不是摆开阵势两边旗鼓相当地打起仗来，也不是说把农村的住户分成一半是走资本主义路线的，一半是走社会主义路线的，实际上，这个阵势不是你们个摆法，有时候在一个家里，这个人走这条路线，那个人走那条路线，有的长一些，有的短一些，这样处理和认识人物，是符合客观的情况的。"[③]这些言论却

---

① 俞林：《〈三里湾〉读后》，《人民文学》，1955 年 7 期，第 61 页。
② 武养：《一篇歪曲现实的小说》，《文艺报月刊》，1959 年 7 期，第 14 页。
③ 赵树理：《谈谈花边鼓戏＜三里湾＞》，《湖南文学》，1963 期 1、2 期，第 5 页。

被认为是模糊了农村的阶级阵线，其实却是作家从实际出发，独立思考，所得出的独特见解，赵树理深谙农村情况的复杂性，这种情况不能单独地用一种革命模式去处理，对政策的理解和运用应该灵活多样。同样，对《锻炼锻炼》的批评与指责也是片面的，赵树理描写了两个私有观念十分严重的妇女，如何以占便宜、偷窃等方式，破坏和瓦解集体经济，说明私有观念在农民中也是有普遍性的，这些都非常真实地反映了合作化后农民中还存在着落后思想，正因为如此，教育农民才是一个严重的任务。十月革命后，列宁曾经说过："改造小农，改造他们的整个心理和习惯，是需要经过几代的事情。"[1] "必须费很大的力气，付出很大的代价，长期地改造农民。"[2] 认为表现农民群众中的某些落后的思想行为，就是歪曲丑化农民，这是既不了解农村的实际情况，又不懂得马列主义关于农民的理论。当时许多作品热烈地歌颂生产上的一天等于二十年的大变革，但是像"小腿疼""吃不饱"这样的人物还有没有？有，赵树理真实地反映了这种情况，提出这样一个发人深省的问题，这也是他乡土写实小说现实主义精神的体现。

从根本上说，赵树理是热爱和拥护革命意识形态的。但在他的身上具有农民那种固执与认死理，有着始终为农民拉磨到底的"公仆"精神。如他在《青年与创作》中所说："鲁迅先生所谓'俯首甘为孺子牛'的意思，就是甘心为人民拉磨。我们虽不像鲁迅先生拉得那样卖气力，但作为一个为人民拉磨者，性质是相同的，过去没有偷懒过，今后仍不会偷懒。"[3] 对于搞合作化，赵树理打心眼里拥护，感觉那是农村发展的出路，事情发展到"大跃进"，他矛盾并且困惑了。一方面，农民改变旧有的生产方式积极性很高，另一方面，

① 列宁：《俄共（布）第十次代表大会》《列宁全集》第 32 卷，北京：人民文学出版社，第 205 页。

② 列宁：《俄共（布）第十次代表大会》《列宁全集》第 32 卷，北京：人民文学出版社，第 411 页。

③ 赵树理：《青年与创作》《三复集》，北京：作家出版社，1960 年，第 126 页。

变革也损害了农民的利益。就这样，赵树理就在这种矛盾夹缝中挣扎，"孺子牛"的精神使他不得不抵触某些政策，为农民奔走呼告。疯狂的"大跃进"，各地"卫星"频放，使老赵指责道："你们这样不顾群众死活的瞎闹，简直是国民党作风！"①不顾群众死活的瞎闹，断定是"国民党作风"，这反映赵树理思想认识上的狭隘性，体现了赵树理对"大跃进"政策的反对与对群众的深深同情。这种狭隘性是革命意识形态与农民"现代化"限制互相碰撞后的特殊结果——老赵站在农民生存立场上，自然看不到这一层。赵树理自己说："我看到由于以上种种不合理的措施，给农业生产带来的危害，和给群众带来的灾难……日夜忧愁，念念不忘，经常奔上奔下，找领导想办法，但他们都认为我是一种干扰。"②这种"奔上奔下"的呼告在当时近乎疯狂的时代氛围中，显得是那么另类和异端，与当时以歌颂为主，以描写宏大叙事为政治任务的年代，他注定被淘汰。赵树理为什么不能像其他作家那样"识时务"创作符合政治要求的作品，如柳青的《创业史》、浩然的《金光大道》等描写合作化的小说，有意或无意去"讨好"政治，在新的文艺体制中确立自己的位置？在1949年前就声名鹊起的赵树理却越来越落伍了，他不愿意赞美那些虚假的成就，更不愿去歌颂那"空许"的美好明天，而是以文学为武器，与"左"的倾向展开斗争。在农村指导工作中，赵树理深深地感到像流行病一样蔓延着"瞎指挥""浮夸风"等"五风"的危害，不顾当时的"政治形势"，于1961年创作了传记小说《实干家潘永福》。这篇作品一发表，有见地的批评家立即就看出："作者所以为潘永福同志立传，是有所感而发，有很明确很强的现实目的。"③赵树理虽然没有直接地提出自己对当时现实的看法，但他通过对一个人物的热烈赞扬，以表示自己提倡什么、反对什么。他是要给现实中

---

① 戴光中：《赵树理传》，北京：十月文艺出版社，1987年，第213页。
② 赵树理：《公社应该如何领导农业生产之我见》，《赵树理文集》第4卷，北京：中国工人出版社，2000年，第1663页。
③ 侯金镜：《侯金镜文艺评论选集》，北京：人民文学出版社，1979年，第222页。

的某种风气树立一个对立面,拿潘永福做镜子,让另一些人照照自己的相貌。这种"曲折"笔法流露出赵树理的乡土写实小说创作在1949年后与革命权威话语的疏离。一种大众化的文学创作在特殊的年代兴起,完成其"任务"后,就被献媚于意识形态的文学创作所取代。同样,作为大众文艺创作的"风云人物"赵树理,在那阵风过后,最终被抛弃,"旗帜"的陨落也就不难理解了。

(三)"新人"的"失语"与"旧人"的"丰满"

1949年后,文艺继续为政治服务。在新的文艺政策下,各种矛盾与冲突不断地被整合和消融。文艺为"工农兵"服务的意识更加强化,要求作家描写重大题材,塑造英雄形象,产生了一批"红色经典"——吴强的《红日》、杨沫的《青春之歌》、曲波的《林海雪原》、梁斌的《红旗谱》、知侠的《铁道游击队》、浩然的《艳阳天》等等,与权威话语的意图节拍一致。而作为代表"工农兵文学方向"的赵树理相比之下却越来越"滞后"与"不识时务",他并没有创作出符合当时意识形态要求的描写重大题材、塑造"丰满"的新人形象的作品,他塑造的"新人"的形象却显得那么"干瘪",导致了他笔下"新人"的"失语"。然而,在描写农村的"旧"时,却显得那么的得心应手,塑造的"旧人"生动形象、血肉丰满。"新人"与"旧人"的这种差异性,既凸显了赵树理乡土写实小说创作与时代的矛盾性,也体现出赵树理的文艺主张与新的文艺政策的冲突。

英国小说理论家爱·摩·福斯特在《小说面面观》中将小说人物分为扁平和圆形两种形态。他在书中说:"17世纪,扁平人物成为性格人物,而现在有时称作类型人物或漫画人物。他们是最单纯的形式,就是按照一个简单的意念或特性而被创造出来。如果这些人物再增多一个因素,我们开始画的弧线即趋于圆形。"① 这段话,我们可以这样理解福斯特的概括,只有一种性格的一

---

① [英]福斯特:《小说面面观》,冯涛译,北京:中国对外翻译出版社,2002年,第59页。

类人物叫扁平人物，而具有多种性格或具有对立性格的人物叫圆形人物。圆形人物因其饱满的性格，生动鲜明的形象给人留下深刻的印象。刘海涛对这个理论进行了发挥，他认为："小说圆形人物的艺术生命机制确实比扁平人物要丰富得多，完备得多，它的审美价值同样要超出一般的小说扁平人物。一般的扁平人物很容易使人物塑造过程变得简陋而单调，很容易使人物成为主观意念的代表符号，很容易变成抽象和概念。"[①]了解福斯特的小说理论，便于我们更好地理解赵树理"十七年"乡土写实小说的创作。他在书写新人物、新事件时，其实是处在一种"失语"的状态，没有恰当的语言和体会。这种"失语"的状态，暴露了赵树理对新人新事的了解的缺乏，这也就是福斯特所说的扁平人物。在他的小说中，这一类人物性格单一、形象干瘪，被标签化、符号化，如杨小四、王聚海等。相反，赵树理对旧人旧事确实得心应手、妙笔生花，在塑造二诸葛、三仙姑、吃不饱、小腿疼、小飞蛾、常有理、惹不起等等，其生动、有趣、栩栩如生的样子深深地印在了读者的脑海里。圆形人物形象自然地展现出开阔而深厚的文化积淀。在《三里湾》中，赵树理是这样描写"落后人物"的，先介绍他们的家庭背景，小说中是这样叙述的：

> 天成的老婆"能不够"，跟本村"糊涂涂"老婆是姊妹，都是临河镇一个祖传牙行家的姑娘。当初她嫁到袁天成家的时候，因为天成家是个下降的中农户，她便对天成家的人看不起，成天闹气，村里人对她的评价是'骂死公公缠死婆，拉着丈夫跳大河'。"

这样的描写，凸显了"能不够"的性格，一方面，作者交代了在漫长的乡村婚嫁传统中和森严的等级家长制中，农村妇女的生活状况；另一方面，之所以"能不够"会形成这种性格，是受传统农村文化的影响，农村女人一

---

① 刘海涛：《现代人的小说世界》，上海：上海文艺出版社，1994年，第512页。

旦婚嫁不如意，也就很容易地驾驭丈夫，从而上演了在农村生活中的闹剧。作者又另介绍了马家的情况：

> 马多寿家把关锁门户看的特别重要，只要天一黑，不论有几口人还没有回来，总得把门搭子扣上，然后回来一个开一次，最后一个回来的，负责开门的人须得把上下两道栓关好，再上上碗口粗的腰栓，打上个像道士帽子样的木子。

赵树理介绍这样的情况，凸出马多寿一家的家规很严，在这样的环境中生活的人，性格也像家规一样复杂。这一点还可以在作品中另一处得到证明："马家还有一个规矩是谁来找糊涂涂谈什么事，孩子们可以参加，媳妇们不准参加。"这样写就更增加这一家人的神秘感，从一个侧面，让我们更加想知道"糊涂涂""常有理""铁算盘""惹不起"，到底是什么人物。这两处描写都与"能不够"有关，"能不够"为女儿出主意，驾驭丈夫，还有去马多寿家为区里的干部找住所，让我们更加认识这个妇女确实是"能不够"，人物形象就更加"饱满"。在《三里湾》中，玉生是一个求创新的农村有为青年，外号"小万保全"，总是发明一些物件，服务大队，群众都很欣赏他。而小俊买了一件新衣服，他却不管不顾，表现出极度冷淡，似乎先进人物就不食人间烟火。就这样一个不懂生活、热衷合作化的正派人物在小说中是那么单薄，没有给人留下什么印象。赵树理还进一步描写他的婚姻失败，试图以此彰显新、旧的不可调和。但作品却从一个侧面，向我们透露出在农村，家庭生活才是最重要的，离开生活，那种不着边际的"浮夸"必然破产。

《登记》是赵树理配合和中国成立后的《婚姻法》而"赶任务"赶出来的一部作品，被认为是《小二黑结婚》的姊妹篇。如果按照当时的要求，作品应该歌颂新人物，歌颂新干部，但结果却是两对年轻人艾艾和小晚、燕燕和小进自由恋爱结婚登记受到的阻碍，批评了基层干部的不实事求是的工作作风。在这里我们只对人物形象做进一步的分析，作品中对要歌颂的主人公艾艾的描写远远逊于她的母亲"小飞蛾"的生动刻画，在作品中是这样生动刻画的：

> 二十多年前，张木匠娶亲。当新媳妇取去了盖头红的时候，一个青年小伙子对着另一个小伙子的耳朵悄悄说："看！小飞蛾！"那个小伙子笑了一笑说："活像！"不多一会，屋里，院里，都嚷嚷这三个字———"小飞蛾""小飞蛾""小飞蛾"……""原来这地方一个梆子戏班里有个有名的武旦，身材不很高，那时候也不过二十来岁，一出场，抬手动脚都有戏，眉毛眼睛都会说话。唱《金山寺》她装白娘娘，好像一只蚕蛾儿，人都叫她"小飞蛾"。张木匠娶的这个新媳妇就像她———叫张木匠自己说，也说是"越看越像"。

赵树理运用自己手中的妙笔通过旁人的嘴把"小飞蛾"的美貌、神态等内在、外在的美的潜质全都表现出来了，而对于艾艾的描写却没有那么生动与细致了，完全淹没的在日常琐碎的叙述和情节的框架里。在《"锻炼锻炼"》中，赵树理塑造了"争先社"两个有名的人物：一个外号叫"小腿疼"，是一个五十来岁的老太婆，在家里很霸道，一定要让媳妇照着她当日伺候婆婆的样子伺候她。在割麦子时，按她的说法："拾东西全凭偷，光凭拾能有多大出息。"在家折磨媳妇，出工胡搅蛮缠，在农村绝对是一个"泼妇"。另一个外号叫"吃不饱"，论人才在"争先社"是数一数二的。但赵树理却从婚姻这一侧面来描写这个人，你看，她结婚的前提条件就与众不同——在恋爱期间就向张信提出条件，明明白白就说是结婚以后不上地劳动。结婚之后，一般人都是怎么盘算把日子过好，她的想法又与众不同，她只把张信作为"过渡时期"的丈夫，等什么时候找下了最理想的人再和他离婚。她既然只把和张信结婚当成"过渡时期"，自然为自己又规定了一套"过渡时期"的"政策"，这一套政策是暗自规定暗自执行的，完全执行后，张信就变成了她的长工。赵树理通过这一侧面暴露了农村女人的自私，更重要的是揭露了在农村那种根深蒂固的"畏权"心态，甚至把这种心态移嫁到自己的婚姻中，婚姻成了一种交易。"吃不饱"代表了农村"顽固妇女"的形象，赵树理在使人物形象更加"丰满"的同时，也折射出了一个对其"改造"的问题，以及这种改造以一种什么途径或方式进行。作为农村基层新政权代表的杨小四，在小说中开篇就是他的"大字报"，利用权力来整治人，给人一种滥用权力的印象。

赵树理对"旧人"丰满的描写与对"新人"的扁平刻画，暗含了他的民间传统文化与"官方"的革命意识的大传统之间的矛盾，这种新兴的大传统以一种"显性"的力量在吸引着他，要求他用"饱满"的和"圆形"的人物加以歌颂，赵树理凭着一种趋新的热情走在时代的风口浪尖上。结果，在多重因素的驱使下，导致他对民间小传统，他所熟悉的人和事，夸大其劣，缩小其优，到头来只能是"自毁长城"，使自己越来越跟不上时代政治"方向"，使自己的文学生命越来越枯竭，最终走向"方向的迷失"，使自己的文学完全沦为政治的"玩偶"、政治祭坛上的供品。

三、"迷失"何处：创作矛盾性的成因分析

"赵树理方向"是在 1947 年 7 月晋冀鲁豫边区文艺工作座谈会上被提出来的。早在 1943 年，赵树理因小说《小二黑结婚》而在解放区声名鹊起，致使太行山区一时"洛阳纸贵"。在赵树理迅速变"红"的过程中，周扬起到了非常重要的作用，但同时也带着政治功利性目的，就是要给毛泽东《在延安文艺座谈会上的讲话》提出的"文艺工农兵方向"找一个成功的典型，于是"受宠若惊"的赵树理便成了周扬高举着的"欢迎"和"拥戴"毛泽东文艺思想的一面旗帜。伴随着革命的节节胜利，文艺者也随着革命队伍"进城"。"进城"之后的赵树理，却显得那么不合时宜，于是创作"迟缓了"，甚至不断地被打击，最终导致了"方向"的迷失。赵树理在"十七年"乡土写实小说创作中的矛盾性，我们将从以下因素进行分析：政权成立后，在新的时代环境下，"歌功颂德"代替"理性批判"，要求作家描写重大题材和新人新事，致使"理性精神"缺席。树立"文摊文学家理想"的赵树理，其骨子里的"农民性"和受"民粹主义"影响的根深蒂固性，使他难以完全接受新规范，要并存着"真性情"去创作。结果也就不言而喻：逐渐地被"边缘化"，甚至被"抛弃"了，致使"旗帜"的陨落，这便成了中国现代文学史上一个特殊的现象——"赵树理现象"。

（一）"理性精神"的隐匿与"权威话语"的兴起

中国现代文学的现实主义思潮，是伴随着中国现代革命和现代化进程的肇始而从西方引入的，并被作为改变社会思想的得力"武器"而被部分作家所把握。然而在时局动荡和思想芜杂的情况下，现代作家各自寻找着顺手的"利器"来针砭时弊，其中被誉为"尖刀"的鲁迅式的杂文逐渐受到部分作家的欢迎，它以理性与批判的精神抨击着社会的阴暗。40年代前后，艾青、萧军等作家进入延安，在解放区明朗的天空下，看到了晴空下的阴影，引起了是"歌颂"还是"暴露"的讨论。丁玲作为在"五四新文化"哺育下成长起来的作家，到达陕北后，经过一段时间的军旅生活，发生了部分改变，"我来陕北已有三年多，……感情因为工作的关系，变得很粗，与那初来时完全两样"，[①]但是随着生活的不断深入，对解放区也更加了解，她认为"即使在进步的地方，有了初步的民主，然而这里更需要督促，监视"，[②]于是丁玲提倡写杂文，使解放区的天空更加明亮。杂文在丁玲的理解中是："已远远超出了文类或体裁的范畴。'杂文'不仅意味着一种写作方式，而且意味着那一代知识者

---

① 丁玲：《我怎样来陕北的》，《丁玲文集》第5卷，北京：人民文学出版社，1984年，第311页。

② 丁玲：《我们需要杂文》，《丁玲文集》第5卷，北京：人民文学出版社，1984年，第383页。

对他们所理解的'五四精神'的坚持和传承，意味着对那个时代、民族、大众的一种道德承诺，意味着对艺术创作的自由独立精神的执守，意味着对'五四'时代所界定的文学家的社会角色的认同，总之，意味着一种生存方式。"①在40年代的延安，丁玲不仅坚守五四时代的写作方式，也恪守着用"五四"的理性精神来"审视"延安的当下。她认为最有力的"武器"就是鲁迅式的杂文。丁玲首先发表了《我们需要杂文》，批判延安存在的明哲保身的"好好先生"，呼吁鲁迅精神，为真理而敢言，直面淋漓的鲜血。丁玲得到了部分作家的响应：罗烽的《还是杂文的时代》、王实味的《野百合花》、艾青的《了解作家，尊重作家》……这些作品部分地揭露了延安存在的不尽人意的阴暗面，反映了延安也并不是完美无瑕，也存在"体癣"，需要在阳光下"暴晒"和勤"洗澡"。时局骤变，1942年之后，整风运动如火如荼地展开，随之是延安文艺座谈会的召开。《讲话》纲领式地规训作家，他们批判的权利被取消，丁玲受到批评并迅速转向。在延安要赓续五四精神传统的作家被"整风"，随之而来的是"顺从"与"歌颂"。文艺从属于政治，为夺取胜利而服务，简单地说就是文艺为工农兵服务。1942年，曾以《莎菲女士的日记》而蜚声文坛的丁玲，在对王实味、萧军的声讨斗争中，大义凛然、义无反顾……这一现象引起人们的思考："丁玲文学生涯乃至整个人生的转折点。以此为标志，她亦由'艺术家'变成了'政治家'。她已被燎烤所代表的逻辑力量压服了。"②丁玲从此带上政治的镣铐"舞蹈"，之后她深入农村生活，完成小说《太阳照在桑干河上》。这是她转变后的重要成果。在第一次文代会上，丁玲的发言为《从群众中来，到群众中去》："文艺工作者还必须将已经丢弃过的或准备丢弃、必须丢弃的小资产阶级的，一切属于个人主义的肮脏东西，丢得更干净更彻

---

① 黄子平：《病的隐喻与文学生产——丁玲的〈在医院中〉及其他》，《再解读——大众文艺与意识形态》，北京：北京大学出版社，2007年，第27页。

② 李书磊：《1942·走向民间》，济南：山东教育出版社，1998年，第236页。

底；而将已经获得初步改造的成果，以群众利益去衡量是非、冷静地从执行政策中去处理问题，以及为群众服务的品质，巩固起来，务必使自己称得起是毛主席的战士，千真不假的做人民的文艺工作者。"①丁玲是一个接受五四思想熏陶的女作家，然而她的迅速转变，并逐渐丧失了一个知识分子必备的理性批判精神，剧变成政治的工具乃至受害者，揭示了在整风时期的"聚光灯"下，知识分子必须顺从于政治权威。即使部分地保持着对文学艺术的独特认知与体验，也不得不遮蔽了。

随着文艺服务于政治的定位，1949后前后的文学场域的遴选规则更加倾向于那些直接服务于意识形态所需要的文学作品。歌颂"工农兵"的文学作品，在任何场合都被鼓励和提倡。赵树理因其小说创作符合政治要求而被"相中"，"赵树理方向"的提出更加说明了赵树理是时代的"宠儿"。然而赵树理并没有认清楚时代的"风向"——个人意志服从于政治权威，革命压倒一切。他只是一味地用理性去批判农村的种种陋习，伴随着塑造新人的不利和对底层干部的隐性揭露，赵树理逐渐地被边缘化。1951年，新形势对这位被当作"方向"的作家提出新要求："中央宣传部领导感到赵树理同志政治上、文艺理论上需要深造。"②胡乔木批评他没有描写重大题材，写不出振奋人心的东西来，"在这个经常遇到毁誉交于前，荣辱战于心的新的环境里，他有些不适应"，③之后，赵树理就处于痛苦、挣扎与彷徨之中，他对政治与文学上的"乌托邦"和"权威话语"越来越"跟不上趟"。面对农民兄弟的利益被损害，老赵忧心忡忡，并写成意见书，大胆谏言《公社应该如何领导农业生产之我见》。随后在会上做了犀利的发言，这篇发言成为"整个中国文坛在'文革'前夜最凄

① 丁玲：《丁玲文集》第3卷，北京：人民文学出版社，1984年，第108页。
② 史纪言：《赵树理同志生平纪略》，《赵树理研究资料》，黄修己编，太原：北岳文艺出版社，1985年，第77页。
③ 孙犁：《谈赵树理》，《赵树理研究文集》上卷，中国赵树理研究会编，北京：中国文联出版公司，1996年，第26页。.

美的'天鹅绝唱'。"①从曾经的时代宠儿到此时的"方向"的迷失、从曾经的文坛中心到如今的边缘化，特别是"进城"后的浮浮沉沉，使他难免痛思他的人生历程，发出了"我是农民中的圣人，知识分子中的傻瓜"②的慨叹。《张来兴》《互作鉴定》《卖烟叶》是其最后的三篇小说。他在小说中直接探讨"瞒和骗"的问题，这位历经荣辱沉浮的作家用自己的人格魅力再一次证明了他深深地热爱农村，可谓"爱之深，恨之切"。"这是三篇总结与清理个人写作生涯的'反思性'的小说，他的最终结局是寻找他最初的艺术幻想，寻找浮动于个人世界中的记忆与梦幻。赵树理的最后三篇小说是他个人的生命的碑铭，这里刻下了他最后的沉思。"③

丁玲和赵树理，曾经的时代宠儿，曾经的时代歌手，但在时代的大潮中，却慢慢地褪色。赵树理始终没有丁玲聪明，1949年前丁玲的成功转型并没有给赵树理多少经验，土生土长的农民作家老赵也或多或少地体会到政治旋涡的水有多深。相对于丁玲，赵树理却陷得更深，是那种挣扎后痛苦的绝望。"十七年"间就像困于牢笼中的"老牛"，苦苦耕耘，身披鞭痕，却被落下得更远。

（二）骨子里的"农民性"

赵树理到底是"农民作家"还是"知识分子作家"，曾经引起过热烈的讨论，黄修己先生在《赵树理评传》中说："早在四十年代，有许多的报刊上评价他为'农民作家'，'农村作家'。"④而孙犁在《谈赵树理》一文中写道："他恂恂如农村老夫子，我认为他是一个典型的农民作家。"在这里，重点不是探

---

① 陈徒手：《人有病，天知否——九四九年后中国文坛纪实》，北京：人民文学出版社，2000年，第165页。

② 陈徒手：《人有病，天知否——九四九年后中国文坛纪实》，北京：人民文学出版社，2000年，第166页。

③ 张颐武：《赵树理与"写作"——读解赵树理的最后三篇小说》，《赵树理研究文集》上卷，北京：中国文联出版公司，1996年，第274页。

④ 黄修己：《赵树理评传》，南京：江苏人民出版社，1981年，第147页。

讨他到底是"农民作家"还是"知识分子作家"，而是除了他的启蒙思想、理性批判意识等知识分子特性以外，赵树理本人身上所体现的实事求是精神和某些农民思想、农民意识的因素对其在"十七年"乡土写实小说创作矛盾性中的制约。

骨子里的"农民性"在赵树理身上可以说是得到了淋漓尽致的展现，赵树理不仅接受了农村的传统教育和传统思想，也深深地痛感农民生活的艰难和愚昧。他的身上既有农民的朴实善良，又有农民的固执和敢说真话的勇气。赵树理于1906年9月24日出生于一个只有五六十户人家的尉迟村，这里人们生活贫困，多以编簸箕接济生活才得以勉强糊口度日。当地的民谣就是最好的写照："有女不嫁尉迟庄，卜绳磨下嘴皮疮"，[①]生活的苦涩滋养出赵树理农民淳朴善良的本性，村子里还有岳飞神位，至今还有"鄂王忠武"的匾额，赵树理就出生在这个重气节、敬先贤的小村庄里。

赵树理是赵家唯一的男丁，从小在长辈们的宠爱下长大，乳名叫"得意"，后起大名为"树礼"，寄希望于长大后知书达理。长辈们尽自己的所能来教育和影响他。赵树理的爷爷叫赵忠方，父亲叫赵和青。爷爷本来做点小本生意，但因时局动荡，内忧外患，民生凋敝，小生意无利可图。中年得子后，便在家务农，家境的窘迫使得他不得不另谋出路，在冬春两季开学馆，讲授《三字经》《百家姓》初级蒙学知识养家糊口。赵树理十一岁时，家里为了操办爷爷的后事，抵押出去大部分地，再加上高利贷的盘剥，雪上加霜，生活更加窘迫。赵树理过早地尝到了受压迫的痛苦和辛酸，也使得他与贫苦农民经历共同的命运，深刻理解他们的心情，产生了对阶级压迫的不平、义愤和对受压迫者的深切的同情，与农民从骨子有了共鸣，在农民中扎下了根。这对将来的道路选择，起到了关键作用。接受了新文化、新思想后，赵树理也常常

---

① 黄修己：《赵树理评传》，南京：江苏人民出版社，1981年，第10页。

思考："为什么善良而勤劳的人却要祖祖辈辈地受苦，怎么样才能使他们过上真正人的生活？为什么这些受压迫者也有种种愚昧、落后的思想、行为，怎样才能使他们进步、健全起来。"①带着这种痛定思痛的思考，赵树理艰难地追寻着。

在赵树理乡土小说中，对民间传统的精彩书写，一方面源于他对农民深深的爱，另一方面得益于他谙熟北方农村生活，从生产劳动知识到人情世态、风俗、习惯等，无不通晓，他在农村"跟着人家当社头祈过雨，从小参加劳动，还落下了个劳动者的身手和习惯"②。更重要的是他接受了农民艺术的滋养。农闲时节，跟着父亲参加八音会的娱乐活动，八岁学会打上党梆子，并在戏曲乐队中起到指挥作用，会背诵许多上党梆子的唱词和道白。所有的这些都流进了赵树理的血液里，使他在以后的乡土小说创作中借助传统文化来启迪农民，用自己所熟悉的民间艺术来展示农村的真善美。

赵树理之所以坚持创作的通俗化和大众化，因为他深知农民的喜怒哀乐，深知他们的文艺期盼和审美需求，所以他进行小说写作时，就以农民的方式来创作他们所爱看的小说。在他的小说中大量运用俗语，以一种口语化的语言来书写，如同唠家常话，让人感觉是那么亲切、随意、自然。除了接近农民的语言，赵树理还考虑到农民的阅读习惯，表现在小说结构安排上的情节完整和趣味性强的审美特点，如《李有才板话》《锻炼锻炼》等等，所有的这些就是为了揭露农村中的问题，也顺便解决这些问题，这就是赵树理问题小说的宗旨。1949年后，赵树理也一直惦记着农民的生活状况，据王培民回忆说："建国初期，赵树理担任文艺界的领导工作。住在北京，却想着乡下的春种秋收。农民还未摆脱的贫困生活，常常使他寝食不安。为了和农民同甘共

---

① 黄修己：《赵树理评传》，南京：江苏人民出版社，1981年，第13页。
② 赵树理：《"出路"杂谈》，《三复集》，北京：作家出版社，1960年，第118页。

苦，为了能和农民一道耕作，一道生活，他离开了北京，回到了家乡山西。"①
赵树理就是这样一个和农民保持着血肉联系的人，离开北京既有高处不胜寒
的无奈，最重要的是他抱着实事求是的精神来对抗喧嚣的"乌托邦"。

"进城"之后的赵树理依然坚持自己的写作初衷，他要把当权者漠视和回
避的农村具体问题推上前台，以农民那种与生俱来的执拗和犟劲来介入当时
的黑暗面。虽然逐渐地偏离"主流"，渐渐地被"边缘化"，却难改初心。"十
七年"间，他写了《田寡妇看瓜》《登记》《表明态度》《三里湾》《锻炼锻炼》
《金字》《套不住的手》《实干家潘永福》《卖烟叶》等作品，但最终不像《小
二黑结婚》《李有才板话》那样清新活泼，引人瞩目。乡土写实小说创作的窘
境带来了个人命运的转折，从时代的宠儿到备受冷落，再到"黑标兵""黑靶
子"，直至被迫害致死。当集体意识不能容存个体叙事时，当多数人选择放弃
人格独立忘却理性精神而见风使舵时，赵树理以农民的忠厚执着甚至固执地
坚持着他的乡土写实小说，不熟悉和热爱农民尤其是不了解农村真实状况的
读者，是难以切实体会到赵树理的焦虑的。

四、矛盾背后的思考与启示

从立志做一位"地摊作家"到被奉为"工农兵文艺的方向""解放区创
作的旗帜"，再到社会主义的"毒草"，赵树理坎坷的一生渗透出一种"悲剧
性"。从民间到庙堂的高处不胜寒，从坚守到失语的无奈与彷徨。这多少折射
出在那个迷茫的时代，为何五四作家在风和日丽的朗朗晴空下却难以咏唱出
无愧于时代和历史的动人诗篇？40—50年代社会转型条件下作家创作的尴尬，
强烈的"原罪"意识植根于他们的心灵深处，迫使他们"脱胎换骨"后面临
的抉择，是"失声"还是"鹦鹉学舌"呢？"工农兵"文学的神圣不可动摇

---

① 王培民：《求实与献身——纪念赵树理逝世十周年》，《晋阳学刊》，1980年2期，第3页。

为何最终于无声处了呢？痛定思痛后在新时期又将面临怎么样的机遇与挑战呢？灾难和痛苦，对于一个民族来说是巨大的不幸，但对于文学艺术来说，却可能是特别的恩赐，它在给我们反思并寻找治愈伤痕的时机。

（一）40—50年代社会转型条件下作家创作的尴尬

40年代，毛泽东发表了《目前的形势和我们的任务》一文，它以宏大的气魄宣告了一个历史转折点的到来，各行各业的人被推到十字路口，必须做出选择，就像钱理群所说："毛泽东的文章就这样把一个无可怀疑的'历史巨变与转折'推到中国每一个阶级、党派，每一个家庭、个人面前，逼迫他们作出自己的选择，并为这选择承担当时是难以预计的后果。"[①]在当时，多种合力的"撕扯"造成的客观情势使得整个社会心态急速转变，这不仅是政权更替，也是意识形态话语的全面更迭。40年代初期，延安整风提出的"工农兵文艺"，第一次"文代会"上提出的"新的人民的文艺"，最终形成了一种全国性的体制化规范力量，成为"唯一"的规范，作家逐渐向规范认同、看齐并且在此过程中抛弃了自身的"思"的权力。

作家写作范围的逐渐逼仄缩小及"自我"的压缩失落，是赵树理们共同面对的问题。1949年前后，作家一个个被"悬搁"了，他们的立足之地已被抽空，作家的描写对象被界定为工农兵群众及生活，作家的内心世界无法书写，看不到作家的个人感受、抒情、宣泄和反思的作品，五四宿将们也患上了"失语症"："自由翱翔心宇的'凤凰'（郭沫若）折断了想象的翅膀；带刺的'野蔷薇'（茅盾）枯萎了挺拔的绿叶；冲破了'家'（巴金）的围城，却走进了迷茫的'国'度；'夜莺'也只会吟唱那'白天的歌'（何其芳）。"[②]渐渐地，文学创作变为被动性和盲目性的行为，作家们都十分虔诚地认为"旧我"所包含的罪孽是不可饶恕的，强烈的原罪意识和自卑意识植根于作家的

---

① 钱理群：《1948 天地玄黄》，济南：山东教育出版社，1998年，第4页。
② 许志英：《中国现代文学主潮》，南京：南京大学出版社，2008年，第878页。

心灵深处，所以脱胎换骨的思想改造是首要任务，他们被"画地为牢"，被规定了写作的"唯一源泉"，结果是作家的灵魂死亡，精神苍白。

作家变成了低头接受改造的"小资产阶级知识分子"，提起笔来只能"望风而动"，捕捉形势的最新发展，揣摩文件的内在含义。这时，作家已经成为时代的"传声筒"，政策的"留声机"，"阶级斗争成为作品中压倒一切的主题，作家离开人民斗争，沉溺在自己的小圈子里及个人情感世界，这样就显得没有任何意义了"①。文艺为政治服务，作家必须写重大题材，写"高大全"的典型，如秦兆阳的《改造》中描写的地主的儿子，杜烽的《革命夫妻》中妻子和丈夫的正常感情，这类的作品要受到批判，一切按阶级出身定性，革命英雄没有儿女私情，这样的作品才是符合规范的，就像闻捷的《情歌》中描写的男女青年爱的不是对方的人而是对方的政治品行，政治概念符号。

政策的"牢笼"束缚了作家的自由个性，使作家丧失了五四以来的批判国民劣根性的锐气，取而代之的是被改造后的顺从奴性。不管是从海外归来的萧乾，还是来自大后方的沈从文，都患上了失语症。被新时代"宠"上天的赵树理，因其作品部分暗合了当时形势的意图致使他在庙堂中暂时站稳了脚。但是其骨子里的农民性格让他在乡土写实小说时遇到问题就解决问题，创作了揭露农村基层政权纯洁性的《锻炼锻炼》、抵御浮夸风的《实干家潘永福》、知识青年下乡问题的《互做鉴定》、农村投机倒把的《买烟叶》等等。而这些作品偏离了时局对赵树理的期望，被认为给新兴的人民政权抹了"黑"，进而逐渐被"抛弃"。

不管是解放区本土的作家，还是来自国统区或者是海外的作家，他们都是怀着对国民党统治的厌恶和新政权的憧憬而步入新中国的。但却表现不同：有的锋芒毕露，有的小心翼翼，有的见风使舵，有的意气风发，他们像进京

---

① 周扬：《周扬文集》第1卷，北京：人民文学出版社，1984年，第514页。

"赶考"的学子，渴望得到认证和赏识。在政治"一刀切"的情况下，他们都纷纷"落马"，不得不重新寻找自己的定位，试图在夹缝中求生存，试图在可能的情况下创作出一些不失水准的作品，但最终迷失了自我。

（二）"工农兵"文学的"辉煌"与"歧路"

20 世纪 2040 年代的中国，抗日战争进入相持阶段，国共两党呈敌对状态。在解放区，工农兵的政治地位得到空前的提高，他们是积极抗日战争的主力军，在此情境下，工农兵文艺思潮应运而生。1942 年 5 月毛泽东发表《在延安文艺座谈会上的讲话》，更是以完整的理论规定文学发展的方向，毛泽东的《讲话》可概括为以下几点：认为文艺为政治服务；强调社会生活是文艺的唯一源泉；政治第一、艺术第二的二元批评标准；在工农兵中普及和提高。这一理论使工农兵文学得到政治的认可，从而涌现出了大量的描写工农兵的文学作品，如赵树理映射解放区青年男女破除封建迷信、争取自由婚姻的《小二黑结婚》；揭露农村基层政权问题和农民命运起伏的《李有才板话》和《李家庄的变迁》；还有丁玲的描写土地改革在农民身上所引起巨大变化的《太阳照在桑干河上》；周立波反映的农民获得新生活的《暴风骤雨》；袁静、孔厥创作的农民抗战题材的《新儿女英雄传》，孙犁的《荷花淀》等，最经典的是"旧社会把人变成'鬼'，新社会把'鬼'变成人"的新歌剧《白毛女》。以上的创作成果，虽然题材不同，艺术风格也因人而异，都体现了劳动人民翻身的喜悦与对革命胜利的向往，是对毛泽东的工农兵文学路线的成功实践，以清新活泼的风格，以百姓喜闻乐见的民间作风，为解放区注入了一股春风。

从第一次"文代会"到"文革"前，工农兵文学继续发展，伴随着阶级斗争的不断升温和文艺队伍的大会师，这一时期的文学呈现出独有的特色。第一次"文代会"上提出"新的人民的文艺"的口号，是对《讲话》精神的延续和深化，作家们无不跟随政治的风向标进行创作，汇成了新人、新事、新生活的颂歌的高潮。赵树理的《登记》、马烽的《结婚》《一架弹花机》、谷峪的《新事新办》、柳溪的《挑对象》等作品，一方面歌颂农村新生活新气象，一方面批判农村中的落后意识，中间人物形象塑造上取得了较大的成就，形成了独有的传统文化和工农兵朴实美德相融合的新的写作模式。为了推动工农兵文学的发展和提高，毛泽东于1956年提出了"百花齐放、百家争鸣"的方针，后经周恩来批准的《文艺八条》，以及"两结合"等文艺政策量定了工农兵文学的发展，促进了创作的繁荣，结果是出现了一大批描写工农形象的作品，如赵树理的《三里湾》、周立波的《山乡巨变》、吴强的《红日》、浩然的《艳阳天》、冯德英的《苦菜花》、杜鹏程的《保卫延安》、沈西蒙的《霓虹灯下的哨兵》、曲波的《林海雪原》、李准的《李双双小传》、郭小川的《将军三部曲》、柳青的《创业史》、刘真的《英雄的乐章》、李季的《杨高传》、老舍的《龙须沟》、贺敬之的《雷锋之歌》、梁信的《红色娘子军》、梁斌的《红旗谱》等。尽管在重重的"规范"下，就像戴着镣铐舞蹈，作家依然鸣响了异样的声音，鼓动起民族的礼赞和对新生活的向往。

工农兵文学的发展以至后来的"极左"，一直伴随着理性作家的警示和批判，他们以知识分子的人格捍卫着文学的"正常态"，然而，却被定成"异端邪说"，如赵树理的"问题意识"，秦兆阳的"现实主义——广阔的道路"，胡风不畏权威而"进言"，留下了知识分子难能可贵的声音。回顾那段历史，工农兵文学的历史贡献与局限，都同样引人思索，一方面，它顺应了时代的发展，其本身的特质折射出劳动人民的辛酸苦辣；另一方面，"极左"思想的极端化，使其越来越狭窄，逐渐变成歌功颂德的工具而导致价值含量的流失。一方面，一味强调劳动人民不可磨灭的功绩性而掩盖了文学的规律性；另一方面，教化功能逐渐抬高并演变成神圣化，以致作家言论遭禁锢。然而，工农兵文学的辉煌与末路留给我们的思索，时常敲响着文学的警钟，在触摸伤痕和闭目反思的同时留给我们的惊叹号与问号需要我们去抹平和质疑。

（三）社会进步的沉重与文学发展的蹒跚

20世纪40年代，五四先驱高举的"启蒙""理性""独立人格"渐渐落潮，伴随新的革命战争的需要，步入延安寻求新生活的作家们面临艰难的抉择，"手无缚鸡之力"的文人越来越感到作为启蒙者原有的文化立场上的优越感一天一天地被剥夺。《讲话》的发表更是以强制性的"规范"把作家纳入主流文化意识中，一些作家具有的难以适应感与社会责任感在其作品中渗透出来，如丁玲的《我们需要杂文》《我在霞村的时候》等。何其芳这位书写孤独、寂寞、感伤的《话梦录》作者，也不得不发出那样的感慨："请你们容许我依然保留批评的自由"，"我听见一个知识分子说：'我真讨厌知识分子，我从来不写他们'"。① 知识分子独立思考话语的丧失，增强了他们的自卑感，五四启蒙者竭力张扬的现代个性意识被抽空，启蒙、理性批判等思想在新的生活大潮中远去，涛声难觅。

"十七年"间写实小说表面上硕果累累，实际却是金玉其外，败絮其中。然而，文学之火犹如岩浆深埋地下，蓄势待发。李英儒在狱中写成《女游击队长》《上一代人》；张扬不顾牢狱之灾创作了《第二次握手》；莫应丰不顾危险诵唱《将军吟》；郭小川高歌《团泊洼的秋天》，芒可得《太阳落了》，佚名氏的，《少女的心》《一双绣花鞋》等，像林中的响箭，黎明的曙光，吹响了"文革"的葬歌，迎接新时期的曙光。

"十七年"间，特殊的时代与特殊的身份使赵树理犹如一棵生长在夹缝中的小草艰难地生长，而1949前的文学成就使赵树理像抛物线一样达到顶峰，但随之而来的是急剧地下降，我们不仅要问是什么原因导致了"赵树理现象"？是时代的悲剧还是赵树理本身的"江郎才尽"？在一遍一遍的文本细读之后，我们了解到，赵树理还是那个赵树理，一个固执的，替农民说话

---

① 何其芳：《何其芳文集》第2卷，北京：人民文学出版社，1982年，第213页。

的农民作家。在时代环境的骤变与理性精神的落潮，以及霸权话语与政治的"乌托邦"等因素的透视下，我们浅尝到赵树理在"十七年"文学创作中的矛盾与挣扎，也窥斑现豹般地通过这一个案折射出整个时代文学发展的暗淡和意识形态对文学发展规划的可怕性。赵树理的一个老朋友汪曾祺曾说：他是一个亲切、妩媚、可爱的人，活脱出了人们给他的赵树理模式，活出了自得的好乐趣。

赵树理对文学理想的追求源于"五四"新文化和新文学的冲击，其独特的人生轨迹使他试图从底层民众的启蒙中思考与开拓，他也试图寻找新文学与人民大众得以沟通和对话的有效方式，其决绝性与固执性，在中国当代文学史上留下了可观的一笔，是任何人都绕不过去的。当然他的信仰不是一种热情的盲从，而是一种理性的审视，其身上特有的知识分子独有的人格魅力令许多同时代的作家相形见绌，犹如时代大潮中的一朵奇葩，让人感到清新脱俗，久久回味。赵树理的成功与缺憾在当代文学发展具有重要的启示和借鉴意义，使我们在痛定思痛之余，有感于时代文学发展的艰难，赵树理方向的迷失，不仅是其个人的迷失，更是时代的迷失，以及人的迷失。

第五章　构筑人性的神庙与探寻生命的庄严：
沈从文乡土抒情小说主题分析

一、构筑人性神庙：沈从文乡土抒情小说主题之一

沈从文是中国现代文学史上成就与影响最伟大的乡土抒情小说作家，是湘西梦幻的编织者、"边城"神话和传说的讲述者，是田园牧歌的吟唱者。其飘逸隽远的笔致和抒情写意的艺术特征，已经成为现代乡土抒情小说的典范。发掘人性的美质，揭示和探寻生命的庄严和价值，进而重造民族品德，重铸国民灵魂，实现社会、国家、民族的重造，并向人类远景倾心，是沈从文乡土抒情小说创作的两大主题。

现代中国的民族危机、意义危机和政治危机，以及抗争危机的诉求构成了中国现代文学特有的时代语境，孕育了现代文学"救亡图存""意义重构"和"重造国家"的现实精神品格，赋予其鲜明的"工具性"色彩。然而，在如何使用这一"工具"时，因为思想信仰、价值预期、审美情趣的不同，文学认识发生了分流："民族主义文学"宣扬"文艺的最高意义，就是民族主义"，"制造民族的新生命""唤起民族意识"是文艺的中心任务。[①] 其余脉国策派鼓吹国家至上，目的是锻造"国家的人（臣民）"，有较强的狭隘民族主

---

① 参见《前锋月刊》，1930年10月第1卷第1期，第2—3页。

义色彩和专制独裁倾向。左翼文学强调"阶级斗争""暴力革命"，通过灌输阶级意识以启发人的"革命性"，使大众成为"阶级的人"，从而"新中国"。[①]自由主义文学以"民主""自由""平等"为鹄的，以人的独立意识、民主思想、自由意志为追求目标，通过塑造"现代的人"来克服现代中国的种种危机。毫无疑问，沈从文属于后者。但在怎样塑造"现代的人"的策略选择和审美实践上，沈从文有着自己独特的思考：文学应超越"世俗的心和眼"，发挥道德的、人性的作用，潜移默化地改善人的精神世界。文学应弘扬高尚圣洁的人情美和人性爱，逐渐培养起人们正直认真地做人、自由合理地生存、健康健全地发展的生命意识和品德操守，使之成为拥有健康人性、雄强生命、高尚品德的理想的"现代人"，从而真正担当起抗争现代中国重重危机的使命。

（一）沈从文的人性诗学

人性是沈从文乡土抒情小说的起点和基石，也是他观察社会人生的独特视角和向人类远景凝眸眺望的切入点。他说："这世界上或有想在沙基或水面上建造崇楼杰阁的人，那可不是我。我只想造希腊小庙。选山地作基础，用坚硬石头堆砌它。精致，结实，匀称，形体虽小而不纤巧，是我理想的建筑。这神庙供奉的是'人性'。"[②]文学是人学，应当立足人性、观察人性、表现人性，思考人性，因为"人的活动首先是人性的活动"，所以"文学作为人学的基本起点——展现丰富多彩的人性世界"；并且"文学的人性，是文学作为人学的起点或基本前提。否定了它，整个文学将失去最为绚烂的色彩，甚至整个庞大的文学大厦就将倾斜"。[③]这应是一个不争的命题。然而，中国现代文学特定的生态环境，却使这一命题长期遭到质疑并备受冷落。在文学要承担

---

① 如郭沫若认为：文艺应是"战取辩证法的唯物论的留声机器"，"反映阶级的实践的意欲"。（参见《留声机器的回音》，《文化批判》1928 年第 3 号第 17 页）

② 沈从文：《习作选集代序》，《沈从文全集》第 9 卷，太原：北岳文艺出版社，2002 年，第 2 页。

③ 董学文、张永刚：《文学原理》，北京：北京大学出版社，2001 年，第 47 页。

启蒙和救亡使命的 20 世纪上半叶，在启蒙和救亡的双重变奏中，救亡逐渐压倒了人性启蒙，文学被"时代的轮子"挟裹着偏离开了它的基本轨迹——在特定的历史时间、空间和语境中，"文学作为人学的集中体现——在复杂的阶级性中追求人民性"①成了主流话语并以其强烈的意识形态色彩逐渐占据了言说空间。而执着于人性思考、人性挖掘的"乡下人"沈从文，却成了文学的"异端"被放逐于文坛中心之外，在边缘处独自徘徊、彳亍，在寂寞中"不合时宜"地呼唤人性，尽一己绵薄之力构筑他的"人性神庙"。

著名华裔美籍学者唐德刚从历史学的角度这样认定文学的本质："不管小说（文学）有多少种，它的基本原则只有一个——它讲的是'人性'——不管这人性是恶，还是善。"②"文学发于人性，基于人性，亦止于人性。……在理性指导下的人生是健康的常态的普遍的；在这种状态下所表现出的人性是最标准的；在这标准下所创造出来的文学才是有永久价值的文学"③；"伟大的文学亦不在表现自我，而在表现一个普遍的人性"④，新月派理论巨擘梁实秋如是说。在思想观念上接近新月派而并不完全认同其洋绅士高蹈派习气的沈从文，在这一点上表示认同。他说："今古相去那么远，世界面积那么宽，人心与人心的沟通和连接，原是依赖文学的。人性的种种纠纷，与人生向上的憧憬，原可依赖文学诠释启发的"；"一个伟大作品，总是表现人性最真切的欲望，——对于当前社会黑暗的否认，以及未来光明的向往"⑤；"一切作品皆应植根在'人事'上面。一切伟大作品皆必然贴近血肉人生。一个能处置故事

---

① 董学文、张永刚：《文学原理》，北京：北京大学出版社，2001 年，第 49 页。

② 唐德刚：《史学与文学》，上海：华东师范大学出版社，1999 年，第 20 页。

③ 梁实秋：《文学的纪律》，《中国现代文学作品原本选印丛编》，北京：人民文学出版社，1988年，第 122 页。

④ 梁实秋：《浪漫的与古典的》，《中国现代文学作品原本选印丛编》，北京：人民文学出版社，1988 年，第 20 页。

⑤ 沈从文：《给志在写作者》，《沈从文全集》第 17 卷，太原：北岳文艺出版社，2002 年，第413 页。

于人性协调上尽文字德性的作者，作品容易具有普遍性与永久性"①；"创作最低的效果是给自己与他人以人性交流的满足，由满足而感觉愉快……"②关注和表现人性，礼赞人性的健康，批判人性的迷失与堕落，进而重造人性，是沈从文的文学选择，也是他抗拒着"时代"诱惑与压迫的精神支柱，更是他作为一个理想主义者寻求抗拒现代中国的民族危机、意义危机、政治危机的突破口。

那么，人性究竟是什么？它的具体内涵有哪些？这是一个古老而又恒新的课题。在古希腊德尔菲神庙里铭刻着这样一句箴言："认识你自己！"这是人类开始对自身艰难而又漫长的探索旅程的重要标志。千百年来，无数哲人圣贤思想巨匠都在这一领域艰难跋涉。然而，正如卢梭所言："我觉得人类的各种知识中最有用而又最不完备的，就是关于'人'的知识。我敢说，德尔菲城神庙里唯一碑铭上的那句箴言的意义，比伦理学家们的一切巨著更为重要，更为深奥。"③的确如此，有史以来各种各样的人性理论，迄今仍无法就这一问题给人以满意的回答。19世纪以降，对人性揭示有较大影响的理论流派是弗洛伊德学说和马克思主义理论。弗洛伊德用"生物学"的方法来研究人、人性，把人的本性归于生物性，他认为人类一切行为的动因源于性欲——"利比多"。在弗洛伊德那里，人只是一个"受两种力量——自我保护的驱动力和性的驱动力——驱使的封闭体系"，是一个"机械人"和"生物人"。④马克思主义则用一种"社会学"的方法来探寻人、人性，注重从政治、经济方面来规定人性，强调人的社会属性，尤其突出人在阶级社会中的阶级性，认为人即使不像亚里士多德所说的那样，天生是政治动物，无论如何也天生是社会

① 沈从文：《论穆时英》，《沈从文全集》第16卷，太原：北岳文艺出版社，2002，第233页。
② 沈从文：《沉默》，《沈从文全集》第14卷，太原：北岳文艺出版社，2002年，第106页。
③ 卢梭：《论人类不平等起源和基础》，上海：商务印书馆，1962年版，第62页。
④ [美]弗洛姆：《精神分析的危机》，徐俊达、徐俊农译，北京：国际文化公司，1988年版，第34—35页。

动物。客观地说，无论是马克思主义的"社会人性论"，还是弗洛伊德的"自然人性论"，都有着各自的局限性。沈从文对人性问题的思考，不可避免地受到了古今中外各种人性理论的影响。仅就其作品文本的显象表征来看，似乎受弗洛伊德的影响更大一些。但是，沈从文绝不机械地全盘照搬弗洛伊德的人性理论或其他什么人的学说，"同荣格对弗洛伊德的学说所作的扬弃一样，沈从文在以'现代意识'建构自己的文学理想时，也对弗洛伊德的'精神分析'理论作了扬弃"[①]。他根据自己的生命体验、现实观察和超验思考（金介甫认为，沈从文早就进入一种超越了震惊的超现实的世界[②]），一方面将人性置放于以启蒙主义为底色、以抗拒现代中国的民族危机、意义危机、政治危机为鹄的的中国现代文学生态环境中加以审视，一方面把目光投向民族历史的纵深褶皱处搜寻人性之光，进而向人类理想的远景凝眸，形成了他自己独特、丰富而深邃的人性诗学，并将他的人性思考进行了创造性的审美转换，化为作品中的鲜活人物形象和幽远绵长的意境情韵，使其人性礼赞和人性批判散发着晶莹璀璨的艺术魅力，引导着他的生命之旅和文学之舟在人性的海洋中泛波畅游。

　　沈从文的人性诗学可以简单概括为：人性是"魔性"与"神性"的统一，"神性"的核心是爱与美；现实世界的危机实质上是人性危机的显性表现。人性复杂的内部结构中充满了矛盾和张力。一般来说，人总是从两个方面表现自己，具有两个空间：从外部被感官感知而言，人使自己表现为一种物质的生活；从内部通过自我体验把握自己而言，人使自己表现为一种精神的生活。这两个方面是共存的。维持和繁衍生命是人的物性，寻求生命的意义是人的神性。没有神性，人则与动物无异，只会孜孜以求利害得失，为活着而活着，

---

　　① 王继志：《沈从文论》，南京：江苏教育出版社，1992 年版，第 391 页。
　　② ［美］金介甫：《我所认识的沈从文》，朱光潜、张兆和、荒芜编，长沙：岳麓书社，1986 年版，第 72 页。

人类社会就无法发展和进步；没有物性，人将成为被抽空了实质内容的意义符号，人类社会就无法存在和延续。因而，自由世界与自然世界的外在对立实际上就是人的物性与神性的内在冲突。如果说自然世界与自由世界即物质世界与精神世界、事实世界与价值世界的分裂，表现出来的是整个世界的对立，那么，人性中的神性与物性即灵魂与肉体的对立，则是人的本体性的自我分裂，是整个世界的对立在个体生命上的浓缩，是人性内部矛盾的表现形式。

沈从文把人的物性称之为"魔性"，即人的自然性，或生命的自然形式、自在状态。"魔性"在一定意义上等同于弗洛伊德所谓的人的本我、本能，沈从文概括为"人与自然的契合，彼此不分的表现"[①]。"魔性"是"神性"的基础，是神性的载体和附着物。神性是人在充分地社会化后，能够理性地认识自我、人生和社会，与人类进步意识和社会健康观念一致，自强自立、乐于助人、乐施好善、扶弱抑强、救穷济贫，并能保持自我人格的独立和个性的自由，做到所谓"贫贱不移，威武不屈，富贵不淫"的精神追求和价值取向。所以说，神性是人性中魔性的升华，是人性的最高境界，是"超越世俗爱憎哀乐的方式"[②]的理想人性。沈从文认为，健康健全的人性应是魔性与神性的完整统一，是自由世界与自然世界、物质世界与精神世界、事实世界与价值世界的和谐一致。现代中国的重重危机，尤其是政治危机，实质上是人性危机，是人性分裂在现实社会中的具体反映和表现形式。人性的和谐是社会稳定、井然有序的基础，人性的健康健全是社会良性运行和进步发展的根本保障。

沈从文以理性的目光冷静地审视着社会的剧烈动荡，透过现实表象深入

---

① 沈从文：《泸溪·浦市·箱子岩》，《沈从文全集》第 11 卷，太原：北岳出版社，2002 年，第376 页。

② 沈从文：《烛虚》，《沈从文全集》第 12 卷，太原：北岳文艺出版社，2002 年，第 27 页。

到人性本质，将湘西的原始民性与畸形都市中堕落了的人性加以对照，深刻挖掘造成人性迷失、分裂、堕落、扭曲的历史根源和现实因素。首先，陈腐的封建思想文化礼教观念扭曲了人性中的"魔性"，阉割了人的本能欲求，压抑了人的自然天性，造成了人性中情、欲的分离和灵、肉的割裂，导致了人性的迷失和异化。他说："'哲人'不是生物中的人的本性，与生物本性那点兽性离得太远了……结果纵不至于违反自然，亦不免疏忽自然，观念将痛苦自己，混乱社会。"① 这里"哲人"显然是指扭曲、压抑自然人性的社会道德礼教观念。而以这种价值取向、道德规范为核心所确立的人生追求及生活方式，造成了人性内部结构中的冲突和矛盾："人都俨然为一切名分而生存，为一切名词的迎拒取舍而生存。禁律益多，社会益复杂，禁律益严，人性即因之丧失净尽。许多所谓场面上人，事实上说来，不过如花园中的盆景，被人事强制曲折成为各种小巧而丑恶的形式罢了。"② 所以，如果没有自然人性的酣畅淋漓，没有生命本我的自由奔放，人就会被"名分""名词""禁律"扭曲，像"盆景"一样失去本性，就会异化为畸形的病态的非人，就会变得虚伪、卑琐、变态，就会失去生命的雄强健壮，成为阉宦式的阴性人格，"雄身而雌声"，也就是鲁迅所说的"人性+家畜性"。所以他强调："人类最不道德处，是不诚实与怯懦。"③ 其次，"现代文明"尤其是商品经济则扭曲了人性中的"神性"，膨胀和纵容了人的贪欲——物欲、肉欲、名利欲等，人变得唯利唯实，贪婪暴虐，成为金钱、情欲、乡愿的奴隶，人性被异化。所谓异化，是指"人不再感到他是自己的力量和丰富感情以及品质的主动拥有者，他感到自己只是一个贫乏的'物'，依赖于自身以外的力量，他向这力量投射出他生存的实

---

① 沈从文：《生命》，《沈从文全集》第12卷，太原：北岳文艺出版社，2002年第42页。
② 沈从文：《烛虚》，《沈从文全集》第12卷，太原：北岳文艺出版社，2002年第14页。
③ 沈从文：《致〈文艺〉读者》，《沈从文全集》太第17卷，太原：北岳文艺出版社，2002年第201页。

质。"① 如果说"存天理,灭人欲"的封建礼教残酷地戕害了人的自然本性——魔性,把人变成一个抽象的道德符号和神性、名教的奴隶;那么,唯利是图的现代商业主义则冲决了人性的底线,把人异化成金钱动物和欲望魔鬼,彻底荒芜了人的精神世界。人性的裂变、堕落由自我的冲突演变为人与人、人与社会、社会群体之间的对立和矛盾,从而导致了现实危机。

沈从文的人性思考并没有停留在对人性分裂的观察和对人性异化根源的梳理上。他十分清楚,人性异化是人类社会发展进程中与之俱生俱存而永无求解的困惑和难题,"社会进步与人性滑坡"是两难选择:既不能因为葆有人性的真、善而拒绝人类物质文明的发展,让人类退回到茹毛饮血、刀耕火种的原始时代;又不能放任人性在现代化追求中严重异化最终走向极端而导致人类的堕落甚至毁灭。怎样在两难中寻找突破点使人性内部结构中的矛盾与张力、冲突与分裂在调适中达到和谐统一,使人性升华到理想的境界和品德的高度? 沈从文提出了他的看法:爱与美是黏合人性割裂、调适人性冲突的最好方式,是人性的最高层次,是神性内容的核心。"人性美,在沈从文心目中,就是一种人类的'爱'。"② 他在自己的艺术实践和文学思考中,把人性美集中体现为一个"爱"字:男女之爱、亲子之爱、朋友之爱、人类之爱……爱可以让心与心相同,爱可以净化心灵,拯救灵魂。自然人性的流露和表现,只有在爱中才会有美,如果没有爱,则人与动物无异。"自然之巧,使每个人生命成熟时,求发展居于第一位。俨若上帝派定,他需要爱人,也需要被人爱,从爱中生儿育女,方能完成生物的任务。"③ 他在《雨后》《阿黑小史》《一个多情水手和一个多情妇人》《连长》《在别一个国度里》等作品,对湘西的男欢女爱加以充分地肯定和热情地赞颂,而在《某夫妇》《绅士的太太》中,

① [美] 弗洛姆:《健全的社会》,孙恺祥译,贵阳:贵州人民出版社,1994年版,第98页。
② 吴立昌:《沈从文——建筑人性神庙》,上海:复旦大学出版社,1991年,第91页。
③ 沈从文:《给一个中学教员》,《沈从文全集》第17卷,太原:北岳文艺出版社,2002年,第325页。

对"高等人"的性爱却进行了辛辣的嘲讽。这种状若天渊的臧否，取决于他的人性观——没有爱，两性行为则与动物无异，人性就堕落为赤裸裸的兽性，人就会异化为欲望动物，也就没有美可言。爱是人类存在的基础，这并不仅仅因为"没有爱，人类不能生存一天"，[①] 而且还因为爱是普遍存在的，宇宙万物和大千世界中，处处充满了"爱"。"宇宙实在是个复杂的东西，大如太空列宿，小至蜉蝣蝼蚁，一切分裂与分解，一切繁殖与死亡，一切活动与变易，俨然都各有秩序，照固定计划向一个目的进行。……人心复杂，似有过之而无不及。然而目的却显然明白，即求生命永生。永生意义，或为精子游离而成子嗣，或凭不同材料产生文学艺术。似相异，实相同，同源于'爱'。一个人过于爱有生一切时，必因为在一切有生中发现了'美'，亦即发现了'神'。"[②] 只有"爱"才能发现"美"与"神"，才能使人感到人性的庄严，激起人们"怕"和"羞"的情感，"因远虑而自觉"[③]，规范自我的行为，放弃私欲，停止争斗。这样，重造社会、国家、民族才有希望，人类才能发展进步。

朱光潜从文艺心理学的角度出发，将人性统一在个体行为、道德规范、精神追求三个方面。他说："人性中有求知、想好、爱美三种基本的要求。求知，才有学问的活动，才实现真的价值；想好，才有道德的活动，才实现善的价值；爱美，才是艺术的活动，才实现美的价值。"[④] 沈从文则强调三者融合的介质和基础——爱的重要性，认为爱不仅是人类的情感意识和情感倾向，而且是人类的情感实践和品德行为展现。人性因爱而美，爱与美使人性充满了神性的光辉。所以，"人类最不可缺少的是'爱'。应当爱自己，爱旁人，爱正义，爱真理，爱事业，爱社会，爱国家。正因为爱才能使人类进步，由

---

① 弗洛姆：《为自己的人》，孙依依译，北京：生活·读书·新知三联书店，1992年，第24页。
② 沈从文：《爱与美》，《沈从文全集》第17卷，太原：北岳文艺出版社，2002年，第359页。
③ 沈从文：《烛虚》，《沈从文全集》第12卷，太原：北岳文艺出版社，2002年，第21页。
④ 朱光潜：《自由主义与文艺》，《周论》1948年8月第2卷4期，第31页。

愚蠢黑暗到智慧光明"①。人性成为一种潜能，一种发展趋势，一种力量的展现，一种动态过程。因而，沈从文的人性诗学就成了一个动态的而非静止的发展系统，成了一个开放的而非封闭的思想体系，超越了传统文化中"性本善"或"性本恶"的人性一元论，也补救了自然人性论和经验人性论的偏颇与不足。

毋庸置疑，沈从文的人性诗学得益于五四新文化的哺育。周作人的"人学"理论、五四初期"爱与美"的文学思潮等都对沈从文的人性思考有所启迪和帮助。然而，五四文学思潮侧重于人的启蒙和意义重构，主要目标是反对封建思想文化和礼教观念对人性的压抑和扭曲，具有浓厚的意识形态色彩。②而沈从文的人性诗学既具有启蒙层面上的意义探寻，又紧密结合社会现实，从人性角度挖掘现代中国危机的根源，以文学的审美性改造人性，进而调适现实矛盾和冲突。这样，形而上的理性思考与现实的功利追求，在沈从文那里，通过文学紧密联系在一起。因而，我们认为，沈从文的人性诗学既是对五四人学理论的继承，又是在极为复杂的文学生态环境中的发展。

（二）健康人性的礼赞

对人性的执着思索和深入挖掘，使沈从文在创作乡土抒情小说时不仅把人性作为表现的具体内容，而且视其为评价和判断文学创作成败的标准，"我以为一个作品的恰当与否，必需以'人性'作为准则。是用在时间和空间两方面都'共通处多差别处少'的共通人性作为准则。一个作家能了解它较多，且能好好运用文字来表现它，便可望得到成功，一个作家对于这一点缺少理

---

① 沈从文：《一个读报者对报纸的希望》，《沈从文全集》第14卷，太原：北岳文艺出版社，2002年，第91页。

② "五四"文学初期，不少作家宣扬"爱与美"来改造人生和社会（冰心、王统照等），但对人性冲突而引发社会矛盾的思考显然不够深入。王统照让一个女性的微笑重铸一个人的灵魂（《微笑》），不免使人对"爱"的神奇作用产生质疑。

解，文字又平常而少生命，必然失败"①。依据这样的价值标准和取舍尺度，沈从文设计和建构他乡土抒情小说中的人性神庙。

"我实在是个乡下人。说乡下人我毫不骄傲，也不在自贬，乡下人照例根深蒂固永远是乡巴佬的性情，爱憎和哀乐自有它独特的式样，与城市中人截然不同。"②对"乡下人"身份的自觉认同，使沈从文探寻人性真谛的目光越过"此时此地"——当下时代和他寄寓其中的都市，投向遥远而偏僻、原始而古朴的湘西世界，凝视那风光旖旎、山青水碧、近乎梦幻般的世外桃源，在苗、汉文化传统、区域亚文化与主流正统文化、边缘意识与中心话语的冲突、碰撞、对话中，在对现代化进程的理性关注和审视中，在对现实与历史、乡村和都市的比照、反思中，沈从文在湘西发现了"神"——自然的美，生命的真，人性的善，世风的淳；发现了人格的雄强和健康、生命的生机和活力；发现了人性的庄严和美丽、崇高和伟大。他把自己的人性神庙奠基在那块优美和野蛮交织、自然和生命交融的土地上，用传神的妙笔雕刻出率真朴实、善良淳厚的山寨少女、强壮青年、贩夫走卒、舟子水手、农人兵士、各色匠人等的人性塑像，供奉在他的"希腊小庙"里。甚至连不失宽恕仁厚、机智风趣、敢爱敢恨、热情豪爽的巫婆神汉、土娼老鸨、山贼土匪等，因其并不泯灭人性的真、善和对美的向往，也在他的人性神庙里占有相当的位置。

沈从文在建筑他的湘西人性神庙时，大致有三条明晰的思路：一、在湘西青年一代身上寄寓人性的理想和希望；二、在湘西中老年一代身上挖掘人性的内涵和蕴藏；三、在生活"在别一个国度里"或"另一个世界里"的土

---

① 沈从文：《小说作者和读者》，《沈从文全集》第12卷，太原：北岳文艺出版社，2002年，第68页。

② 沈从文：《习作选集代序》，《沈从文全集》第9卷，太原：北岳文艺出版社，2002年，第3页。

匪、娼妇身上寻觅和标刻人性的因子和底线。①

在沈从文的人性群雕中，最令人倾心的是那些寄寓了他的人性理想，至美的人性在"一种优美、健康、自然而又不悖乎人性的人生形式"②里闪耀的湘西青年男女形象。他们是自然之子，是自然哺育的精灵，是真、善、美的化身，是湘西那块神秘土地上自由自在的天使，是自然人心之美的象征。他们青春的美丽和健康的天性在自由自在、无拘无束的自然生命形态中舒展和酣畅，爱情的花朵和甜蜜的梦幻在自主选择、由心而动的情感世界里绽放和翱翔。他们用真与善、热情与天性书写了湘西乃至人类的自然和人性的神话。

首先，他（她）们纯洁的自然之子，青山碧水给他们以透明无瑕的灵魂，朝岚暮霭氤氲出他们似水的柔情，风雨雷电熔铸了他们如火般刚烈的个性。他们以日月为伴，以山水为邻，以兽物为友，他们的生命与自然和谐共振，融为一体，"这些人生活仿佛同'自然'已相融和，很从容的各在那里尽性命之理，与其他无生命物质一样，惟在日月升降寒暑交替中放射，分解"③。爱、憎、欲望、青春，甚至死亡，全是赤裸裸的自然。边城茶峒渡口老船夫的外孙女"翠翠在风日里长养着，故把皮肤变得黑黑的，触目为青山绿水，故眸子清明如水晶，自然既长养且教育她，为人天真活泼，处处俨然如一只小兽物。人又那么乖，和山头黄麂一样，从不想到残忍事情，从不发愁，从不动气"；连名字也是"为了住处两山多篁竹，翠色逼人而来，老船夫随便给这个可怜的孤雏拾取了一个近身的名字，叫做'翠翠'"。这个无父无母的可怜孤儿，得到的是自然的呵护和温暖，天真烂漫，无忧无虑——每当有迎亲的花轿过渡，翠翠总是抢着做船夫，"目送这些东西走去很远了，方回转船上，把

---

① 这样归纳有一定的片面性，沈从文的"湘西世界"并非一种色调，如《夫妇》《巧秀与冬生》等不少篇章，也表现了人性的贫困和简陋。我们只能就其总体状况做这样的简单判断。

② 沈从文：《习作选集代序》，《沈从文全集》第9卷，太原：北岳文艺出版社，2002年，第5页。

③ 沈从文：《箱子岩》，《沈从文全集》第11卷，太原：北岳文艺出版社，2002年，第280页。

船牵靠近家的岸边。且独自低低地学小羊叫着，学母牛叫着，或采一把野花缚在头上，独自装扮新娘子"（《边城》）。同样是孤儿的十二岁的童养媳"萧萧嫁过了门，做了拳头大丈夫的媳妇，……风里雨里过日子，像一株长在园角落不为人注意的蓖麻；大枝大叶，日增茂盛"；"几次降霜落雪，几次清明谷雨，都说萧萧是大人了"（《潇潇》）。四岁丧父、母女俩相依为命的碾坊女儿三三，与溪中的鱼儿讲话，和水中的鸭子嬉戏，"热天坐当有风凉处吹风，用苞谷杆子作小笼，冬天则伴同猫儿蹲在火桶里，剥灰煨栗子吃。或者有时从碾米人手上得到一个芦管作成的唢呐，就学着打大傩的法师神气，屋前屋后吹着，半天还玩不厌倦"；"换几回新衣，过几回节，看几回狮子龙灯，就长大了……"（《三三》）他们在大自然的怀抱里，无忧无虑地生长着，发育着，赖湘西这方水土滋润生命，启迪灵性，放大人格。他们既不是自然的奴隶，也无心征服自然去做所谓"自然的主人"，自然给他们以生命，也因他们的存在而生动，充满灵气。他们与自然契合，融为一体，达到了"天人合一"的境界。

其次，他们纯真的自然天性，无处不闪耀着善良无私、仁厚纯朴、乐于助人的至善至美的人性光辉。如果说特定的区域地理环境滋养了他们人性中的单纯和率真、热情和奔放，那么相对封闭和古朴的区域人文传统则赋予了他们人性中的厚道和善良。湘西是一块远离中原正统文化的"蛮荒化外"之地，苗族、土家族等少数民族文化传统保存相对完整。因而，湘西人头脑中缺乏儒家文化"君臣有别""上尊下卑"的等级观念，他们也不受礼教制度的束缚。他们敬天畏神，不会贪占"取之无道"财物，也不会恃强凌弱，为富不仁。相对封闭落后的湘西同样远离现代商业主义文明，拜金主义和利己主义在那里没有市场，纯朴的湘西青年既不慕权势，也不贪恋钱财。他们总是用天真无邪的眼睛看待万汇百物，用无私的胸怀和满腔的热情对待他人。"美丽强壮像狮子，温和谦驯如小羊"是他们性格特征的形象描绘。《边城》中的天保、傩送，尽管有一个"掌水码头的"父亲，家里有"八只船"，但他们"却又和气亲人，不矫情，不浮华，不依势凌人"；两人都爱上了翠翠，却谁也不卑鄙地先下手为强，或虚伪地恭谦礼让，决定用公平竞争的办法——"就是两兄弟月夜里同过碧溪岨去唱歌，莫让人知道是兄弟两个，两人轮流唱下去，谁得到回答，谁便继续用那张唱歌胜利的嘴唇，服侍那划渡船的外孙女"。最后天保为帮助一只搁浅的船脱险而葬身水中。《长河》中的夭夭，她的哥哥三黑子，都是热情而善良的青年。尤其是夭夭，父亲滕长顺是地方上说话有分量的"乡绅员外"，家里有橘园，河里有船队，她又是全家最小、最受宠爱的娇女，但她既不仗势骄横，也不恃宠耍蛮，对人温和善良，对那个无家无室、无儿无女的老水手满满，像亲人一样，处处照顾，呵护有加；即使从不相识的路人，走过她家成熟的橘园，夭夭总是挑选最大最好的橘子给人吃，分文不取。《卒伍》中的莲姑，对"我"这样一个家道中落、上门求助的穷小子，不予鄙夷，仍热情有加，引"我"看她的金鱼，帮"我"采摘莲蓬，和"我"玩到热闹处，"就装成摇橹人一样，把手上那个竹沟子摇着宕着，且唱起来了……"他们不会以富贵贫穷把人分成三六九等，也不会因门第高低对人另眼相看。他们有着非常朴素的平等意识和尊重他人也尊重自己的做人理念。正像三三在梦中说的："因为我们不羡慕别人的金子宝贝，你同别人去说金子，恐吓别人吧。"（《三三》）

最后，在沈从文的笔下，湘西青年男女不仅仅是自然之子，善良人性的化身，而且还是人类个性自由、人格独立、自尊自爱的象征，"魔性"和"神性"在他们身上得到完美的统一。他们没有"道德纲常"的束缚，没有金钱名利的枷锁和世俗礼教的囚笼，不伤害别人也不伤害自己，不约束别人也不压抑自己。这一点在追求爱情上表现得尤为突出。他们追求"爱"与"欲"的和谐，"灵"与"肉"的统一。他们的人生信条是："一个人在爱情上无力勇敢自白，那在一切事业上也全是无希望可言，这样人决不是好人！"①为了追求真诚的爱情，捍卫圣洁的人性，即使违背了那些"魔鬼习俗"，要付出青春或生命的代价，他们也在所不惜，毫不畏惧。我们看到，在《雨后》初霁的山上，"天是蓝分分的，还有白的云，白的云若能说是羊，则这羊是在海中走的。……天气太好了，又凉，又清……"采蕨的阿姐因爱她的"四狗给她的一些气力，一些强硬，一些温柔，她用这些东西把自己醉，醉到不省人事"；《采蕨》的少女阿黑和放牛的五明，两个青梅竹马、两小无猜、情窦初开的少年，放任着自然的天性和生命的本能，品尝着人生初始的甜蜜和愉悦——"天气好，地方好，机会好，人好，……都证明是天也许可人在这草坪上玩一点新鲜玩意儿。"这是一种自由、充满生机、恣肆无忌却又纯乎天然的两性关系形态，它不受世俗纲常礼教的束缚，一切合乎天性，合乎自然，生命随着自然的节律发展。自然天性与生命自觉结合在一起，人就具有了神性，翠翠、夭夭、媚金、傩佑、龙朱、豹子等就是这样的神性典型。他们不仅自尊自强，自己把握自己的命运，而且无一例外地蔑视金钱、权势以及种种"魔鬼习俗"。翠翠知道她的又旧又破的渡船抵不过团总家的新碾坊，她心中也曾有过小小的恐慌，但她却有着十足的自信，相信自己的选择，也相信自己的眼睛。即使面对命运的拨弄（爷爷的误会和天保的意外死亡），她也坚定而自信，她记着爷爷的话："要硬扎一点，结实一点，方配活到这块土地上。"更为主要的，她的自信来自她独立不依的个性，不勉强自己，也不勉强别人。当爷爷死后，顺顺有意把翠翠接到家中做二老傩送的媳妇时，但因傩送在辰州未回，不知道他的意思，翠翠宁可独自在碧溪岨等待，也不到城里去。不管"这个人也许永远不会来了，也许'明天'回来！"同样，在《长河》中夭夭的身上，也拥有湘西青年人特有的当生命面对人生忧患时的自信、从容和镇定。当整

---

① 沈从文：《龙朱》，《沈从文全集》第5卷，太原：北岳文艺出版社，2002年，第327页。

个乡村世界弥漫起"新生活"带来的不安与惶惑气氛时，她依然照常嬉戏、快乐，无忧无虑；当象征着现实黑暗权势的保安队长对她进行卑鄙的挑逗和拙劣的卖弄时，她只当作"看水鸭子打架"，没有一点惊慌和畏惧，根本不去理会。无论是"新生活"还是旧习俗，在热爱生命、崇尚自由、捍卫高贵人性的湘西青年人心里，都是那么苍白无力。《月下小景》为我们谱写了一曲不自由、毋宁死的爱情绝唱。"神"所不能同意的"魔鬼习俗"，直接威胁着这对少男少女的纯洁爱情，因为"两人谁也不想到照习惯先把贞操给一个人蹂躏后再结婚"。正如"没有船舶不能过那条河"一样，他们深知"没有爱情如何过这一生"？为了纯洁的爱情不被亵渎，为了自由的天性不被压抑，为了庄严的生命不被扭曲，他们用生命向"魔鬼习俗"挑战，用生命来捍卫人性的尊严，向世人证明爱情可以战胜一切——"谁见过人蓄养凤凰呢？谁能束缚月光呢？"两人快乐地咽下了那点致命的毒药，"微笑着，睡在业已枯萎了的野花铺就的石床上，等候药力发作"。而《媚金·豹子·与那羊》则是一幕中国版的《罗密欧与朱丽叶》。媚金和豹子两个青年人的爱情终于要瓜熟蒂落，相约在宝石洞里把自己交给对方。豹子为了寻找一只最美的羊献给媚金，耽搁了时间。媚金久候豹子不至，用锋利的刀子插进自己的胸膛，用刚烈的死，来捍卫爱情的不容亵渎和情感的不容欺骗，哪怕是无意的误会也不行！迟到的豹子用同一把刀，刺进自己的胸膛，也用热血和生命来证明自己对爱情的忠诚，来捍卫人性的尊严。

如果说沈从文把人性的理想和希望寄寓在湘西年轻一代人的身上，那么，对人性丰富内涵和底蕴的挖掘，则放在了湘西中老年一代人身上。相对于青年人的天真和单纯，中老年人多了一份阅历丰富人生的经验和厚重；相对于青年人的热情和冲动，中老年人拥有着饱经沧桑的成熟和理性。他们身上更多的是人性的"常"而不是"变"，是对万物世象的透彻理解，包括对青年人的爱与宽容，义利取舍时的善和面对命运无常的稳重与镇定。少数民族传统文化的沉淀和堆积在他们身上更为明显一些。善良是他们最基本的天性。《会明》中的老兵会明，尽管有着十几年的军旅生涯，却依然葆有乡下人的纯朴、天真、善良和真诚。他人性中的"常"使他不懂得"机变"，"成千上万的马弁、流氓都做了大官"，可他仍然还是一个伙夫；他缺乏"聪明"，不懂得"新时代的记录，是流一些愚人的血，升一些聪明人的官"；他更不明白战争、流血、死亡已成了军阀们的"儿戏""玩笑"。虽然他的忠诚、勇敢成了别人的笑料，但不也是人性终不会泯灭的证明吗？《牛》中的大牛伯，把牛当作自己的亲人和朋友，他无意中打伤了牛脚，心里非常歉疚和懊悔。他并不是因为误了农时而伤心，而是牛的痛苦让他受不了："它不行了，睡到草坪内，样子就很苦。它像怕我要丢了它，看到我不作声，神气忧愁，我明白这大眼睛所想说的话，以及所有的心事。"其结果是"他们都在各自流泪"。一个农人朴素善良的人性美，跃然纸上。《参军》中的老参军，因为部队移防，出于理解和成全之心，让青年士兵王五去和情人告别。但是他担心"年青人不知保重太勇敢"会"伤食"，就急忙去提醒王五；回营后得知部队改日开差，怕王五他们太匆忙，又去告知王五。几出几进军部营房，充分表现出老参军对青年人的爱怜和关心，理解和宽容，心地的善良和为人的厚道。与人为善是他们的人生信条，重义轻利是他们的处世哲学，守约践诺是他们的做人准则。勤劳、质朴、乐观、本分，是他们最显著的人性特征。尤其在儿女们的婚姻问题上，他们从不横加干预，既不拿长辈的权威硬要儿女遵从"父母之命"，也不拿儿女作为他们交接权贵或聚敛财富的工具，全由青年人自己做主。《阿黑小史》中五明和阿黑的家长，一个是油坊主人，一个是打油匠，尽管身份地位不同，但从不去考虑五明和阿黑好有什么不妥，或者是否门不当户不对。他们认为："小孩子，爱玩，天气好，就到坡上去玩玩，只要不受凉，不受惊，远不是什么顶坏的事。人既在一块长大，懂了事，互相喜欢中意，非变成一个不行，作父亲的似乎也无取缔理由。"《边城》中老船夫，女儿因和一个士兵"无结果"的爱死了，但他把痛苦埋在心里，并不以此来干涉翠翠的选择；即使掌水码头的船总顺顺，两个儿子要渡船还是要碾坊，全由他们自己选择；谁走马路谁走车路，也由他们自己做主。湘西人既急公好义，又仗义疏财；既安分守己、忠于职守，又刚烈豪爽、济难救危。"凡帮助人远离患难，便是入火，人到八十岁，也还是成为这个人一种不可逃避的责任！"这正是现代社会中最可宝贵的品德，是人性的闪光点。沈从文在《长河·题记》中不无惋惜地说："地方上年事较长的，体力日见衰竭，情感近于凝固，自有不可免的保守性，惟其如此，多少尚保留一些治事作人的优美崇高风度。"当"现代"已进入湘西后，善美的人性唯在"地方上年事较长的"人身上保留。这是湘西的悲哀，也是人类的悲哀。正是这种深刻的悲哀和对美好即将毁去的不忍，使沈从文在回望湘西时，总抱着这样的态度："不管故事还是人生，一切都应当美一些！"①

湘西青年是沈从文人性图景中的理想化身，湘西中老年人是人性底蕴的象征，而作为"另类"的湘西土匪、土娼形象，则代表了沈从文人性底线的思考。在《从文自传·一个大王》《在别一个国度里》《喽啰》等作品中，我们看到，与官相比，土匪反而更像"人"，因为"从中国有官起，到如今，钱是手下人去找，享用归一人"，远不如土匪"见者有分"公平合理。在娼妓身上标刻人性的底线，是沈从文人性思考中不可忽视的内容。娼妓作为文明社会的丑恶现象和毒瘤，她们的出现和存在是人类的耻辱。以"人的文学"为旗帜的新文学，关注和表现妓女是其重要内容之一。在《颓败线的颤动》（鲁迅）、《月牙儿》、《骆驼祥子》（老舍）、《日出》（曹禺）等作品中，妓女的血泪苦难和悲惨命运，强烈地震撼着人们的心灵，成为新文学人物艺术画廊中的不朽形象。娼妓是一个特殊的社会群体，她们从事着人类最古老最卑贱的

---

① 沈从文：《看虹摘星录·后记》，《沈从文全集》第16卷，太原：北岳文艺出版社，2002年，第342页。

职业，被放逐到"文明世界"以外，一般人看来，她们仅仅是一群"无耻而放荡，卑贱而肮脏"的动物而已。然而，在沈从文的笔下，在偏远的湘西，即便是妓女，也恪守着人性的底线：

> 由于边地的风俗淳朴，便是作妓女，也永远那么浑厚，……妓女多靠四川商人维持生活，但恩情所结，却多在水手方面。感情好的，别离时互相咬着嘴唇咬着颈脖发了誓，约好了"分手后各人皆不许胡闹"；四十天或五十天，在船上浮着的那一个，同在岸上蹲着的那一个，便皆呆着打法这一堆日子，尽把自己的心紧紧缚定远远的一个人。尤其是妇人，情感真挚痴到无可形容，男子过了约定时间不回来，做梦时，就常常梦到船拢了岸，那一人摇摇荡荡的从船跳板到了岸上，直向她身边跑来。或日中有了疑心，则梦里必见那男子在桅子上向另一方面唱歌，却不理会自己。性格弱一点的，接着就在梦里投河吞鸦片烟，性格强一点的，便手执菜刀，直向那水手奔去。他们生活虽那么同一般社会疏远，但是眼泪与欢乐，在一种爱憎得失间，揉进了这些人生活里时，也便同另外一片土地另外一些人相似，全个身心为那点爱憎所浸透，见寒作热，忘了一切。……这些人既重义轻利，又能守信自约……"（《边城》）

"爱"使她们在卑贱的生活里保持着一份人性的矜持和尊严，在屈辱的日子里守望着情感的纯真、专一和痴迷，有着"命妇的庄严"。生存是残酷的，为了生存她们不得不从事"贱业"，但这并不是她们的过错；而她们却不因此放纵自我、堕落灵魂、泯灭人性、自甘邪恶。在《柏子》《小砦》《厨子》《丈夫》《一个多情水手与一个多情妇人》《桃源与沅州》《鸭窠围的夜》等篇章中，无论是桂枝、夭夭，还是吊脚楼里的多情妇人、烟船上的老七等，虽然她们的生活是扭曲的、畸形的，但是她们的人性并没有随之而扭曲堕落；她们出卖肉体，但并不出卖灵魂和良心；她们"工作"下贱肮脏，但人性却高尚圣洁；她们贫穷弱小，却不贪婪，不造作。卖笑生涯有时不免了小小的卖弄，却又那样笨拙质朴，毫无虚伪奸诈之心；她们敢爱敢恨，放纵肉体却不放弃良心。她们"在许多人和人的通常关系上，却依然同平常人一样，也还要脸面，有是非爱恶，换言之就是道德意识不完全泯灭。"① 湘西土娼的现实苦难和血泪人生不是沈从文思考和表现的焦点，他也无意去追溯娼妓制度的历史根源，者或揭露和抨击黑暗现实，他只是想通过这样一个特殊群体的特殊生命形态，来谛视人性的真假、善恶、美丑和生命的尊卑高下。因为"生命是无处不在的东西"，"并且凡生命照例在任何情形中存在它美好的一面。丑恶，下流，堕落，说到头来还是活鲜鲜的'人生'"。② 正是基于这样的"人生"理解，沈从文把湘西土娼们活鲜鲜的"人生"图景形象地展现在我们面前，让我们在没有生活欢乐的地方领略生命的欢畅，在没有人间真情的地方体会人间至情，在人被扭曲的地方感悟人性的自然质朴和淳厚善良，让人性的光辉照彻粗糙的生活和肮脏的现实。

"沈从文从事文学活动的一生，就是追求人性、向往自由的一生。"③ 这体现在他对美好人性的热情肯定和热烈向往上，是他人性思考的维度。鲁迅在《我怎么做起小说来》一文中这样阐发他的文学动机和目的："说到'为什么'做小说罢，我仍抱着十多年前的'启蒙主义'，以为必须是'为人生'，而且要改良这人生。……所以我的取材，多取自病态社会的不幸的人们中，意思在揭出病苦，引起疗救的注意。"④ 沈从文认为："一个作者同时还可以称为'人

① 沈从文：《小砦》，《沈从文全集》第 10 卷，太原：北岳文艺出版社，2002 年，第 201 页。
② 沈从文：《小砦》，《沈从文全集》第 10 卷，太原：北岳文艺出版社，2002 年，第 189 页。
③ 吴立昌：《"人性的治疗者"·沈从文传》，上海：上海文艺出版社，1993 年版，第 4 页。
④ 鲁迅：《我怎么做起小说来》，《鲁迅全集》第 4 卷，北京：人民文学出版社，1981 年版，第 512 页。

性的治疗者'。"① 改良人生，是"五四"文学的基本价值取向，是启蒙主义思潮影响下文学的自觉选择。人生的改良，归根结底在于人的人性、精神、灵魂、品德的改造。鲁迅的揭示民族"精神病灶"、批判国民根性和沈从文的揭露"上层社会的堕落"、鞭挞人性的丑恶，动机和目的是一致的，都是为了"立人"——重铸国民灵魂，所不同的是：鲁迅侧重于挖掘封建文化长期浸润和麻醉所造成的下层人们的精神创伤和人性扭曲，而沈从文则把犀利的笔锋直指被商业文明和"现代文化"奴役的都市上层社会的堕落和人性异化。二者的互补，才使得中国现代文学的人性启蒙、人性批判和人性建设工程成为一个完善的整体。

（三）向人性远景凝眸

沈从文一再表明自己"乡下人"的身份，坚持自己"乡下人"的价值尺度和判断标准："我是个乡下人，走到任何一处照例都带了一把尺，一杆秤，和普遍社会权量不合。一切临近我命运中的事事物物，我有我自己的尺寸和分量，来证实生命的价值和意义。我用不着你们名叫'社会'为制定的那个东西。我讨厌一般标准，尤其是伪'思想家'为扭曲压扁人性而定下的庸俗乡愿标准。"② 由此可以看出，沈从文的人性建设和人性批判是以"乡下人"的价值取向为基础的。

那么，"乡下人"的实质内涵究竟是什么呢？澳大利亚的普林斯、美国的聂华苓，新时期以来最早从事沈从文研究的大陆学者凌宇、王继志等，都是从沈从文笔下的"乡下人"形象分析入手，来把握"乡下人"的精神实质。③当然，文本中具体人物形象的身上熔铸着作家的价值观念和评判标准，是作家思想情感的艺术审美表现。然而，仅从作品分析来理解沈从文的"乡下人"

① 沈从文：《给某教授》，《沈从文全集》第17卷，太原：北岳文艺出版社，2002年，第195页。
② 沈从文：《水云》，《沈从文全集》第12卷，太原：北岳文艺出版社，2002年，第94页。
③ 参见王继志：《沈从文论》，南京：江苏教育出版社，1992年版，第180—184页。

内涵似乎不够全面。我认为，沈从文的"乡下人"不只是一种情结、情感倾向或一种道德判断、一种身份认同，更是他的价值观念核心。"乡下人"的内涵应是"童年记忆＋乡村体验＋边城意识＋现代理念＋审美思考"诸多情感活动、道德认知、抽象思维、意志实践后的关于自然、人性、生命、品德和人、人类、历史以及国家、民族、社会的基本看法，是他的自然观、人性观、生命观、伦理观、历史观、政治观、审美观的基础与核心。所谓"乡下人"只是沈从文观察、思考人性、人类及国家、民族的一个视角，而绝不是以狭隘的乡土情感、乡土经验和乡土文化价值观念来评判臧否一切，他站在一个少有人能企及的理性高度和审美层面，在历史与现实、区位亚文化与中原正统文化、民间文化与主流文化、乡村文明与都市文明、传统观念与现代意识的比照中，深化他的认识，丰富他的思想。他的孤独感、绝望感、虚无感是很少人能理解和体味的，他的超验思索、世界意识、人类意识也具有强烈的先锋性和前卫色彩，他的人性诗学与西方近现代哲学有一种默契和暗合，他的审美实践是一种与世界文学的对话和交流。"我似乎正在同上帝争斗。我明白许多事不可为，努力终究等于白费，口上沉默，我心并不沉默。……我那么想，简直是在同人类本来惰性争斗，同上帝争斗。"①"明知不可为而为之"，固是楚人血液里顽固、好强、百折不屈的基因遗传，更是鲁迅式的"反抗绝望"的现代人生哲学和意志实践。乡土文化培育的保守、狭隘、贪图蝇头小利、只顾眼前的小农意识，是与自称"乡下人"的沈从文格格不入的；对都市文明的腐蚀和异化，他有着高度的警醒与自觉，同样，对地方意识、少数民族主义意识、乡土意识等有可能遮蔽其心灵和视野的负面因素他也倍加戒备。他的胸襟是开阔而现代的，目光能"超越现世的心与眼"而洞穿历史的深层褶皱并向人类远景凝眸：在《三三》里，他把城市文化与乡村文化交织

---

① 沈从文：《烛虚》，《沈从文全集》第12卷，太原：北岳文艺出版社，2002年，第21页。

在一起考察人、人性；在《边城》里，天保"走车路"和傩送"走马路"的两种求爱方式，象征着苗、汉文化的冲突，及自然人性与社会规范的矛盾；《雨后》中识字的阿姐和文盲的四狗，暗示出自然人性与"知识、文明"的碰撞和融和；《新与旧》《七个野人和最后一个迎春节》则是历史与现实、传统与现代、"常"与"变"的断裂；《萧萧》中把自然人性（萧萧与花狗野合）、现代文明（关于女学生的话题）、正统文化（童养媳制度、把"不贞"的女人"沉潭"处死或发卖的习俗）、民间情怀和乡村现实（生殖崇拜、劳动力）等多种因素糅和在一起，思索人性的复杂；《龙朱》《媚金·豹子与那羊》《月下小景》则把目光投向远古的习俗、神话、传说或佛经故事，寻求人性的闪光之处；《丈夫》从城市商业文明对人性的腐蚀和"传统"的廉耻心理觉醒来呼唤人性的回归……不拘囿于"阶级性"而着眼于共同普遍的"人性"来思考人的本质；透过"生活"的表象而深入到"生命"的内核；不局限于某一党派、集团的利益而放眼于国家、民族的前途和未来；越过"现世"而向人类的远景眺望，沈从文的人类意识和世界视野，应是真正的现代观念和现代追求。

沈从文的"乡下人"视角使他的人性思考有一个天然的优势。正像有人论及的那样："当他体味了都市文明的种种人生滋味后，他身上的那种少数民族的血缘潜质和自幼浸染过的湘西地域文化氛围，使他终于发现：'恶'作为现代社会发展的动力，既驱动着历史车轮的前进，也吞噬着人性的光辉；伴随着都市文明发展的是作为'自然人'的健全质朴人性的沦丧。因此，他一面以一个湘西'乡下人'特有的道德审美尺度去度量'都市文明'对湘西'神圣事物的亵渎'程度，一面又从他所熟悉的乡村文化的记忆中，从那些尚保持着原始古朴民风的文化遗存中构筑一个自认为理想的人生缩图，用来和都市文明相抗衡。"[1]但我们必须明确的是，沈从文并不是笼统地反对一切都市文

---

① 王继志：《沈从文论》，南京：江苏教育出版社，1992年版，第184页。

明，也不是热衷于"回到过去"的"反现代性"的乡下"土绅士"；他是一个人本主义的现代性思索者和追求者，他的理想是把人从"自然"与"文明"二律背反规律的左右中解放出来，更健康地发展下去，走向未来。因此，他的一系列都市小说如《绅士的太太》《八骏图》《都市一妇人》《某夫妇》等，解剖和批判的是都市人的心理病态、依附人格、苟且哲学——人性的残缺。也许沈从文笔致的飘逸隽远和抒情写意特征，让读者很难轻易体悟到他文本深层的蕴藉和良苦用心，以致产生错觉，认为他只会唱忧愁怀旧的乡土田园挽歌，认为"颂乡野而非都市"是他一贯的情感倾向和价值取向。这是对沈从文的误读。在《如蕤》《薄寒》《一个女剧员的生活》等作品中，他不也肯定和赞扬了那些出淤泥而不染、追求自然、健康人性和独立自由人格的都市青年吗？所以，沈从文不是一个"反现代化的现代性追求者"——他从不反对现代化，他所反对的只是现代化进程中对效率、物质、金钱、欲望的片面强调和过分追求而导致的人性异化和生命销蚀，反对的是人的生命力弱化和道德滑坡，而不是社会由"传统到现代"的转型所带来的人类进步中的飞跃式发展；他追寻的是人性的健全和人的现代性品格，是人性和文明的同步发展，与时俱进，而不是退回到原始时代"随心所欲"的蒙昧动物本能或上古时期"清心寡欲"的"无为"消极状态。他的人性思考和审美诉求既有反抗"时代"、超越"现世"的先锋性和前瞻性，又有为人类远景凝眸的普遍性和永恒性。

二、探寻生命的庄严：沈从文乡土抒情小说主题之二

人性的载体是生命，生命的样式是人性的表现形态。离开了生命，则无从谈人性；离开了人性，则人等同于动物，生命失去了应有的庄严而毫无价值与意义。因而，沈从文的人性思考和生命探寻是密切联系在一起的。他在其乡土抒情小说里，观察生命的形式，把握生命的内涵，思索生命的真谛，

进而探寻生命的庄严，提出了重造生命的严肃命题。

（一）在现实与历史、"边地"与都市的交汇点上谛视生命

沈从文说："我是个对一切无信仰的人，却只信仰'生命'。"① 这既是一个现代知识分子深沉的忧患意识和强烈的责任感的集中体现，又是其主体意识觉醒后着眼于民族未来、站在人类发展的高度对自身使命的理性选择和自觉担当：

> 我凑巧拣了那么一个古怪事业，照近二十年社会习惯称为"作家"。工作对社会国家也若有些微作用，……一方面，这个工作虽不与生活发生关系，却缚住了我的生命，且将终其一生，无从改弦易辙。另一方面又必然迫使我超越通常个人爱憎，充满兴趣鼓足勇气去明白"人"，理解"事"，分析人事中那个常与变，偶然与凑巧，相左或相仇，将种种情形所产生的哀乐得失式样，用它来教育我，折磨我，营养我，方能继续工作。②

沈从文在历史与现实、"边地"与都市的交汇点上透视生命，他发现：现代中国的民族危机实质上是生命的危机。人性的残缺导致了生命的萎缩；生命力的弱化导致了民族的老迈龙钟、种群退化、积重难返，难以低挡外敌的侵入。救亡图存、克服民族危机的出路在于重造生命——"爱国也需要生命，生命力充溢者方能爱国"。③ 民族生命力的激活取决于"做人运动"——"以'改造'与'做人'为目的"，并且认定和"承认'改造运动'必较'解放运动'重要"；④ 只有重视人的彻底启蒙和全面重造，进而实现民族品德的重造和国家社会的重造，才能使现代中国冲破重重危机真正走向新生。这或许不

---

① 沈从文：《水云》，《沈从文全集》第 12 卷，太原：北岳文艺出版社，2002 年，第 128 页
② 沈从文：《黑魇》，《沈从文全集》第 12 卷，太原：北岳文艺出版社，2002 年第 128 页。
③ 沈从文：《生命》，《沈从文全集》第 12 卷，太原：北岳文艺出版社，2002 年第 43 页。
④ 沈从文：《烛虚》，《沈从文全集》第 12 卷，太原：北岳文艺出版社，2002 年第 9 页。

像"政治革命"和"社会运动"那样省时和速效，但却是能够彻底解决民族积弱、世风日下、动乱频仍的治本之道和长远策略。社会的稳定与发展，国家的繁荣与富强，民族的振兴与进步，归根结底在于"人"，在于人的重造、涅槃和新生。生命是人最根本的存在形式，失去生命，人即不复存在。因而，探寻生命的本质，理解生命的形态，把握生命的内涵，挖掘生命的价值，剥离生命的病变成分进而重造雄强健康、理想庄严的生命，是浩大而系统的重造"人"的工程的主要部分，也是沈从文人生图景和文学理想中的核心部分。

沈从文生命思考的动因不仅来自责任感的驱使，还表现为他能站在现代意识的高度，反思历史，审视传统的人生态度、生命形式、生命价值观念，发现其陈腐性和消极性并彻底地加以否定和扬弃。他认为："'生命流传，人性不易'，佛释逃避，老庄否定，儒者戆愚而自信，独想承之以肩，引为己任，虽若勇气十足，而对人生，惟繁文缛礼，早早的就变成爬虫类中负甲极重的恐龙，僵死在自己完备组织上。"即使有"或书呆子气十足的，不被三个老老的主张所引诱，就可能被三个教派流传下来的神话艺术空气所眩惑，一置身其中，便无由自脱"①。正是过于老熟的传统文化对生命本体意义追问责任的逃避、否定或以种种礼教枷锁对生命的窒息，才使民族失去了生命的活力和热情，没有了创造的欲望和冲动，变得老迈龙钟，百病缠身，虚弱不堪，陷于重重危机之中。

更为可悲的是，在民族追求新生的现代化进程中，经受了"现代文明"洗礼的所谓现代"知识阶级"，接受过现代教育的"绅士淑女"们，其生命并没有获得"重造"。一些人不仅没有自觉承担起匡时济世、救心正思的责任，却多"知从'实在'上讨生活，或从'意义'、'名分'上讨生活。捕蚊捉虱，玩牌下棋，在小小得失上注意关心，引起哀乐，即可度过一生。生活安适，

---

① 沈从文：《〈看虹摘星录〉后记》，《沈从文全集》第16卷，太原：北岳文艺出版社，2002年第346页。

既已满足。活到末了，倒下完毕。多数人实需要的是'生活'，不必对于'生命'具有何种特殊理解，故亦不必追寻生命如何使用，方觉更有意思"①。在一种庸俗化、世俗化的人生观和生命价值观——"唯利唯实""市侩哲学""实际主义"——的支配下，大多数人"既缺少一种高尚情感，当然也就缺少用那个情感去追求一种人类庄严原则的勇气"②。没有追求的勇气，也就没有自信；失去了自信，当然也就缺少生命的雄强与热情，其结果必然变成"雄身而雌声"的"阉寺性"人，必然导致他们"对国家，貌作热诚，对事，马马虎虎，对人，毫无感情，对理想，异常吓怕。也娶妻生子，治学问教书，做官开会，然而精神状态上始终是个阉人"③。可悯可悲复可憎可怕的现实，使沈从文"发现了'堕落'二字真正的意义。……看出那个堕落因子"；他深味"这种失去自己可能为民族带来一种什么形式的奴役"的严重后果……这一发现让他痛苦、郁闷、焦灼不安，产生了强烈的急迫感，不仅"渐渐失去原来与自然对面时应得的谧静"，而且爆发出"呼喊"的冲动："这不成！这不成！人虽是个动物，希望活得幸福，但是人究竟和别的动物不同，还需要活得尊贵！"④活得有价值和有意义，方才不会辜负生命的庄严；或者说："一个人不仅仅能平安生存即已足，尚必需在生存愿望中，有些超越普通动物肉体基本的欲望，比饱食暖衣保全首领以终老更多一点的贪心或幻想，方能把生命引导向一个更崇高的理想上去发展。"⑤

从某种意义上说，任何一个作家的创作都是在创造一种生命的存在，都是在以自己的方式理解、把握和表现生命，探寻和实现生命的价值。但是，

---

① 沈从文：《潜渊》，《沈从文全集》第 12 卷，太原：北岳文艺出版社，2002 年，第 31 页。
② 沈从文：《变变作风》，《沈从文全集》第 14 卷，太原：北岳文艺出版社，2002 年，第 159 页。
③ 沈从文：《生命》，《沈从文全集》第 12 卷，北，太原：北岳文艺出版社，2002 年，第 43 页。
④ 沈从文：《黑魇》，《沈从文全集》第 12 卷，太原：北岳文艺出版社，2002 年，第 170 页。
⑤ 沈从文：《小说作者和读者》，《沈从文全集》第 12 卷，太原：北岳文艺出版社，2002 年，第 66 页。

"自觉从生命视角认识和解释人生，以感悟方式执着而痛苦地探寻生命意义与价值的，在现代中国作家中莫过于沈从文"①。早在生命的童年时期，沈从文就极力去挣脱传统教育体制的束缚和几尺见方的私塾空间的窒息，在"读一本小书"的"同时"，更热衷于"读一本大书"；虽然"我上许多课仍然不放下那本大书"；②他更多是"从社会那本大书上好好地学习人生，看看生命有多少形式，生活有多少形式"③。童年时代的逃学经历，少年时期的从军生涯，青年岁月的都市学艺生活以及后来的创作、治学、教育活动，使他充分认识了生命存在的普遍性、永恒性和表现形态的多样性、复杂性。"生命是无处不在的东西。一片化石有一片化石的意义，我们从它上面可以看出那个久经寒暑交替日月升降的草木，当时是个什么样子。……凡是生命就有它在那个小地方的特殊状态，又与别一地方生命还如何有个共同状态。"④对生命的体悟和倾心，成为他热爱生命、关注生命、思考生命并将其所思所悟进行审美转换和艺术创造的个性心理特征和最直接的动力源之一："因为我活的这世界里有所爱。美丽，清洁，智慧，以及对全人类幸福的幻影，皆永远觉得是一种德性，也因此永远使我对它崇拜和倾心。这点情绪同宗教情绪完全一样。这点情绪促使我来写作，不断的写作，没有厌倦，……"⑤所以，沈从文的生命体验和生命思考，既有着鲜明的理性启蒙主义色彩和强烈的现实功利主义旨趣，又有着形而上的超验认知、抽象概括、归纳演绎的哲学思辨色彩和本体追问意蕴，以及超越世俗的心与眼而向人类远景凝眸眺望、追寻生命诗意栖息地的审美救赎指向。

　　① 陈爱国：《沈从文的生命观》，《吉首大学学报》，1997年第3期，第46页。
　　② 沈从文：《从文自传》，《沈从文全集》第13卷，太原：北岳文艺出版社，2002年，第305页。
　　③ 沈从文：《学习写作》，《沈从文全集》第17卷，太原：北岳文艺出版社，2002年，第331页。
　　④ 沈从文：《小砦》，《沈从文全集》第10卷，太原：北岳文艺出版社，2002年，第189页。
　　⑤ 沈从文：《萧乾小说集题记》，《沈从文全集》第16卷，太原：北岳文艺出版社，2002年，第325页。

（二）沈从文的生命思考

沈从文在乡土抒情小说创作中的生命思考和生命哲学，基本上围绕着这样几个范畴展开和构建：生命本质、生命层次、生命形态、生命内涵、生命价值等。对生命本质的认识，是一切生命哲学的基础。恩格斯在《自然辩证法》中，从自然科学的角度对生命本质做了这样的界说："生命是蛋白体的存在方式，这种存在方式本质上就在于这些蛋白质的化学组成部分的不断的自我更新"，而这种"自我更新"就是生命"通过摄食和排泄来实现的新陈代谢，是一个自我完成的过程"①。也就是说，人的生命在本质上首先是一种自然物质现象，其次是一种需要"摄食和排泄"进行物质交换和新陈代谢的运动现象，也就是沈从文所说的"生命随日月交替，而有新陈代谢现象，有变化，有移易"②。因而，人与其他动物一样，也有着本能的欲求与冲动，以及为满足需求而产生的种种行为，吃喝拉撒、衣食温饱、生殖繁衍、安全舒适等，这是生命的物性或兽性，沈从文谓之"魔性"。沈从文不是道学家或名教的"卫道士"，他有宗教情绪但绝不是彻底皈依某一宗教的纯粹信徒，他从不主张那种"投身饲虎"式的完全无我的牺牲，相反，他肯定和认同生命的"魔性"，"人为生物之一。……多数生物能饱吃好睡，到性周期时生儿育女不受妨碍，即可得到生存愉快。人类当然需要这种安逸的愉快"；"满足食与性"，"从生物学上说，不能算是件坏事"③。生命没有"魔性"，人类就不能繁衍和延续。但是，人毕竟是"万物之灵"，在满足了动物本能欲求后，应有超越生命本能的精神追求，即生命要有"神性"；原因就在于"人之所以为人，为的是脑子发达已超过了普通动物甚远，它已能单独构思，从食与性两种基本愿望以外玩味人生，理解人生。……或思索生命什么是更深的意义，或追究生命存在是

---

① 马克思，恩格斯：《马克思恩格斯选集》第 3 卷，北京：人民出版社，1975 年版，第 121 页。
② 沈从文：《潜渊》，《沈从文全集》第 12 卷，太原：北岳文艺出版社，2002 年，第 33 页。
③ 沈从文：《烛虚》，《沈从文全集》第 12 卷，太原：北岳文艺出版社，2002 年，第 17 页。

否还可能产生一点意义"①。思索生命的意义、追问生存的价值,让生命"尊贵而庄严",这不仅是人与动物的本质区别,而且是人类生命主体意识的觉醒,是对自我存在价值的肯定,是生命的"神性"之所在。生命没有"神性",人类就不能发展与进步。因为"这种激发生命离开一个动物人生观,向抽象发展与追求的兴趣或意志,恰恰是人类一切进步的象征"②。正像生命没有"魔性"人类不会繁衍一样,生命没有"神性"人类也不会进步。

魔性和神性的和谐统一,才是生命的本质;③ 只求生命魔性的满足,是人类的退化,从"万物之灵"退化到"脊椎动物";把"文明的神性"强调到极端,则是对生命的扭曲和异化。所以沈从文认为:"生命的明悟",归根结底就是"使一个人消极的从肉体理解人的神性和魔性如何相互为缘,并明白人生各种型式,扩大到个人生活经验以外"④。显然,沈从文的生命本质论受到了尼采生命学说的影响,但对其又有着修正和发展。尼采认为生命的物性(沈从文谓之魔性)是第一位的,是更为本质的,精神、意识、理性等精神性要素都是从肉体中派生出来的,服务于生命生存和发展的非实体性要素;生命的有机体存在,是精神性要素的实践主体,肉体才是实体性要素。生理性要素和精神性要素两者之间实际上是一种"体用不二"的关系。强调生命的精神性,人类"就会因为意识而自我毁灭。换句话说,没有本能,人类早已不

_____

① 沈从文:《小说作者与读者》《沈从文全集》,第 12 卷,太原:北岳文艺出版社,2002 年,第 75 页。

② 沈从文:《小说作者与读者》,《沈从文全集》第 12 卷,太原:北岳文艺出版社,2002 年,第 66 页。

③ 如上一节所述,沈从文认为健全的人性是魔性与神性的统一,而作为人性载体的生命,其本质也应是魔性与神性的统一。但两者还是有区别的:人性中的魔性是人的基本生存欲求,应置放在心理意识层面探讨;而生命中的魔性是指欲望的具体行为和表现形态,更多现实层面的因素。人性中的神性是人的精神世界,神性支配的生命才庄严尊贵,具有价值和意义。尽管同样使用这两个概念来把握沈从文的"人性诗学"和"生命思考"有重复之嫌,但我们应注意其中的差异和区别。

④ 沈从文:《小说作者和读者》,《沈从文全集》第 12 卷,太原:北岳文艺出版社,2002 年,第 66 页。

存在了"①。生命就是冲动，是一种宣泄、释放、满足其本能欲望的盲目过程，精神性因素在这一过程中无法起到制约作用，所以生命在本质上是非理性的。沈从文在不排斥生命魔性的同时，重视生命的神性，强调生命的理性才是生命的本质，对尼采的生命本质论进行了修正。

既然生命的本质是魔性和神性的统一，那么，二者关系的失调和割裂必然会导致生命的存在会有不同的层次。沈从文认为，生命按等序可分为两个层次：一是屈从魔性支配的形而下的"生活"；一是高扬神性，并且达到"神性与魔性统一"的形而上的"生命"。生命在"生活"层次上，只求衣、食、男女等基本欲望的满足，是一种生物学上的退化现象。对于知识者来说，"……倦于思索，怯于惑疑，安于现状的种种，加上一点为贤内助谋出路的打算，如何即对武力和权势形成一种阿谀不自重风气"②，就是"具有一种浓厚动物本性"的"生活"。它"如猪如狗，或虽如猪如狗，惟情感被种种名词所阉割，皆可望从日常生活中感到完美与幸福"，安于这种生活状态的人的"生命如一堆牛粪，在无光无热中慢慢燃烧活"③。"生活"是生命的低级层次，是有残缺的形而下的生存，活着就是为了活着是其最高要义。"生活"的"缺陷和不幸"主要是人在"现代文明"的肉欲、物欲、名分等因素的侵蚀下主体意识的消失，独立人格的位移，自由思想的停滞，理性追求的弱化，精神家园的荒弃。相反，"生命"是人之所以为人的根本特征，是超越了动物性和世俗性的"生活"而具有了"神性"的生存，这是生命的高级层次，是一种超脱了世俗的爱憎哀乐、功名利禄的诱惑、人事关系的纠缠、习惯秩序的束缚而向人类远景凝眸的理想生存状态，是一种拒绝金钱腐蚀，为信仰而倾心的"精

① ［德］尼采：《快乐的科学》，黄明嘉译，桂林：漓江出版社，2000年，第52页。
② 沈从文：《黑魇》，《沈从文全集》第12卷，太原：北岳文艺出版社，2002年，第170页。
③ 沈从文：《真俗人和假道学》，《沈从文全集》第17卷，太原：北岳文艺出版社，2002年，第237页。

力弥满，不畏艰难，勇敢诚实"①的雄强健康的"生命"；所以，"金钱对'生活'虽好像是必需的，对'生命'似不必需。生命所需，惟对现世之光影疯狂而已"②。在高级层次上，"生命"应当雄强、"疯狂"、叛逆、尊贵、虔诚、热忱……充满了神性。"生命"最"崇拜朝气，欢喜自由，赞美胆大的，精力强的"；因为拥有"生命"的"一个人行为或精神上有朝气，不在小利小害上打算计较，不拘拘于物质攫取与人世毁誉，他能挺起脊梁，笔直走他要走的道路，……这种人也许野一点，粗一点，但一切伟大事业伟大作品就只这类人有分"③。"生命"贵在热忱而虔诚，贵在"有信仰，需要的是一点宗教情绪。……拭去一切的界限与距离"④。"生命"是"痴汉行为，若与多数人庸俗利害观念向冲突，且成为罪犯，为恶徒，为叛逆。……然一切文学美术以及人类思想组织上巨大成就，常惟痴汉有分，与多数无涉，事情明显而易见"⑤。所以"生命"是一面灵魂和精神的镜子，能使人警醒："会觉得知识分子把一部分生命交给花骨头和花纸（指麻将牌与扑克牌——引者注），实在是件可怕和可羞事情"；⑥"生命"是希望之所在，因为"神在生命本体中。……一切奇迹都出于神，这由于我们过去的无知，新的奇迹出于人，国家重造社会重造全在乎人的意志"，⑦全在于人超越了"生活"而提升到"生命"的层次。

生命的本质在于"神性与魔性的内在统一"；对生命本质理解和认同的各有侧重，必然会导致生命呈现出高低不同的层次；生命层次的差异，必然

①　沈从文：《给一个军人》，《沈从文全集》第17卷，太原：北岳文艺出版社，2002年，第329页。

②　沈从文：《潜渊》，《沈从文全集》第12卷，太原：北岳文艺出版社，2002年，第32页。

③　沈从文：《萧乾小说集题记》，《沈从文全集》第16卷，太原：北岳文艺出版社，2002年，第324页。

④　沈从文：《给志在写作者》，《沈从文全集》第17卷，太原：北岳文艺出版社，2002年，第412页。

⑤　沈从文：《潜渊》，《沈从文全集》第12卷，太原：北岳文艺出版社，2002年，第32页。

⑥　沈从文：《烛虚》，《沈从文全集》第12卷，太原：北岳文艺出版社，2002年，第20页。

⑦　沈从文：《学习写作》，《沈从文全集》第17卷，太原：北岳文艺出版社，2002年，第332页。

会表现为不同的生命形态；在不同的生命形态里，体现着不同的生命内涵；通过对不同的生命层次、生命形态、生命内涵的比照、审视，沈从文探寻着生命的价值和意义，丰富和完善着他的生命哲学，从而形成他自己独特的生命观。这是一个条理清晰、层次分明、内在联系紧密的逻辑整体。应当说沈从文的生命思考和生命观念既简单又复杂；既抽象又具体；既凝聚着丰富的感性体验，又有高度的理性概括；表面上杂乱无序，实际上逻辑严谨。这是他以毕生为代价的一次痛苦而深刻的灵魂冒险历程，为"抽象"而"发疯"贯穿了他的一生。"我正在发疯。为抽象而发疯。我看到一些符号，一片形，一把线，一种无声的音乐，无文字的诗歌。我看到生命一种最完整的形式，这一切都在抽象中好好存在……"①即使在冷清寂寥的博物馆，面对一堆没有生命、已成历史化石的砖砖瓦瓦、坛坛罐罐、花花朵朵，沈从文仍在进行着民族生命历程的探寻，执着地实现自我的生命的价值。如果没有这种"发疯"的"乡下人"的傻劲和韧劲，他也不可能在孤寂的乡下，血压高到临界状态，"机器随时都可能报废"的情况下，以80多岁的高龄，从历史的陈迹——丝绸锦缎中寻觅民族的生命和美质，补充和完善不知能否问世的《中国古代服饰研究》。

沈从文把自己抽象的生命思考，创造性地转换为艺术审美意象，让鲜活的具体的人物形象在乡土抒情小说里演绎和展示不同的生命形态，进而寻觅"生命一种最完整的形式"②。在沈从文的乡土抒情小说的艺术世界中，生命的形态多姿多彩，形形色色，琳琅满目：既有雄强勇猛如豹子的野性生命，也有刚烈的死，生命的元气十足、酣畅淋漓……

（三）理想生命形态的刻画和雄强生命力的张扬

超越了"生活"的"生命"是生命的理想形态。二者之间有着本质的区

---

① 沈从文：《生命》，《沈从文全集》第12卷，太原：北岳文艺出版社，2002年，第43页。
② 沈从文：《生命》，《沈从文全集》第12卷，太原：北岳文艺出版社，2002年，第43页。

别：雄强与孱弱、进取与满足、敏思与惰想、远眺与短视、为公与自私、利他与利己、奉献与索取、敢于担当与畏缩逃避……不同的选择，是"生命"和"生活"的分水岭。在沈从文的生命思索中，凡是受神性支配的高层次上的生命，必是精神的脊梁中钙质充实，冒险的灵魂勇猛无畏，思想的血液汹涌澎湃，独立的人格血气方刚，求索的目光高远深邃，坚忍的意志百折不回，即"生命者，只前进，不后退，能迈进，难静止"；① 同时，也必是雄强健壮，精力充沛，生命力旺盛，情操高尚，正直善良，疾恶如仇，必表现为生命的神性形态。相反，人格孱弱，易于满足，不思进取，懒于思考，自私自利，贪得无厌则必然表现为生命的庸俗形态。沈从文对生命形态的准确把握和情感认同，得益于他丰富的人生体验和生命阅历。从遥远、蛮荒、半原始状态的"化外之地"湘西，到千年古城、数代皇都的北京；从凝聚着民族历史、传统文化、活化石式的北京，再到霓虹闪烁、十里洋场的现代大都市上海，沈从文的生命在巨大的文化落差中辗转漂泊，在乡村文化与城市文明、历史与现实、传统与现代、边城意识与中心话语、民间与庙堂的冲突、碰撞、交流中比照和选择。青岛的海，云南的云，浦风滇雨，使他的人生体验更加瑰丽多彩，引导和启发着他的生命认知从直觉感性趋向自觉理性，从具体到抽象，从表象深入到本质。他发现，生命的理想形态存活在远古的历史中，也存活在鲜活的现实中；现身于偏远的边地，也出现在现代化的都市；是浪漫的民间话语（神话、风俗）的载体，自然生命形态与自觉生命形态的融和与互补，将是最具"神性"的生命的理想形态。

作为生命的理想形态之一的自然生命，最显著的特征是"人与自然的契合"，是杂糅着原始神性与自然人性的"一种'优美，健康，自然，而又不悖

---

① 沈从文：《潜渊》，《沈从文全集》第12卷，太原：北岳文艺出版社，2002年，第33页。

乎人性的人生形式'"①。沈从文在未经现代商业文明侵蚀和传统中原文化同化的湘西，在"神"还未解体的乡村世界，发现了这种充满了神性的理想的生命自然形态。生命与自然和节谐振，生命的原始活力在自然的环境中自由挥洒燃烧，绽放出美丽的人性之光，是自然生命的第一个特征。《采蕨》中的阿姐与四狗，《雨后》中的阿黑与五明，《旅店》中的女店主黑猫和大鼻子旅客，《夫妇》中的青年新婚夫妇，《龙朱》中的龙朱与黄牛寨寨主的姑娘……他们的结合如春草吐绿、阳雀闹春一样本能而自然，坦荡而纯洁，没有任何的亵渎成分或世俗功利色彩；他们听从生命的呼唤，不受任何陈腐观念和现存秩序的束缚；他们从不压抑生命，从不扭曲人性，让生命的活力在自然的形态中以自然的方式酣畅淋漓，让生命的圣洁和庄严在爱与欲、灵与肉、魔性与神性的完美统一中凸现。自然生命的第二个特征是雄强野性，敢爱敢恨，自由奔放，自尊自重。《边城》中的翠翠是个可怜的孤雏，应当说命运对她十分残酷：无父无母，无钱无势，唯一的亲人——爷爷也撒手而去，而心中的爱人也因了失去兄长的悲痛离开。但她宁可独自一人待在渡口，也不愿因了别人的怜悯搬到城中。她的自尊、自重和刚烈，支持着她等下去，不管那个人是永远不回来了，还是"明天"就回来。《长河》中的夭夭，其生命的庄严表现为镇静自信，自重自尊，不畏权势；"新生活"的可怕传闻和保安队长的淫威无耻，都毫不影响夭夭的快乐和从容。她朴素地认为，"横蛮强霸的占上风，天有眼睛，不会长久的！"而"好看的都应当长远存在"。演绎佛经故事的作品《弹筝者的爱》，讲述了一个女人敢爱敢恨的"生命神话"。年轻标致的寡妇为一个独目、麻脸、跛足的残疾人的美妙的筝声倾倒，勇敢地以身相许。然而弹筝者却因害怕逃走，女人上吊自尽。美的毁灭不免让人惋惜，但这个妇人自主自为地支配自己的情感和生命，灵魂中流贯着"神性"的美丽

---

① 沈从文：《习作选集代序》，《沈从文全集》第9卷，太原：北岳文艺出版社，2002年，第9卷，第5页。

和庄严，却更让人动容。《月下小景》中的傩佑和他相爱的女子，为遵从"自然的神意"，用生命反抗"魔鬼习俗"，捍卫生命的庄严。《媚金·豹子与那羊》中的媚金、豹子，同样用青春和热血来证实和捍卫生命的圣洁高贵与不容亵渎……这是沈从文对"神"之解体时代，也就是"美"即将毁灭的一种反叛或救赎。他说："我还得在'神'之解体的时代，重新给神作一番赞颂。……即用一支笔来好好的保留最后一个浪漫派在二十世纪生命取予的形式……"①这种"浪漫派取予的生命形式"，就是在一个"精神上回复自然人性和活泼童心的纯净世界"里酣畅淋漓地展示人性的自然生命——理想的生命形态，因为"在这个纯净的世界中，没有欺骗和哄瞒，没有虚伪和狡诈，没有金钱的锈蚀，没有礼教的束缚，没有委顿琐碎的人格，有的是真诚、勇敢、燃烧的感情，雄强的生命力，鲜活的充满淋漓元气的生命"②。正如李健吾所言："他（沈从文）热情崇拜美。在他的艺术制作里，他表现一般具体的生命，而这生命是美化了的，经过他的热情再现的。"③

　　沈从文绝不只是个浪漫传奇故事的讲述者或乡土田园梦幻的编织者，他更注重从现实中捕捉那些不在"生活"中迷失、挣脱环境的左右、获得独立的自我，并将自我价值的实现与民族乃至人类的命运紧紧地联系在一起，"生活在任何困难情形下，总永远不气馁，且在各种方式下，时时刻刻都能把自己一点力量，粘附到整个民族向上努力中"④的生命的理想形态——自觉生命。《大小阮》中的小阮，为了"高尚理想"出生入死；最后，因组织唐山矿工大罢工被捕入狱，死在狱中；《菜园》中的新婚夫妇，因了加入共产党而喋血刑场；《过岭者》中负责交通的通信队员们，英勇无畏，信仰坚定，"倒下的，完

---

① 沈从文：《水云》，《沈从文全集》第12卷，太原：北岳文艺出版社，2002年，第127页。
② 王继志：《沈从文论》，南京：江苏教育出版社，1992年版，第185页。
③ 李健吾：《〈边城〉》，《李健吾文学评论选》，银川：宁夏人民出版社，1983年版，第52页。
④ 沈从文：《白话文问题》，《沈从文全集》第12卷，太原：北岳文艺出版社，2002年，第63页。

事了，听他腐烂得了，活着的，好歹总还得硬朗结实的活下去！"《早上——
一堆土一个兵》中那个无名老兵，尽管他普通得像一把黄土，却有着朴素而
强烈的爱国情怀和民族意识："毛子来了，占去咱们的土地，……读书人不怕
丢丑我怕丢丑。"他不怕死，有自己的生死观和价值观。因为他知道，把生死
交给了国家、民族，即使牺牲了，也有人会说："老同志不瘪，争一口气，他
死了，他硬朗，他值价。"在《知识》中，哲学硕士张六吉，"把所有土地分
给了做田人"，和刘家小子离开家乡过那种"挨饿，受寒，叫做土匪也成，叫
做疯子也成"的生活去了。《黑夜》中的罗易，宁可牺牲自己也要掩护同伴完
成任务……他们是一群普通人，却是生活的强者，是民族的脊梁，是未来的
希望。他们已经完全超越了"生活"的羁绊，把生命融入到国家、民族的进
步向上事业中，达到了生命的最高境界。虽然在沈从文的文学世界里，这类
形象有些单薄，但却是他把握理想的生命形态的重要一环，是他生命思考中
不可或缺的组成部分。

（四）生命探寻的困惑与超越

通过对沈从文在乡土抒情小说中塑造的生命理想形态的粗略扫描，我们
可以看出，生命的理想形态不仅仅是一个个鲜活的人物形象，更有一种精神
文化象征和意义。但如何把自然生命的勇猛雄强与自觉生命的知识理性完美
地统一在一起，给自然的生命以知识的启迪和武装，给理性的生命以自然的
纯朴与强壮，从而塑造出更理想的生命？沈从文的思考还不那么清晰明朗，
甚至自身陷入了一种迷茫杂乱中。[1]这一困惑表现在创作上就是：同样拥有生
命的"神性"、同样是生命理想形态的体现者的翠翠和如蕤、傩送和小阮等，
他们之间毫无相通之处，显得那么的隔膜和陌生，甚至有些矛盾和对立。自

---

① 在《箱子岩》中，沈从文对湘西人划龙船的精神充分肯定，"证明这种狂热使他们还配在世
界上占据一片土地"；但他又认识到，生命仅止于这种简单的雄强有力、蛮悍狂热的形态是不行的，
还要有文明理性的灌输。如何使自然的生命走向自觉，沈从文意识到了，但他却陷入了一种无奈中：
"不过有什么方法，可以改造这些人狂热到一件新的竞争方面去？"（参见全集 11 卷 281 页）

然的生命与自觉的生命能否互融？沈从文也曾做过尝试，在《采蕨》中，他让有知识的阿姐和自然之子四狗以自然的方式结合，但又忍不住让阿姐产生出些许知识的烦恼和惆怅；《三三》中来乡下养病的城里人，让三三心里泛起了莫名其妙的微小涟漪，但沈从文终于又让那个城里人死掉了；在《长河》中，文本很晦涩地透露出一点信息：不怕"新生活"、鄙夷保安队长的夭夭的底气来自她那个在外地读书、有可能"将来做洋博士"的未婚夫——六喜哥。但"他暑假都不回来"，连沈从文都怀疑这能否靠得住？在此我们不能忽视沈从文赋予文本的文化象征意义，或者说沈从文暗藏其中的生命困惑。它既象征着城、乡的隔膜和难以沟通，更暗喻了自然生命与自觉生命互补融合的渺茫和绝少现实性。两性的结合或有可能的婚配，能让自然的雄强野性与文明的知识理性生产出生命理想的"宁馨儿"吗？① 这点飘忽不定的联系纽带真有那么神奇的作用？沈从文在政治上可能很天真，但在文化建设、意义重构上的思考却很深刻。这种困惑、矛盾的流露，就足以证明他的生命思考达到了同时代人难以企及的高度。在《虎雏》《虎雏再遇记》等作品中，沈从文把这些困惑和矛盾表现得更加直接和具体——把"一个野蛮的灵魂，装在一个美丽的盒子里"，究竟能不能办得到呢？答案显而易见。沈从文的困惑表面上是在如何重造生命时遇到的具体难题，实际上是一个如何重构意义、重建价值体系的文化课题，是人的发展如何与现代化进程同步发展的问题。这是人类永恒的困惑之一，文明进步与人性退化的二律背反，或者说传统与现代的冲突，聚焦点就是生命的范型，就是如何把握生命的向度和塑造什么样的生命形态。

---

① 我们细读沈从文的作品就会发现一个有趣的现象，他总是设计一种"婚姻模式"来探索"自然生命"与"知识文明"结合以建构"神性生命"的可能性。怎样理解这种现象，应是一个严肃的课题，不是本书着重思考的问题。我们是否可以这样推测：在自然中培育了生命的沈从文与受过高等教育的张兆和的结合，在无形中给了沈从文一种暗示，成为他创作时的潜意识，无意识中影响了他的思考。可佐证的是《三三》创作于沈、张相识、相爱后，《长河》写于二人结婚十多年后。

人性有多复杂，生命的形态就有多么丰富。沈从文是一个忠于生活、忠于自我情感和体验的作家，他说："有人用文字写人类行为的历史，我要写我自己的心和梦的历史。"①"我却只想把自己生命所走过的痕迹写到纸上。"② 因而，他能超越"世俗的心和眼"，不去按"时代"的标准拔高"小阮"们，不去把他的生命理想形态再"理想化"；因而他也没有"非此即彼"地看似辩证、实则线性思维定势的局限，不是认识论的绝对主义者和机械论者；所以他没有将生命形态简单地划分为二元对立的"理想形态"／"庸俗形态"，他更注重介于理想与庸俗之间的"生命中性形态"的观察和审视、刻画和塑造。在《柏子》《小砦》《一个多情水手和一个多情妇人》《贵生》《知识》《萧萧》《三个男人与一个女人》《水手们》《滩上挣扎》等作品中，沈从文集中塑造了一批"自然人"③的生命形态群像。我将其称之为介于"理想形态"和"庸俗形态"之间的"生命中性形态"。毫无疑问，作为"边城之子"的沈从文对湘西、对生活在这块热土上的普通生命，有着真挚的赤子感情，"对于农人和兵士，怀了不可言说的温爱，这点感情在我一切作品中，随处都可以看出"；④这种"温爱"浓烈如酒，成为沈从文一生剪不断、理还乱的"湘西情结"。"山头夕阳极感动我，水底各色圆石也极感动我，我心中似乎毫无什么渣滓，透明烛照，对河水，对夕阳，对拉船人同船，皆那么爱着，十分温暖的爱着！……看到石滩上拉船人的姿势，我皆异常感动且异常爱他们。"⑤贵生们的

---

① 沈从文：《水云》，《沈从文全集》第12卷，太原：北岳文艺出版社，2002年，第102页。

② 沈从文：《致唯刚先生》，《沈从文全集》第11卷，太原：北岳文艺出版社，2002年，第41页。

③ 凌宇、王继志等对沈从文笔下的"自然人"有准确的分析和界说。我认为"自然人"不是沈从文本意上的生命理想形态；尽管"柏子们"与阿Q相比有不少可取之处，沈从文对他们也不像鲁迅对阿Q那样"哀其不幸，努其不争"。然而也不是否定和嘲讽的"生命庸俗形态"。沈从文的情感爱憎和价值判断面对这种"生命中性形态"时十分矛盾和复杂：爱中含着怜，热情中隐着哀痛，悲悯中藏着隐忧，肯定中伏着否定。

④ 沈从文：《边城·题记》，《沈从文全集》第8卷，太原：北岳文艺出版社，2002年，第57页。

⑤ 沈从文：《历史是一条河》，《沈从文全集》第11卷，太原：北岳文艺出版社，2002年，第188页。

忠厚纯朴、柏子们的野性健壮、吊脚楼上娼妇们的多情重义、水手们赤条条跃进冰冷河水时的勇敢无畏、满河飘荡的浑厚橹歌、乡下人粗野的笑骂、河街码头上的杂乱肮脏，都使沈从文感到熟悉、亲切、可爱；从他们自由自在地挥洒生命欲望、自足自乐地经历日月轮回的单纯生活里，沈从文也确实发现了一份生命纯朴的"美"与"庄严"——"他们那么忠实庄严的生活，担负了自己那分命运，为自己，为儿女，继续在这个世界上活下去。不问所过的是如何贫贱艰难的日子，却从不逃避为了求生而应有的一切努力。在他们生活爱憎得失里，也依然摊派了哭，笑，吃，喝。对于寒暑的来临，他们便比其他世界上人感到四时交替的严肃"①；甚至他们对死亡的那种豁达、从容或者说麻木，都使沈从文对生命多了一份更深的理解。在《知识》中，农夫刘冬福在劳作时被毒蛇咬死了，做父亲的"竟像看水鸭子打架，事不干己，满不在乎"；死者的母亲、姐姐"听完了这消息时，颜色不变，神气自如"；死者的弟弟竟抱怨死者"打破了"他们的计划；在《山道中》，老人相依为命的妻子死了，却平静地为客人烧水做饭，闲谈聊天。生命来自自然，当然要回到自然中去，生死交给天。对他们这种朴素的生命观的认同，却让沈从文感到惆怅。所以他一方面觉得他们的"欲望同悲哀都十分神圣"，一方面又禁不住觉得"他们生活的单纯，使我永远有点忧郁。我同他们那么'熟'——一个中国人对他们发生特别兴味，我以为我可以算第一位！但同时我又与他们那么'陌生'，永远无法同他们过日子，真古怪！"②

沈从文的"古怪"恰恰是他创作时的矛盾心态和生命困惑的真实写照。"平常形态"的生命不乏善可陈，自有可爱之处，但毕竟与"理想生命"还有一段距离。无论从哪个角度看，萧萧、桂圆、柏子、贵生都不是"坏人"，他

---

① 沈从文：《一九三四年一月十八》，《沈从文全集》第 11 卷，太原：北岳文艺出版社，2002 年，第 253 页。

② 沈从文：《河街印象》，《沈从文全集》第 11 卷，太原：北岳文艺出版社，2002 年，第 132 页。

们既不是只为基本需求满足的"动物"，也不是丧失生命热情的都市"阉鸡"。然而，他们的生命却很难超越"生活"而上升到"生命"的层次。同是湘西儿女的翠翠和萧萧之间，存在着本质的差别：萧萧是环境的被动适应者，她顺应自然的需求，却无法把握自己的命运，极为朦胧的觉醒意识（要和花狗一起私奔）昙花一现即消失得无影无踪；她自足自乐的生命处在精神的麻木懵懂中；翠翠就有着强烈的自我意识——自觉自主、自尊自重，尽力自己把握自己的命运。我们承认贵生已有了初步的觉醒，开始从自足走向自为，但他的行动究竟是受报复本能的支配，还是理性自觉的选择呢？《丈夫》的确"觉悟"了，和妻子重回乡下。但回到乡下就能摆脱贫穷而幸福吗？就能过上"人"的日子吗？当然，要求他们像小阮那样"为理想而献身"是不现实的，但柏子、贵生、"丈夫"们却连老兵会明那样的朴素"理想"也没有，难道不值得我们怀疑他们的生命形态是否"理想"呢？我们当然不能戴着"道德"的有色眼镜去看待柏子们与吊脚楼女人的恩爱缠绵，他们雄强健壮搏击自然的生命力也值得赞许，我们更没有资格鄙夷他们简单粗糙的生活，但我们可以说，这只是生命的一部分，绝不是生命的全部，他们应当有更好的"生活"。这正是沈从文为什么"提到他们这点千年不变无可记载的历史，却使人引起无言的哀戚"[1]的原因。

沈从文曾说："我理会的只是一种生命的形式，以及一种自然道德的形式，没有冲突，超越得失"；[2]"你们多知道要作品有'思想'，有'血'有'泪'，且要求一个作品具体表现这些东西到故事发展上，人物语言上，甚至于一本书的封面上，目录上。你们要的事多容易办！可是我不能给你们这个"[3]。他反

---

① 沈从文：《一九三四年一月十八》，《沈从文全集》第 11 卷，太原：北岳文艺出版社，2002 年，第 253 页。

② 沈从文：《水云》，《沈从文全集》第 2 卷，太原：北岳文艺出版社，2002 年，第 117 页。

③ 沈从文：《习作选集代序》，《沈从文全集》第 9 卷，太原：北岳文艺出版社，2002 年，第 6 页。

对批评家们从他的作品找什么"哲学""思想""意义",更反感那些浅薄无知者戴了有色眼镜拿了他们自己的标准去要求什么"时代精神""当前话语""多数人要求"等。他关注的是人,是生命,是各式各样、千姿百态的生命形式;他要从不同的生命形态的比照、审视中,思索生命的本质,观察生命的层次,探寻生命的庄严、价值和意义,进而向人类的远景凝眸。

生命应用怎样的"神性"来哺育?应用什么理想来浇灌生命?沈从文在铸造生命本体的意义上将之概括为"爱与美"——"美在生命";在生命的社会历史责任承担层面上厘定为"为民族为人类而生"①,即"时时刻刻都能把自己一点力量,粘附到整个民族向上努力中"②。这是沈从文的生命价值观,与他的"爱与美"人性观相一致;或者说,理想的生命应以健康的人性为内蕴,充满了人性的生命才会尊贵而庄严,才有价值和意义。

"五四"新文学肇始时期,"爱"与"美"是两面耀眼的旗帜。新文学的先驱者们要用"爱"与"美"作为工具来改造人生,救治人生的"血"和"泪"。沈从文是新文学启迪下的"爱与美"的信仰者和实践者,他不仅把"爱"与"美"作为改造人生的工具,而且认为爱与美是生命的基本内涵,是一种人生观,"爱是生的一种方式"。③生命中有了爱,生命才会美,才能获得庄严和尊贵;对爱与美的追求,是生命的价值和意义。所在"生命之最大意义,能用于对自然或人工巧妙完美而倾心";④"美固无所不在,凡属造形,如用泛神情感去接近,即无不可见出其精巧处和完整处。生命之最高意义,即对'神在生命中'的认识"⑤。在沈从文的理解中,生命的爱是一种情感活动,

---

① 沈从文:《横石和九溪》,《沈从文全集》第 11 卷,太原:北岳文艺出版社,2002 年,第 185 页。

② 沈从文:《白话文问题》,《沈从文全集》第 12 卷,太原:北岳文艺出版社,2002 年,第 63 页。

③ 沈从文:《烛虚》,《沈从文全集》第 12 卷,太原:北岳文艺出版社,2002 年,第 27 页。

④ 沈从文:《潜渊》,《沈从文全集》第 12 卷,太原:北岳文艺出版社,2002 年,第 32 页。

⑤ 沈从文:《爱与美》,《沈从文全集》第 17 卷,太原:北岳文艺出版社,2002 年,第 360 页。

也是一种道德判断，更是一种价值取向。爱的形式有多种多样，爱的内涵也各不相同：两性之爱、亲情伦理之爱、友情之爱……正是因为爱，生命才有所附丽，才会有美的光焰闪耀。湘西的水手和吊脚楼妓女们，生活粗糙而卑贱，两性关系也是一种非常态的方式，却因为有一种真诚的爱——心与心的交换——使他们的行为具有了一种非常态的"美"，他们的生命也因此而获得了超越卑贱生活的庄严；媚金和豹子、阿姐和四狗、阿黑和五明等，他们的生命在爱的浇灌和滋润下，才迸发出了美丽的火花；如蕤、女剧员萝等，也是因为她们勇于追求真爱，生命才有了超越庸俗生活的价值和意义，升华出"神性"。正所谓："美丽的身体若无炽热的爱情来消磨，则这美丽也等于累赘。"① 不唯如此，爱还可以沟通人心，净化社会，提升道德，消除丑恶，塑造美的社会，美的国家，美的人生和生命。沈从文曾说："人间缺少的，是一种广博伟大悲悯真诚的爱"；② 所以，人们才会漠视生命，漠视生命的价值和意义。"'美'字笔画并不多，可是似乎很不容易认识它。'爱'字虽人人认识，可是真懂得它的意义的人却很少。"③ 正是基于这样的生命认识和生命价值意义的定位，沈从文呼唤"爱"，寻觅和发现"美"，用爱与美来重造生命："爱一切抽象造形的美，用这种爱去有所制作，可产生升华作用。"④ 生命的"升华"就在于"爱一切抽象的美"——远大的理想、高尚的情操、健康的人性、纯洁的道德；就在于"爱一切造形的美"——自然中的百汇万物；并把这种"爱"付诸实践，"去有所制作"，"神"就会降临，就会在"生命本体中"体现。所以，"我们实需要一种爱与美的新的宗教，来煽起更年青一辈做人的热忱，激发其生命的抽象搜寻，对人类明日未来向上合理的一切设计，都能产

---

① 沈从文：《神巫之爱》，《沈从文全集》第9卷，太原：北岳文艺出版社，2002年，第368页。
② 沈从文：《青色魇》，《沈从文全集》第12卷，太原：北岳文艺出版社，2002年，第190页。
③ 沈从文：《昆明冬景》，《沈从文全集》第17卷，太原：北岳文艺出版社，2002年，第270页。
④ 沈从文：《给一个中学教员》，《沈从文全集》第17卷，太原：北岳文艺出版社，2002年，第326页。

出一种崇高庄严感情。国家民族的重造问题，方不至于成为具文，为空话！"①

　　生命的内涵是无限的，对生命价值和意义的探寻是永无止境的，"察明人类之狂妄和愚昧，与思索个人的老死病苦，一样是伟大的事业"②。沈从文把对生命本体意义的追问与国家、民族、人类的前途和未来联系在一起，并将其思考进行了创造性的审美转换，在其乡土抒情小说中化作他笔下鲜活的具体的生命形态，进行着生命理想形态的礼赞和生命庸俗形态的批判，从而昭示出生命的本质，为人性的堕落、生命的退化、民族的衰落做着艰难的救赎努力，从湘西放眼民族，从边城走向世界，向人类远景凝眸。

---

　　① 沈从文：《爱与美》，《沈从文全集》第17卷，太原：北岳文艺出版社，2002年，第362页。

　　② 沈从文：《烛虚》，《沈从文全集》第12卷，太原：北岳文艺出版社，2002年，第3页。

第六章　温情氤氲的乡村女神：
汪曾祺乡土抒情小说中女性形象分析

　　汪曾祺是中国现代乡土抒情小说史上的代表性作家，其创作自20世纪40年代始至90年代终，前后持续50余年。60年代创作的《羊舍一夕》等，给当时波诡云谲的文坛上吹来一股清新的风，是那个年代不多见的乡土抒情小说范本。他的作品豁达悠远，平淡从容，并不追求结构上的刻意经营，而是注重民俗风情的表现。语言文白兼有，简洁质朴而韵味横生，充满中国传统文人士大夫的情调。叙述呈现如日常生活般的"自然形态"，以朴实的平民视角，发现民间生活的美好和人性的美好。洪子诚在《中国当代文学史》中评价汪曾祺的写作是"按照自己的文学理想写作，表现他熟悉的、经过他的情感、心智沉淀的记忆"①；钱理群认为汪曾祺的文学价值与地位在于"以独特、鲜明的艺术个性，成为八九十年代小说创作的重镇，并且影响、启迪了新时期几代年轻的小说家"②，"在四十年代小说（文学）与八九十年代小说（文学）的'断而复续'中，先生的创作是一个不可或缺的联结点，一个历史复杂关系的象征"③。汪曾祺独特的文学魅力，在现代乡土抒情小说史上显示出别样的

---

　　① 洪子诚：《中国当代文学史》，北京：北京大学出版社，2012年，第287页。
　　② 钱理群：《寂寞中的探索》，《北京文学》1997年第8期，第89页。
　　③ 钱理群：《寂寞中的探索》，《北京文学》1997年第8期，第90页，

光彩。

汪曾祺的文学贡献如严家炎先生所说，在"乡土派的传统小说"方面，他创造了一种新的小说文体，拓展了现代乡土抒情小说的审美空间。评论界对于汪曾祺乡土抒情小说的命名和"定性"一直众说纷纭，有人说他是京派文学最后的大师，也有人认为他是新时期文学别开生面的发端；有人认为他继承了早已有之的抒情笔记体小说，也有人认为他开创了80年代"风俗画体"小说的写法；有人说他是乡土小说的重要作家，也有人将他的作品归为"先锋小说"之行列；有人说他是中国传统文化的体现者，也有人说他是西方存在主义的受益人；有人说他是中国最后的士大夫，也有人说他是朴素的人道主义者……在1989年北京举办的汪曾祺作品研讨会上，黄子平指出了汪曾祺的文学史意义：认为他的小说作品"承续了现代抒情小说的传统，又下接寻根文学走向，成为中国现代文学与当代文学的桥梁"①。

尽管汪曾祺的乡土抒情小说重视描摹风俗画卷而有意淡化故事情节，并形成了"散文化"小说的鲜明特色，但作品中也塑造了诸多人物形象，其中女性形象可以说是其笔下人物形象中的翘楚，或天真活泼，或清新灵秀，或健康自由，或随性超脱，寥寥数笔呼之欲出，令人心向往之。作家通过塑造这些女性形象，向人们展示生命的纯真、善良和美好，展示日常生活中蓬勃的生命热情和美好的人情人性，将"人的美、人的诗意告诉人们，使人们的心灵得到滋润，增强对生活的信心，信念"②。

一、平民视角：水乡小镇的平民抒写

进入了改革开放的新时期后，文学界发生了巨大的变化，文学的叙事立

---

① 黄子平：《汪曾祺的意义》，《作品与争鸣》1989年第5期，32页。
② 汪曾祺：《美学感情的需要和社会效果》，《汪曾祺全集》第3卷，北京：北京师范大学出版社，1998年，第285页。

场也出现了巨大的转折，完成了由主流意识形态向民间话语的转变，逐渐将目光投向民间。"中国士大夫的传统随着20世纪新的世界格局的构成而自崩，原来单一价值体系的士大夫庙堂政治文化向多元价值体系的现代知识分子的民间文化转移，知识分子在民间建立起各自的专业岗位，以确立新的价值立场和精神传统。"① 在这一转变中，汪曾祺的乡土抒情小说创作具有不可替代的意义，如马风就认为："真正使新时期小说步入新的历史门槛的，应该是手里擎着《受戒》的汪曾祺。"② 在"走向民间"的过程中，"民间"仍是一个多元的系统，正如陈思和所言，也许并不存在一个纯粹的"民间世界"，也没有一个纯粹的民间文化形态，知识分子们走向的"民间"也不尽相同。从话语形态来看"民间"与文学的关系大致可分为三种：启蒙民间、呈现民间和审美民间。大多数知识分子将思维的触角探入民间，在"民间"这一肥沃的创作土壤上播种理想的种子，但其内在精神最本质的部分——话语立场——始终保持相对独立性和完整性，时刻不忘自己作为知识分子所背负的社会历史的责任感和使命感。也就是说，他们在完成自身价值取向转变的同时，仍然保留了较为鲜明的知识分子立场和话语特征，作家的创作也明显是立足于知识分子的启蒙立场，即"启蒙民间"的话语形态。相较于此，汪曾祺的"转向民间"更为彻底，对他来说，"民间"不仅仅是根植理想的沃土、托物寄情的对象，更是安身立命之所在，是他的精神家园。"汪曾祺的小说不但具有民间风情，而且具有深刻的民间立场，其深刻性表现为对民间文化的无间的认同上，并没有人为地加入知识分子的价值判断。"③ 在汪曾祺的意识深处，他与"民间"在本质上是相通的，融合为一，因此他的创作并不是从思想启蒙的角度出发、带着知识分子居高临下的精神优越感批判地看待民间生活文化，而是

---

① 陈思和：《当代文学史教程》，上海：复旦大学出版社，1999年，"前言"第3页。
② 马风：《汪曾祺与新时期小说》，《文学评论》1995年第4期，第67页。
③ 陈思和：《当代文学史教程》，上海：复旦大学出版社，1999年，第246页。

将自己融入民间生活中去，发自内心地认同民间文化，以一个普普通通的"下层人"身份去理解社会、理解政治、理解人生，体会民风民情，展示真实的民间生活。他的大部分小说都是对于民间生活兴致盎然的、诗意的书写，属于"审美民间"话语形态。因此，汪曾祺笔下的"民间"具有两个特点，一是和意识形态领域相疏离、体现"纯粹民间"的立场；二是对于"民间"的提纯、具有"向善""向美"的意图。这就确定了汪曾祺的创作是立足于民间立场、采取平民视角表现诗意的、审美的"民间"。

"我没有经历过太多的波澜壮阔的生活，没有见过叱咤风云的人物——我只能写我所熟悉的平平常常的人和事，或者如姜白石所说'世间小儿女'。我只能用平平常常的思想感情去了解他们，用平平常常的方法表现他们。"[1] 汪曾祺的乡土抒情小说之所以具有其独特魅力，不仅在于他一直持之以恒地以平民的心态、平民的观点、平民的角度去描述、表现和称颂平民这个社会的主体，描述和表现艰难中的善良与温情，"'市井小说'里没有英雄，写的都是极其平凡的人……他们也都是人，既然是人，就应该对他们注视，从'人'的角度对他们的生活观察、思考、表现。"[2] 也在于他总是表现出尊重女性的高尚和纯净。透过这些女性形象折射出的是作家对生活的理解和体悟，对生命的热情、乐观和坚韧态度，以及对苦难中下层女性的关注、欣赏和尊重，他笔下的女性，不论身处什么样的环境，绝大多数都是那么勤劳、善良、美丽，作家借此彰显人性的美好光辉，给读者以平凡而温情的慰藉。可以说，汪曾祺是一个真正懂得发现美丽、欣赏美丽的作家，能够与平民大众同呼吸共命运，血肉相连、情感相通。

---

① 汪曾祺：《七十书怀》，《汪曾祺全集》第 4 卷，北京：北京师范大学出版社，1998 年，第459 页。

② 汪曾祺：《〈市井小说选〉序》，《汪曾祺全集》第 4 卷，北京：北京师范大学出版社，1998 年，第 235 页。

（一）平凡环境里的平凡女性

很少有小说家像汪曾祺这样醉心于回忆，他擅长忆旧，小说多脱胎于回忆，爱写故地、旧人和往事。汪曾祺对此也有解释，他说："我以为小说是回忆。必须把热腾腾的生活熟悉得像童年往事一样，生活和作者的情感都经过反复沉淀，除净火气，特别是除净感伤主义，这样才能形成小说。"①汪曾祺生于江苏高邮，高邮作为汪曾祺的第一故乡，承载了他所有的童年往事和儿时记忆，他的小说创作除少量取材于北京京剧团和下放时期的张家口沙岭子农业科学研究所以及沽源马铃薯研究站，大部分都是对于水边小城高邮的追忆。人生在世感情最深的莫过于父母、家乡和童年，高邮不仅是汪曾祺魂牵梦萦的家乡，也是他的心理故乡和小说创作的精神根据地，以高邮为背景创作的小说共有四十多篇，几乎占其小说创作总量的二分之一，且多为佳作名作，他笔下的女性形象也大多来源于这个珠湖边的水乡小镇，来源于他童年生活里的旧人旧事和美好回忆。

作家在回望追忆故乡之时，常常有意无意地进行渲染和美化，将故乡描写得如世外桃源和人间仙境一般，似乎不受任何世俗外物的浸染，如沈从文笔下一尘不染、"供奉着人性神庙"的湘西世界，为了凸显作家心目中这个人性优美、健康自然的"爱"与"美"的天国，他对湘西古镇进行了理想化的描写："深潭中为白日所映照，河底小小白石子，有花纹的玛瑙石子，全看得明明白白。水中游鱼来去，皆如浮在空气里。……黄泥的墙，乌黑的瓦，位置却永远那么妥贴，且与四围环境极其调和，使人迎面得到的印象，实在非常愉快。"沈从文是善于描绘风景画的大师，他将心目中的湘西世界勾勒成一幅幅笔致舒朗、着色明丽的彩墨画，这虽然给人以美好的感觉，却也让读者觉得太过于理想主义而不真实。沈从文是以欣赏者的角度描画湘西风景，对

---

① 汪曾祺：《〈桥边小说三篇〉后记》，《汪曾祺全集》第3卷，北京：北京师范大学出版社，1998年，第461页。

于所述场景中的人物而言，他的身份是叙述者，是局外人，而汪曾祺则是立足于平民的立场、以平民的视角去看待高邮，他生于斯长于斯，他眼中的高邮即是普通高邮人眼中的高邮，也是所有小说人物眼中的高邮。"小说里描写的景物，不但要是作者眼中所见，而且要是所写的人物的眼中所见，对景物的感受，得是人物的感受。"① 作家所具有的平民意识会渗入他的作品中，汪曾祺笔下的高邮小城平凡而亲切：高邮湖通常是宁静的、透明的，浩浩森森，空旷得没有一只船。汪曾祺的家离河不远，"大门开在科甲巷，而在西边的竺家巷有一个后门。我的家即在这两条巷子之间。临街是铺面"②。出了巷北往东就是大淖，"淖中央有一条狭长的沙洲。沙洲上长满茅草和芦荻"③。汪曾祺在描写家乡风景时多采用平铺直叙的白描手法，朴实平淡，在他的描写之下，高邮作为一个普通的水乡小镇的形象便徐徐展现在读者眼前，有几条巷子和几家店铺，与读者所熟悉的每个故乡小镇一样平凡，油然而生的亲切感，让读者毫无隔阂地融入小说所创设的背景环境之中，与人物同呼吸。

以高邮为背景，生活在这个平凡小镇里的女性也同样是平凡的。她们如遍野花草，虽不艳丽袭人，却朴实滋润；生活清贫甚至困苦，却从不怨天尤人；她们没有"丫鬟生身小姐命"的奢望，总是平平凡凡、踏踏实实地生活。小英子是生长在庵赵庄水边无拘无束的农家少女，她的家三面环水，像一个小岛，岛上有六棵大树，她常赤着脚在水田里采荸荠；巧云住在大淖东头的草房子里，"茅草盖顶，黄土打墙，房顶两头多盖着半片破缸破瓮"，编制草席芦席维持清贫生活；辜家女儿在后街螺蛳坝开一爿残旧的豆腐店谋生，每天只能做两屉豆腐；薛大娘每日早起挑菜卖菜；侉奶奶靠给人家纳鞋底赚钱

---

① 汪曾祺：《"揉面"——谈语言》，《汪曾祺全集》第 3 卷，北京：北京师范大学出版社，1998年，第 193 页。

② 汪曾祺：《我的家》，《汪曾祺全集》第 8 卷，北京：北京师范大学出版社，1998 年，第 212页。

③ 汪曾祺：《大淖记事》，《孤蒲深处》，郑州：河南文艺出版社，2016 年，第 86 页。

过日子；侯菊自幼丧母，很早就帮父亲侯银匠料理家务；王小玉的父亲是王家的管家，平日住在蝶园帮主家看院子；开肉案子的庞家三妯娌一个赛一个似的漂亮，又都勤快能干；挑担卖馄饨的秦老吉有三个女儿，三姊妹自幼丧母却感情很好；小姨娘章淑芳和小孃孃谢淑媛是普通的女学生；即便矜持骄傲如《徙》中的高雪，也只是出身小县城高中教师家庭的女孩；守着珠子灯的孙家小姐，婆家夫家是小城镇里的书香之家，亦算不得是豪门富户。这些平凡的女性形象可以看作无数最普通的底层女性的缩影和代表，她们所处的环境也是作家有意创设和营造的平民环境，她们的存在证明了汪曾祺的创作一直立足于平民大众之中，处于平民立场、以平民视角关照社会人生。

在塑造女性形象时，除了立足于平民立场进行的平民视角叙事，汪曾祺也采用第三人称全知视角叙事。这种全知的叙事方式多见于古典小说，其特点是在叙事时叙事视点几乎不发生转变。汪曾祺早期的作品在叙事方式上曾受到现代自由转述体的影响，通过对叙事视点隐蔽的转换将人物的心理活动等主观因素转变为客观表达，放弃第三人称的客观叙事从而达到更好的叙事效果，如鲁迅的《阿 Q 正传》，叙事视点在对阿 Q 的客观描述、阿 Q 自身的心理活动和叙述者对阿 Q 的评价之间不断切换，达到了前所未有的叙事效果，大大增强了小说的感染力。但很快汪曾祺就放弃了这种叙事方式，他认为小说是第三人称的艺术，故而在创作中采用第三人称全知视角，这种叙事方式把作者和读者带领到叙事现场，叙述者在小说文本之外极大地靠近了小说文本，但没有进入小说文本，叙述者述说事件发生的原委和情景，却不是这个事件的参与者，能够灵活自如地周游于被叙述对象（人物和场景）之间，拥有更大的叙述空间，叙述也显得更客观。以第三人称全知视角对平凡环境和平凡女性进行叙事，缩短了读者与作品和人物形象之间的距离，如《受戒》一篇，开头有大量风景环境的描写，夹杂着对荸荠庵众和尚的刻画，如讲故事一般娓娓道来，顺水推舟引出两位主要人物——小英子和明海。小英子不谙世事天真烂漫的形象与作家前文铺垫的纯粹自然的风景环境物我相容浑然一体，相互映衬，所以当小英子的心理活动产生变化时，作家不必直言，也可借环境描写来表现。因此在文章结尾处小英子将船划入芦苇丛，故事情节戛然而止，代之以环境描写："芦花才吐新穗。……野菱角开着四瓣的小白花。惊起一只青桩（一种水鸟），擦着芦穗，扑鲁鲁鲁飞远了。"即便没有言明，读者也能毫无障碍地领会小英子当时的心理变化和作家故意留白、欲言又止的感情。汪曾祺笔下的故事发生在平凡的平民环境里，描写的女性也是平凡女性，作品的读者也大多是平凡生活中的普通人。因此在描写女性形象时所采用的第三人称全知视角，能够使读者更容易融入作品，体会人物的性格特征和心理活动，引起读者的共鸣。

塑造人物形象时所采用的也应该是与人物形象相符合相匹配的语言，汪曾祺在写作时追求语言的自然、质朴和平淡，这不仅是作家自身的写作偏好，也与其塑造的平凡女性形象相吻合。因此作品中无论是对女性形象的描摹，还是对作品中对话的设置，大多采用口语化的表达，少有修饰语。如《大淖记事》中对巧云的描写："瓜子脸，一边一个很深的酒窝，眉毛黑如鸦翅，长入鬓角，眼角有点吊，是一双凤眼，睫毛很长，因此显得眼睛经常是眯晞着。"

"眼角有点吊""眯晞"等口语词汇的运用让巧云这一人物形象传神而亲切。再如《受戒》中小英子与明海的对话：

"我给你当老婆，你要不要？"

明子眼睛鼓得大大的。

"你说话呀！"

明子说："嗯。"

"什么叫'嗯'呀！要不要，要不要？"

明子大声地说："要！"

"你喊什么！"

明子小声说:"要——!"

"快点划!"

寥寥数句毫无修饰的日常口语,将小英子的天真直爽、小和尚的腼腆羞涩表现得淋漓尽致,一对情窦初开天真烂漫的少年少女形象跃然纸上。在口语化写作方面,汪曾祺受到老舍的启发,却比老舍更胜一筹。老舍的口语化多半体现在对话设置、人物情态描写等具体叙述层面中,而小说的总体框架还是欧化的,也就是说,老舍的口语因素只是构成其作品的"语言特色"。而汪曾祺的小说不仅是语言,"往往在大的叙述框架上,就有意顺从现代汉语中口语叙事的规则"[①]。汪曾祺在论述小说语言时也提道:"有的小说,是写农村的。对话是农民的语言,叙述却是知识分子的语言,叙述和对话脱节"[②];"不单是对话,就是叙述、描写的语言,也要和所写的人物'靠'"[③]。他强调人物的言谈举止要符合人物的社会文化身份。汪曾祺所塑造的女性形象皆为平民,自然质朴的语言和口语化的表达符合这些女性形象所处的环境和所有的社会身份,具有一种融洽的和谐之美,这种美感并非来源于文学或艺术审美的眼光,而是基于平民立场和平民视角下的审视,是质朴而平凡的美。从中可以领悟到汪曾祺笔下的女性形象虽然都是平凡的市井小民、芸芸众生,但他却把她们放在与叙述者平等的地位,用平等的态度贴到人物来写,对作品中的人物怀有热烈的欣赏和倾慕。"作者要和人物站在一起,对人物采取一个平等的态度……要用自己的心贴近人物的心,以人物哀乐为自己哀乐。"[④]也正因如此,才能更深入地了解这些女性形象所代表的底层女性的生存状态和情感世

① 李陀:《汪曾祺与现代汉语写作——兼谈毛文体》,《花城》1998 年第 5 期,第 79 页。

② 汪曾祺:《"揉面"——谈语言》,《汪曾祺全集》第 3 卷,北京:北京师范大学出版社,1998 年,第 193 页。

③ 汪曾祺:《"揉面"——谈语言》,《汪曾祺全集》第 3 卷,北京:北京师范大学出版社,1998 年,第 193 页。

④ 汪曾祺:《两栖杂谈》,《汪曾祺全集》第 3 卷,北京:北京师范大学出版社,1998 年,第 199 页。

界，发掘其中潜藏的有关人道主义和人性的深刻含义。

（二）平民抒写中的脉脉温情

立足于平民立场写作的汪曾祺，作品中塑造的女性形象大多来源于童年时代身边女性的印象，他也多次说过自己作品中的人物大多都有原型。对于作家来说，"童年生活在人们心里总是难以忘怀的，它在人们的记忆中总是充满温情和灵性，……总能品出缕缕美好的韵味，让人萦怀追思，得到颤动心魂的归依体验"①。汪曾祺一生坎坷客居他乡，在花甲之年追忆往事时，沉淀在他内心深处的故土回忆和童年记忆也一并苏醒，故乡的温情、儿时的美好让历经人世沧桑磨难的老人怀恋不已，尤其是童年记忆里那些曾给予过他关怀的女性更是让他念念不忘。汪曾祺少孤，生母杨氏在他三岁时因肺病去世，但他的童年并没有因为母亲早逝而缺乏关爱，杨氏过世后，祖母和第一任继母张氏对汪曾祺悉心照顾关怀备至。祖母勤劳慈爱，常把他带在身边，给他讲故事、唱"偈"；尤其是继母张氏，疼爱汪曾祺甚至多于自己的亲生孩子，归宁省亲时，张氏抱着手拿安息香的汪曾祺乘车，而让她亲生的女儿独自乘另一辆车。忆及继母，年逾古稀的作家深情回忆道："也许我和娘（我们都叫继母为娘）有缘，娘很喜欢我。"②保姆大莲姐姐和孀居无子的二伯母也对他疼爱有加，母亲去世后汪曾祺常由大莲姐姐带着睡，有次得小肠疝气，大莲姐姐找了很多偏方；汪曾祺是"受继"给二伯母做儿子的，寡居多年性格古怪的二伯母常教他背诵诗词、拿点心给他吃，卧房也只许贴身女仆和汪曾祺出入，二伯母郁郁早逝，汪曾祺怀着对她的追思和哀悯创作了《晚饭花·珠子灯》中令人叹惋的女性形象孙小姐。五岁上学后，汪曾祺很得县立五小幼稚园的王文英老师的关爱和照顾。这些女性作为童年时期汪曾祺母亲形象的替

---

① 童庆炳：《现代心理美学》，北京：中国社会科学出版社，1993 年，第 198 页。

② 汪曾祺：《我的母亲》，《汪曾祺全集》第 5 卷，北京：北京师范大学出版社，1998 年，第 400 页。

代，让他并未因生母故去缺乏母爱而在性格和心理上留下缺陷和阴影、得以健康得成长，她们的勤劳和善良也深深影响了汪曾祺，使他内心深处始终保留着对生活的温情和柔情。她们的美好品德令人感动，她们的悲剧命运令人悲悯，她们对待生活和命运的热情坚韧令人尊敬，汪曾祺满怀着朴素的人道主义精神，将这些令人感动、悲悯、尊敬的女性形象付诸笔端，在作品中充分表达了对这些女性形象所代表的家乡女性和广大底层劳动女性的关心、尊重和欣赏。

沐浴在深厚母爱中成长的汪曾祺常以温情而悲悯的目光审视生活和命运，在塑造女性形象时亦是如此。这些底层劳动女性虽过着简朴清贫的生活，也常常遭受命运不公的悲剧，但她们从不怨天尤人，但也不屈从现实而变得麻木呆滞；她们没有失去生活的热情，相反却总是在苦难生活中展示出生命的柔软和温暖。汪曾祺敏锐地捕捉到了这些令人感动的细节并诉诸笔端，他笔下的女性形象体现了他的文学观念和审美期待，也体现了其创作动机和创作意图。在《大淖记事》的创作后记（《〈大淖记事〉是怎样写出来的》）中作家详细谈及触发他写作的心理动机："小锡匠那回事是有的……我去看了那个'巧云'（我不知道她的真名叫什么），门半掩着，里面很黑，床上坐着一个年轻女人，我没有看清她的模样，只是无端地觉得她很美……这些，都给我留下了很深的印象，使我很向往。"[1] 巧云的命运令人同情：自小失去母亲疼爱，父亲又不慎摔伤了腰无法劳动支撑生计，全靠她编织苇席维持生活。巧云与小锡匠十一子彼此有意，却遭保安队刘号长强行玷污。遭遇不幸后巧云没有自暴自弃，"她没有淌眼泪，更没有想到跳到淖里淹死"，她还有残废的父亲需要人照顾，"她想起该起来烧早饭了，她还得结网，织席，还得上街"。十一子也因不顾劝阻与巧云来往被刘号长打成重伤，巧云把昏迷的十一子抬回

---

① 汪曾祺：《〈大淖记事〉是怎样写出来的》，《汪曾祺全集》第3卷，北京：北京师范大学出版社，1998年，第216、217页。

家中照顾，喂他喝尿碱汤时，"不知道为什么，她自己也尝了一口"。这一情节的设置汪曾祺解释为"出于感情的需要，我迫切地要写出这一句（写这一句时，我流了眼泪）"[1]，可见他在创作巧云这一形象时已经进入人物角色之中、与之融为一体，才能如此深切真实地体察巧云的内心波动。汪曾祺看到的也许正是巧云坐在床边悉心照顾十一子的画面，他虽没看清楚巧云的模样，却"无端地觉得她很美"，虽然当时还很小，但他的向往是真实的："我当时还不懂'高尚的品质、优美的情操'这一套，我有的只是一点向往。"[2]是巧云面对生活艰辛和不幸时表现出的生命的坚韧、是她与十一子相互扶持患难与共的美好感情让作家产生了"很美"的向往，巧云的所作所为让作家感受到苦难生活之中饱含着人间温情，而他也对这种温情回以温情的期许：

十一子的伤会好么？

会。

当然会！

汪曾祺认为在小说创作时"作者要爱所写的人物……作者对所写的人物要具有充满人道主义的温情，要有带抒情意味的同情心"[3]，在作品中，随处可见他对淳朴平凡女性形象所怀有的温情和倾慕：卖菜的薛大娘性格英气爽朗，除卖菜之外还为青年男女"拉皮条"，觉得双方两相情愿，"我只是拉拉纤，这是积德的事"；她毫不掩饰对保全堂新管事吕三的喜欢，也全不在意人们对她和吕三来往的嚼舌。汪曾祺认为薛大娘"身心都很健康，性格没有被扭曲、被压抑，舒舒展展，无拘无束"，并不以传统封建道德礼教的眼光去看待和批

---

① 汪曾祺：《〈大淖记事〉是怎样写出来的》，《汪曾祺全集》第3卷，北京：北京师范大学出版社，1998年，第218页。

② 汪曾祺：《〈大淖记事〉是怎样写出来的》，《汪曾祺全集》第3卷，北京：北京师范大学出版社，1998年，第217页。

③ 汪曾祺：《两栖杂谈》，《汪曾祺全集》第3卷，北京：北京师范大学出版社，1998年，第199页。

206　中国现代乡土写实小说与现代乡土抒情小说比较研究

判薛大娘、认为她的所作所为是不道德不检点的，而是从人性和天性的角度理解薛大娘让自己"快活"的情感选择，肯定她的自由和解放。《露水》中一对萍水相逢搭伴卖唱过日子的男女，男的不幸得绞肠痧死了，女的将他安葬、戴了孝在坟头烧纸哭唱："我和你是露水夫妻，原也不想一篙子扎到底，可你就这么走了！""你是个好人！"命运无常瞬息万变，在苦难生活中挣扎如无根漂萍的露水夫妻却也有情有义，汪曾祺用轻盈而细腻的笔触为穷苦人沉重的生活底色上勾画出一丝丝柔和的温情和安慰。辜家豆腐店的女儿看到喜欢的人娶亲的花轿，伏在床上号啕大哭，对面烧茶炉子和打苇席的大娘"听得心里也很难受，就相对着也哭了起来，哭得稀溜稀溜的"，这一哭，不仅是汪曾祺知晓大娘们对辜家女儿的恻隐之心，也是他对大娘们的恻隐之心：生活在社会底层的女性隐忍而艰辛，大半辈子日夜辛苦操劳却不能抱怨命运坎坷不公，看到辜家女儿的遭遇，哭一哭，既是同情，也是共鸣，借机宣泄自己内心的苦楚。秦家三姊妹从小没娘却感情很好彼此照顾，把家里整理得清清爽爽，各自许配了人家，出嫁后还能常回来看望老父亲；庞家三妯娌一个比一个漂亮能干，她们勤俭持家把日子过得很兴旺；侯菊打小就帮父亲撑起家务，嫁入陆家后很快成了当家媳妇，深受公婆的喜爱和信任。这样简单琐碎却温暖幸福的生活场景是平凡俗世里的温情，是作家对勤劳能干的劳动女性的褒扬和欣赏。无论是悲剧命运下的女性，还是琐碎生活中的女性，汪曾祺都一视同仁地将其放在平等地位上，怀着一颗人道主义、温柔敦厚的蔼然仁心，体谅她们的苦难艰辛、肯定她们的自由解放、欣赏她们的坚韧善良，因而他的作品中总是如水一般流淌着脉脉温情。

然而通过对作品的深入探究不难发现，温情之下还隐藏着几被忽略、无法瞥见的悲凉底色，汪曾祺笔下的女性大都在穷苦的生活和不可抗拒的命运中辗转挣扎：历尽艰辛磨难的巧云、患忧郁症自缢身亡的裴云锦、屈于贫困不得不卖身挣钱的辜家女儿、陷于不伦恋无法自拔最终难产身亡的小嬢嬢谢淑媛、受长辈阻挠不能与意中人成婚的王小玉、困于小县城没能走出去郁郁而终的高雪、被封建枷锁牢牢禁锢守寡至死的孙小姐、一生孤苦死于大雨之夜的侉奶奶、还有臭水河中打鱼为业的渔家母女以及漂泊在船上唱曲谋生的女人，每一个都令人感慨唏嘘。汪曾祺在叙述悲剧情节时常采用"淡化"的笔法，寥寥几句淡淡带过，像他对家乡特产茶干消失的态度，"没了也就没了"。对苦难"淡而化之"的处理方式并非代表作家未曾经历苦难或早已被苦难摧残至麻木，相反，他的经历让他深知命运的苦难与翻覆无常。成长于士大夫家庭的汪曾祺青年时外出求学，恰逢"污浊而混乱的年代"，坎坷人生自此揭开序幕：为考西南联大辗转于海陆之间，染上疟疾带病参加考试；大学因时局原因未能拿到毕业证，赴北平找不到工作几近苦闷而死；在中国文联工作时被无辜凑数错划为右派下放沙岭子劳动，好不容易"摘帽"却无人接收；十年动乱中因创作样板戏被"控制使用"，"四人帮"倒台后仍因样板戏被牵累受审查。没有人比经历过大起大落的汪曾祺更能深刻地明白世界的艰深和人性的复杂，可是他很少在作品中提及那些苦难岁月。台湾女作家施叔青曾问他一生当中有没有遇见坏人，他回答说："当然有，但我不愿意去写他。"[1] 儒家的"仁爱""中庸"思想深深影响着汪曾祺的为人处世，童年时期身边女性赋予他内心的柔情与善良让他能够敏锐地捕捉到生活中温暖的细节，下放劳动的经历给了他与普通底层劳动人民深入接触和了解的机会，他曾在《七里茶坊》中借人物之口说："中国人都很辛苦啊！"深知普通劳动人民生活的艰难辛苦，因此"想把生活中真实的东西、美好的东西、人的美、人的诗意告诉人们，使人们的心灵得到滋润，增强对生活的信心、信念"[2]。汪曾祺的不凡正是在于他从不过分描写和渲染苦难，和苦难相比，他更愿意去捕捉和

---

① 张国华：《别梦依稀故乡情》，《我的老师汪曾祺》，北京：民主与建设出版社，2015年，第97页。

② 汪曾祺：《美学感情的需要和社会效果》，《汪曾祺全集》第3卷，北京：北京师范大学出版社，1998年，第285页。

展示生命中的温情，因此在创作中汪曾祺着意突出的是底层劳动女性在苦难面前所表现出的顽强坚韧的生命热情，期望借此传递给读者生活的信心。另一方面，年逾古稀饱经沧桑的汪曾祺深知苦难乃是生命的"常态"，是不可逃避无法改变的"人生之常"，"没有了，也就没有了"，尽管惋惜，却是无可奈何。他也明白伤疤总会淡去，而苦难中不可多得弥足珍贵的人间温情，正是治愈心灵创伤最好的良药。悲凉终将是底色，他塑造的一众令人感动、尊敬的美好女性形象使作品中萦绕着脉脉温情和人道主义的色彩，带给人鼓舞和欢欣，给人以心灵的滋润与慰藉。

（三）风俗画卷里的女性风姿

汪曾祺的乡土抒情小说作品中大量丰富而生动的地域风景和民间生活的描摹，用抒情的笔调描写以故乡为背景的民间生活，具有独特的风格和文化意义。丁帆认为"乡土小说"最基本最重要的美学特质是"三画""四彩"："三画"即风景画、风俗画、风情画；"四彩"即自然色彩、神性色彩、流寓色彩、悲情色彩。而"从汪曾祺的创作开始，'地方色彩'和'风俗画面'又回到了'乡土小说'的本体之中"①，可见"地方色彩"和"风俗画面"是汪曾祺小说中最为突出的特质，马风也曾将汪曾祺的小说称为"风俗小说"。因此，将汪曾祺的乡土抒情小说划归为"风俗体小说"或"风俗画小说"可能更加准确和合适。

"风俗"在《民俗学概论》中的定义："'风俗'（Lore）一词指人民群众在社会生活中世代传承、相沿成习的生活模式，它是一个社会群体在语言、行为和心理上的集体习惯。"②风俗对人的规定是先在性的，无论是衣食住行还是庆典礼仪，抑或思想信仰和社会交往，人们都受到风俗潜移默化的影响，不自觉地遵从风俗的指令。因而可以说风俗是一切社会意识形态的源头，人们

---

① 丁帆：《五四以来"乡土小说"的阈定与蜕变》，《学术研究》1992年第5期，第87页。
② 钟敬文主编：《民俗学概论》，上海：上海文艺出版社，1998年，第13页。

的世界观、生活策略、权利和道德等都是在风俗的影响下产生的，都是民俗的产物，所有生活在其中的人都必须自觉或不自觉地遵从，这样看来，风俗实际上在社会生活中起到了主宰的作用。汪曾祺对人与生活的认知和这种文化观念从根本上来说是一致的，从作品中便可以分辨一二：他认为人的生活首先与其所在的风俗世界有关，而不是与阶级、政治有关，民风、民俗、民间文化和民间生活对人的生命与文化的构成有着重要的、先在性的决定因素，因此他笔下着意构建了风俗画般的小说世界，放置于其中的人物形象就如同被放回到了民俗文化和生活之中，恢复了人本真和原初的生活、生存状态。当汪曾祺说"写小说就是写生活"时，他的"生活"即是每个人都置身其中的风俗生活，"写生活"则是为了表现人在这种普遍、原本的风俗生活世界里的真实生活和情感精神状态，风俗画的描写有助于增加作品的乡土气息和生活气息。

风俗在汪曾祺小说中的体现，不仅是洋洋洒洒的风景描写，还包括对历史文化和地域文化的讲述，对传统节日习俗的记录，婚丧嫁娶和节气庆典，以及当地特有的饮食文化、风气习惯、乡音乡谈、传说故事等，可以看作一个复杂多元、有机统一的完整系统。如《受戒》几乎用了一大半的篇幅对小说背景环境做了交代，开篇先讲了庵赵庄和荸荠庵（菩提庵），讲了出家当和尚的规矩和好处，让明海在去出家的路上遇见了小英子，接着笔锋一转，又是一大篇关于荸荠庵几个和尚性格长相和日常生活的介绍，对之后明海受戒的过程也做了细致入微的讲述。《大淖记事》中对于大淖的描写详细而生动："淖中央有一条狭长的沙洲。沙洲上长满茅草和芦荻。春初水暖，沙洲上冒出很多紫红色的芦芽和灰绿色的蒌蒿，很快就是一片翠绿了。夏天，茅草、芦荻都吐出雪白的丝穗，在微风中不住地点头。秋天，全都枯黄了，就被人割去，加到自己的屋顶上去了。冬天，下雪，这里总比别处先白。化雪的时候，也比别处化得慢。河水解冻了，发绿了，沙洲上的残雪还亮晶晶地堆积着。"

《晚饭花·珠子灯》中详细记录了当地有钱人家嫁女儿时送珠子灯的习俗："元宵节前几天，街上常常可以看到送灯的队伍。几个女佣人，穿了干净的衣服，头梳得光光的，戴着双喜字大红绒花，一人手里提着一盏灯；前面有几个吹鼓手吹着细乐。"《仁慧》里有大量关于观音庵中寄名、开光、放焰口等典仪的描写，《水蛇腰》里展示了民间七月十五"迎城隍"的隆重而热闹的庆典："大锣大鼓，丝竹齐奏。踩高跷，舞狮子，舞龙，舞'大头和尚'（月明和尚度柳翠）。高跷有'火烧向大人'（向大人即清末征太平天国的名将向荣）。柳枝腔'小上坟'贾大老爷用一个夜壶喝酒……茶担子、花担子，倾城出动，鞭花訇鸣，各种果品，各种鲜花，填街满巷，吟叶百端……"民俗是一种复杂糅合的社会现象，能否正确地描写和分辨它们，考验的是作家审美情趣和水平的高下。汪曾祺曾在《民间文学》当过几年编辑，深知民间文学是一座宝库，同时他也指出对民间文学材料要加以甄别，有选择地选取和使用，他以现实主义的目光审视和鉴别多种多样的民俗，并加以提炼和净化，选择那些洋溢着古朴淳厚、诗意美感的因素和与作品氛围、人物相契合的场景，使作品呈现出明净澄澈的审美观念，为作品中的女性形象增色。

汪曾祺认为："风俗是一个民族集体创作的生活抒情诗，我的小说里有些风俗画的成分，是很自然的。但是不能为写风俗而写风俗，作为小说，写风俗是为了写人。"[①]写风俗的最终目的是要收到人物身上去，他在作品中通过对风景民俗等的描写、营造出一个风俗画卷般的小说世界，其目的还是在于突出生活在其中的女性形象。他笔下的高邮风景如淡雅的水墨风俗画，生活在其间的女性也都灵慧清秀、别有特色。大淖边挑鲜货的姑娘媳妇都生得水灵俊俏，浓黑的头发挽成油光水滑的发髻，随着节令变化在发髻旁插着应时的花草装饰；巧云瓜子脸上酒窝深深，眉毛黑如鸦翅，凤眼微吊，身姿轻盈，

---

① 汪曾祺：《〈大淖记事〉是怎样写出来的》，《汪曾祺全集》第3卷，北京：北京师范大学出版社，1998年，第219页。

是水乡女子特有的温婉柔媚；小英子娘女三个像是一个模子刻出来的，浑身上下干净爽利，一头乌发梳得滑溜溜的，尤其是一双眼睛清澈透亮，仿佛汪着大淖晶莹的水色；小姨娘章淑芳的美与同班同学胡增淑烟视媚行的美不同，是带有一点英气甚至野性的美，眼睛很大很黑，总让人联想到山林里精灵生动的小鹿；崔兰生就一个水蛇腰，细长而软，走路袅袅婷婷，十分动人；王小玉如同一箭才出水的荷花骨朵，细皮嫩肉，"但是你最好不要招惹她。她双眼一瞪，够你小子哆嗦一会子，她会拿绣花针给你身上留下一点记号"。美而不呆，个性鲜明；王玉英有两只很亮的眼睛和一个很好看的身子，"红花，绿叶，黑黑的脸，明亮的眼睛，白的牙"像一幅色彩明快的油画。汪曾祺笔下生活在风俗画卷中的女性日日接受淳朴风俗和山光水色的浸润，都山眉水眼，娉婷婀娜，如水一般晶莹剔透，风姿绰约。

美的风景造就美的女性，也造就美的人性，汪曾祺笔下独具特色的高邮风景，滋养出此地女性独具特色的"美"。小英子的天真无邪、巧云的善良坚强、仁慧的自由超脱、薛大娘的健康解放、崔兰的温柔婉约、章淑芳的大胆直率、侯菊和王小玉的勤劳持家，都是"美"的具体的、外化的表达。汪曾祺在《〈大淖记事〉是怎样写出来的》一文中解释了他着重描写环境、描写风俗的原因："是因为'这里的一切和街里不一样'，'这里的人也不一样，他们的生活，他们的风俗，他们的是非标准、伦理道德观念和街里穿长衣念过'子曰'的人完全不同'。只有在这样的环境里，才有可能出现这样的人和事。"①大淖东边的女性率直豪爽，像男人一样挑货挣钱，感情上也像男人一样自由、有主见："这里的女人和男人好，还是恼，只有一个标准：情愿。"这种不同于别处的开放自由的民俗风气造就了如小英子、巧云、薛大娘、仁慧等不受三纲五常的束缚、随心随性自由解放的女性形象，她们的行为可能不符合传统

---

① 汪曾祺：《〈大淖记事〉是怎样写出来的》，《汪曾祺全集》第 3 卷，北京：北京师范大学出版社，1998 年，第 219 页。

的伦理道德观念，但却让人觉得"美"，她们的自然、天然之美正像是一幅幅富有野性气息的美丽图画，美得独特、美得健康、美得自由，舒舒展展，像淖里的芦苇一样无拘无束随风摇曳。这种女性之美来源于风俗画卷般的小说世界的浸润，与作家想要表达的当地民情风俗之美相辅相成、相映成趣。汪曾祺对这种"特殊的"民俗之美的描写是建立在正确认识和把握的前提下，从小说整体出发，透过美学观念的过滤，进行有节制有限度的表现。"风俗画给予人的是慰藉，不是悲苦。"① 仍以《大淖记事》为例，作家以一半篇幅来展现大淖的风景和独特的风俗文化，充满勃勃生机和生命自由的大淖风俗文化影响和规范着生活在其中的人们，无论是大淖的自然风光还是人情世事都给人以生机勃勃的印象，充满着自由精神，充满着人性美和人情味。因此在这种独特的"大淖文化"氛围下，巧云不幸失身后没有想过要自杀，街坊邻居也不会用带有异样的眼光看待她，十一子也不会因此而嫌弃她；在读者眼中，巧云不需要给予不平等的同情和怜悯，她依然是那个美丽勤劳的巧云；也因此，她和十一子的爱情没有被封建贞节观念影响，更显得纯洁珍贵。如果没有之前对大淖风俗文化的描写作为铺垫，巧云和邻居们淡然的反应乃至最后团圆的结局都不符合常理，或者根本不会有这样团圆的结局，巧云与十一子的故事也许将是又一篇讨伐旧社会封建伦理道德造成有情人分离悲剧的檄文。然而独特的风俗文化的描写使不合常规、不合逻辑的情节合理化了，人性的温情和魅力得以更大程度的彰显。汪曾祺认为风俗反映了一个民族对生活诚挚的热爱和对"活着"所感到的欢欣愉悦，他着意为作品中的女性形象营造了一个风俗画卷般的小说世界，独特的风俗文化与女性之美交相辉映和谐融洽，表达了作家对女性的尊重、理解和欣赏，而最终目的则是借女性形象的塑造传达作家的创作意图，即彰显人性的美好光辉，给读者以平凡而温情的

---

① 汪曾祺：《谈谈风俗画》，《汪曾祺全集》第3卷，北京：北京师范大学出版社，1998年，第352页。

慰藉。

二、平凡人生：世俗诗意的日常生活

汪曾祺的乡土抒情小说立足于平民立场、以平民视角关照社会人生的创作原则决定了他的作品是以平民的心态、平民的观点、平民的角度去描述、表现和称颂平民这个社会主体，使之主要内容是描写以平民为主体的日常生活。正如他所言，"没有写重大题材，没有写性格复杂的英雄人物，没有写强烈的，富于戏剧性的矛盾冲突"①，写的都是他所熟悉的"平平常常的人和事"和作家的生活经历，也就是日常生活。从哲学意义上来看，日常生活是"世界的个人的全部活生生的感性活动"②的现实过程，"是以个人的家庭、天然共同体等直接环境为基本寓所，旨在维持个体生存和再生产的日常消费活动、日常交往活动和日常观念活动的总称，它是一个以重复性思维和重复性事件为基本存在方式，凭借传统、习惯、经验以及血缘和天然情感等文化因素而加以维系的类本质对象化领域"③。日常生活不仅是微观的个人家庭生活关系，还包括风俗礼仪、价值观念等的文化语义，并受到社会政治、历史等宏观意识形态的影响，是一种自发的、非主题化的存在方式，是一种原初和常态的生活形式。哲学上对日常生活的关注影响着文学对日常生活的理解，当文学由对重大政治事件的关注转向对个体生存的记录时，在内容方面关注日常生活中平淡的琐事，日常生活所特有的审美特征便呈现出来，由于它具有的自发性和非主题性特征，往往更能体现人性自由和生命本体的一面。汪曾祺作品中有大量日常生活的描写，主要拾取日常生活中的风俗民情，能够进入作

---

① 汪曾祺：《七十书杯》，《汪曾祺全集》第4卷，北京：北京师范大学出版社，1998年，第458页。

② 马克思：《德意志意识形态》，《马克思恩格斯选集》第1卷，北京：人民出版社，1995年，第78页。

③ 衣俊卿：《现代化与日常生活批判》，北京：人民出版社，2005年，第31页。

品中的也是平民所熟悉的普通生活景观，将底层社会普通人作为表现的对象，关注小人物的生存状态和感情生活。通常写作者在描写日常生活时离不开对宏观时代背景的交待，期望作品能紧紧把握社会的脉搏而具有时代感，而汪曾祺在作品中似乎有意模糊故事发生的历史时代背景，刻意让作品与社会政治等保持一定的距离，这一特点暗含了汪曾祺文学创作的追求：对宏大叙事的淡化、对主流政治意识形态的淡化，他追求的是文章和谐的美感而非深刻的批判。"中国文学特有的浮胀豪迈与汪曾祺无关，他倾心于喧嚣的时代主题之外古老乡镇普通人辛劳而认真的日常生活"①，虽因缺少时代张力而使作品无法达到沉郁雄浑的美学境界，但也独具一种沉静积淀的生命趣味。

　　但是对日常生活的平淡书写并不意味着平庸，汪曾祺是一位热爱生活、善于发现的作家，且自身有着丰厚的书画艺术底蕴，当他用充满情致的目光去观察周围时，普普通通的日常生活便被赋予了诗意。这种诗意也影响了作品中的女性形象，作品中生活在社会底层的普通劳动女性虽然劳劳碌碌过着平淡且琐碎的生活，但不论是她们的生活情况、生存状态，还是她们的感情世界和精神状态，都因浸润在这诗意的日常生活中而别具生活情趣和文化内涵。生活在作家有意创设的平淡而极富诗意和情致的日常生活图景中的女性，她们的生存状态应该是世俗、平淡的，她们的感情生活应该是朴素、日常的，她们的精神状态应该是现实、安稳的。但若就此断定汪曾祺笔下的女性形象乏味无趣、庸俗短浅，是不恰当的，作家通过这些日常生活中的普通女性，展示她们平实朴素的生存状况和乐天安命的精神状态，旨在赞扬底层劳动女性拥有的美好品质、表现她们在世俗生活中流露出的生命的韧性和人性的美好，带给读者以爱与美的感受。而在塑造女性形象时对其日常生活环境所做的细致的描摹，正表明了作家对凡俗日常生活和生活在其中的女性的体恤性

---

① 郜元宝：《汪曾祺论》，《文艺争鸣》2009 年第 8 期，第 56 页。

的关注，传达了作者乐观的生活态度，彰显了"中国式人道主义者"的理解和悲悯。

（一）平淡诗意的日常生活

汪曾祺认为写小说就是写生活，他很推崇陶渊明"狗吠深巷中，鸡鸣桑树颠"的描写，认为这是熟悉的、亲切的、充满人的气息的"人境"，因此在塑造女性人物形象时，他围绕人物对其所在的日常生活环境和生存状态做了详尽的介绍和描摹，人物的日常生活情境也描写得细致入微。《受戒》中小英子家是靠种田、养牛、喂鸡为生，小英子的母亲勤劳能干，一天不闲着；父亲也是个能干的人，"不但田里场上样样精通，还会罩鱼、洗磨、凿碓、修水车、修船、砌墙、烧砖、箍桶、劈篾、绞麻绳"；《大淖记事》里巧云的父亲黄海蛟做挑夫挣钱，父亲摔断腰后巧云靠结渔网打芦席维持生计；薛大娘家里有一片菜园，每天清早她就担着两筐菜去集市上卖；侉奶奶靠给人纳鞋底过日子，"按底样把旧布、袼褙剪好，'做'一'做'（粗缝几针），然后就坐在门口小板凳上纳。扎一锥子，纳一针，'哧啦——哧啦'。有时把锥子插在头发里'光'一'光'（读去声）；王小玉从小就跟着母亲学绣花，她的手很巧，'平针'、'乱屟'、挑花、'纳锦'都会。绣帐檐、门帘、枕头顶，都成"；侯银匠的女儿侯菊手很巧，用大红缎子和各色丝线改装花轿用来出租，"轿顶绣了丹凤朝阳，轿顶下一圈鹅黄丝线流苏走水……四边的帏子上绣的是八仙庆寿"，做女儿时帮侯银匠烧茶煮饭、浆洗缝补，出嫁后成了当家媳妇打理家事；《露水》中的女人辗转于船上卖唱为生；辜家女儿靠一爿小小的豆腐店生活；文嫂给大学里的先生们洗衣服洗被窝挣钱，还养了一群母鸡来下蛋；庞家三妯娌勤劳能干，"天不亮就起来，烧水，煮猪食，喂猪。白天就坐在穿堂里做针线"；秦家三姊妹各有所长，大姐擅长衣物裁剪，二姐负责灶上饭菜，"小妹妹小，又娇，两个姐姐惯着她，不叫她做重活，她就成天地挑花绣朵"。通过对文本的归纳和分析可以发现，汪曾祺小说的叙述非常朴素，大多是采用平铺直叙的方式，按照人物的行动顺序、事件的发生顺序或空间的自然顺序等进行叙述，很少有倒叙、插叙，他的作品取材于真实的日常生活，日常生活大多是平淡的，没有太多情节的起伏和时空的交错，与之相配的也只能是朴素的叙述形式。汪曾祺笔下女性形象的日常生活和生存状态无一例外是凡俗琐碎、普通平淡的，这与作家平民化的写作立场、写作视角有直接关系，平民视角决定了作品内容多是描写朴实平淡的日常生活，表现日常生活中最普通的人、事、物。因此这些象征着底层劳动女性的人物形象所处的生存环境也是平淡琐碎的日常生活环境，她们赖以维持家生的都是平凡普通的劳动和活计，日常生活生计的描写与女性形象的人物身份相吻合。在描述普通人日常生活方面，老舍直接影响到了汪曾祺，《八月骄阳》中他借张百顺之口说："合着这位老舍他净写卖力气的、耍手艺的、做小买卖的苦哈哈、命穷人？"老舍所写的底层劳动人民或许不美，却是对普通平民日常生活报以平等的注视，因而具有一种真实厚重的生命意味和尘俗之美，这也正是汪曾祺的特点。

汪曾祺对日常生活的细致描摹使得小说呈现出情节淡化富有诗意的"散文化"特点，意蕴悠长，这得益于他常读归有光和桐城派并深受二者影响，归有光善于以清淡文笔描写平常人事，"能于不要紧之题，说不要紧之语，却自风韵疏淡"①。汪曾祺作品中常回响着归有光的余韵，且他自幼跟随祖父和父亲习字学画，具有深厚的书法国画功底，在小说创作时也注意运用国画中"留白"的技法，并不写"实"写"透"，给读者留下想象与回味的空间。如《大淖记事》中的一段：

十一子到了淖边。巧云踏在一只"鸭撇上"上（放鸭子用的小船，极小，仅容一人。这是一只公船，平常就拴在淖边。大淖人谁都可以撑着它到沙洲

---

① 姚鼐：《与陈硕士》尺牍云："归震川能于不要紧之题，说不要紧之语，却自风韵疏淡，此乃是于太史公深有会处，此境又非石士所易到耳。"转引自汪曾祺：《谈风格》，《汪曾祺全集》第 3 卷，北京：北京师范大学出版社，1998 年，第 337 页。

上挑蒌蒿，割茅草，拣野鸭蛋），把篙子一点，撑向淖中央的沙洲，对十一子说："你来！"过了一会，十一子泅水到了沙洲上。

他们在沙洲的茅草丛里一直呆到月到中天。

月亮真好啊！

在情节发展的关键处作者笔锋一收悠悠荡开、转而写日常之景，顾左右而言他，这正是沿袭了归有光"于不紧要之题说不紧要之语"的韵致，语言艺术炉火纯青，对"留白"空间和力道的把握也拿捏得恰到好处。从叙事学角度来看，以不完全叙事形式创造空白的"空白叙事"结构能更好地展现作品意境和人物神采，促进其小说散文化抒情意味和含蓄诗化风格的形成。此外，深厚的艺术底蕴和"生活审美主义"的艺术精神让汪曾祺即使在描写琐碎日常生活时也充满诗意，"写小说就是要把一件平平淡淡的事说得很有情致"[①]，《大淖记事》中对女挑夫的描写："一二十个姑娘媳妇，挑着一担担紫红的荸荠、碧绿的菱角、雪白的连枝藕，走成一长串，风摆柳似的嚓嚓地走过，好看得很！""紫红的荸荠""碧绿的菱角""雪白的连枝藕"，格式齐整色彩明快，带有诗的节奏和意味，"风摆柳似的嚓嚓地走过"，使人眼前立刻浮现出一副桃红柳绿诗意盎然的"女子挑担图"，"好看得很"日常口语化的结束让整个画面洋溢着勃勃生机和热情。汪曾祺满怀诗意的日常生活情致化的表述使作品中的女性形象浸润在和谐柔美的氛围之中，日常生活的琐碎劳作也变得温馨和愉悦起来，给人一种世俗的温情体会。除写作立场和写作视角外，对于女性形象所处日常生活环境和生存状态的细致描摹还暗含了作家在小说创作中的文学追求。一些作家在创作时总将时代背景纳入作品中，力求带来紧抓社会脉搏的时代感和沉郁厚重的张力，汪曾祺则不然，他的作品中很少有关于具体时代背景的提示，甚至有意虚化和模糊现实社会历史背景，与政

---

① 汪曾祺：《小说笔谈》，《汪曾祺全集》第 3 卷，北京：北京师范大学出版社，1998 年，第 207 页。

治意识形态保持一定的距离，只是以不温不火、张弛有度的笔调书写日常生活的方方面面，这一特点让汪曾祺复出后的作品成为新时期文学浓郁热烈底色上最淡然最冷静的一抹清新色彩。与政治保持距离并不是因为汪曾祺与政治意识形态相去甚远，相反，他的一生几乎经历了所有政治运动，然而他能在创作时不被时代的洪流裹胁，抛开大时代大人物，倾心于描写世俗日常生活中的普通人普通事，也恰恰是因为政治风浪的波折为他提供了深入底层劳动人民、了解他们普通日常生活的机会。"样板戏"的"三突出"程式化写作让他将目光从英雄人物转向普通平民，下放时的艰苦劳动让他有了接触劳动人民和劳动生活的经验，接受审查时遭受的苦难让他深刻体会到平静的日常生活是多么诗意和美好。汪曾祺曾说没有这几年的经历，便不会以充满温情的眼睛去发掘周围人与生活的美和诗意，因此他在创作时更加追求文学的审美与纯粹，坚持文学艺术化的主张，有意淡化政治意识形态和苦难经历，关注平民、关注日常生活。他沉醉于记录岁月积淀的风俗人情，在创作中感叹人生和命运无可奈何的悲凉，发掘世俗日常生活中蕴藏的诗意与温情，让人的感情得到滋润，感受到生活的欢欣和诗意的慰藉。

汪曾祺的故乡高邮是个地处江南的水边小城，受江南水乡文化氛围的影响，"记忆中的人和事多带有点泱泱的水气"[①]，他在创作时很自然的"常以水为背景"，因此有研究者认为他的小说具有"水性"的艺术特质。汪曾祺小说最突出的艺术特点就是集中地表现"泱泱的水气"，他对于这种"水性"氛围的营造并不是如油画般浓墨重彩的重点勾勒，而是采取"羚羊挂角，无迹可求"式的诗意描绘，将一汪水气渗透进小说肌理之中，无处不在。"我们那里的水平常总是柔软的，平和的，静静地流着"[②]，这也正是汪曾祺小说独特的审

---

① 汪曾祺：《〈菰蒲深处〉自序》，《汪曾祺全集》第5卷，北京：北京师范大学出版社，1998年，第313页。

② 汪曾祺：《自报家门》，《汪曾祺全集》第4卷，北京：北京师范大学出版社，1998年，第281页。

美个性，像水一样给人以柔软、平和、安静的美感。"气氛即人物"，浸润在"水性"世界里的女性和她们的日常生活也富有"水性"，人们常用水来形容女性，女性这一性别本身具有的柔软、柔美、阴柔的特征恰好与水的柔和平静相契合。水作为日常生活中极为重要的对象性的生活资料，任何人的生存发展都离不开水，作家笔下的女性傍水而居，日日生活劳作皆与水有关：姑娘媳妇们挑的"鲜货"、小英子最喜欢的荸荠、薛大娘挑水浇菜，水在她们的生活中扮演着无可替代的重要角色，她们凡俗琐碎的日常劳作也因为水的浸润显得柔和温馨。沈从文作品中的女子如翠翠、三三，纯净得脱俗，都是被神话了的女性形象，而汪曾祺笔下的如小英子、巧云这样的乡村少女，虽然也玲珑剔透，却充满了人间烟火，她们这种凡俗的美是由河水浸润而来的。水也被赋予了很多哲学性的意义，《道德经》有云"上善若水"，凸显了水泽被万物、滋养万物的特征，而汪曾祺小说里氤氲着的一汪水气也蕴含了作家文学创作独特的人文关怀。他自称是一个"中国式的抒情人道主义者"，擅长以平静舒缓的笔调云淡风轻地将日常生活讲得饶有情致，追求和谐而非深刻，作品中没有激烈尖锐的矛盾冲突，有的是对小人物满怀温爱的注视。作家对以巧云、小英子为代表的女性形象美与善的刻画体现了他人性化的关爱；对女性朴素琐碎的生活状况的描写表现了以家乡女性为代表的底层劳动女性的勤劳朴实和生活热情，使作品满溢着平淡温馨的生活气息。汪曾祺希望他的作品能"有益于世道人心，希望使人的感情得到滋润，让人觉得生活是美好的"[①]，带给人"一点清凉，一点宁静"[②]，他通过塑造氤氲在水气里的柔和美好的女性形象，描写她们带着"一汪水气"的平淡诗意的日常生活，达到了他文学创作的目的——"人间送小温"，让人们在柔软平静的"水性"艺术世界

---

① 汪曾祺：《我的创作生涯》，《汪曾祺全集》第6卷，北京：北京师范大学出版社，1998年，第494页。

② 汪曾祺：《〈蒲桥集〉再版后记》，《汪曾祺全集》第5卷，北京：北京师范大学出版社，1998年，第92页。

里感受到滋润和清凉，找到生活的诗意，恢复生命的和谐，获得情感的慰藉。

（二）自然纯真的情感世界

从哲学的角度来看，日常生活是现实"世界的个人的全部活生生的感性活动"过程，把日常生活结构和日常生活实践作为考察研究的基本内容，研究日常生活过程的本质及其变迁规律，从而凸显日常生活的内在价值和时代价值。日常生活由日常消费活动、日常交往活动和日常观念活动三部分构成，人是日常生活实践活动的主体，人的感情生活（日常交往活动）也是日常生活中相当重要的构成部分。感情生活相对于流露在外一望即知的、表层的动作行为来说，是较为深层的、内在的心理行为和活动，具有私人性、隐蔽性、多变性等特征，再加上人主观意识对个人情感世界的隐瞒和掩饰，使之更加不容易被察觉和探究。由于这种隐蔽性和私人性特点，更让人增加了想要一探究竟的欲望，因此文学作品中感情生活常常是作家用以刻画人物形象的一个重要方面。人的感情受主观意识、客观现实、外部环境、思维观念等多种因素的影响，是一个复杂多变、充满不确定性和不可预知的有机系统，通过描写人物的感情生活和情感世界，可以对其心理波动、思想变化、行为动机等多方面进行透视和分析，从而使人物形象更为丰满生动、有血有肉。此外人的主观感情对于客观的外部世界也会产生影响，刻画感情生活对于反映外部现实世界变动有辅助作用，有助于作者更好地展示创作意图、达到创作目的。

女性的情感是研究汪曾祺笔下女性形象时不容忽视的重要部分，他在塑造女性形象时，用很大的篇幅描写女性形象的感情生活和情感世界，这些女性的感情生活在很多方面都存在着共性。受到"泱泱水气"的浸润，汪曾祺在描写女性日常生活世界时着意营造如水一般柔软、平和、安静的氛围，他也将这种"水性"弥漫到了女性的感情生活，使之带有"柔软、平和、安静"的自然色彩。如《受戒》中对小英子和明海的描写："她挎着一篮子荸荠回去了，在柔软的田埂上留了一串脚印。明海看着她的脚印，傻了。……明海身上有一种从来没有过的感觉，他觉得心里痒痒的。这一串美丽的脚印把小和尚的心搞乱了。"再如《大淖记事》中："巧云织席，十一子化锡，正好做伴。有时巧云停下活计，帮小锡匠拉风箱。有时巧云要回家看看她的残废爹，问他想不想吃烟喝水，小锡匠就压住炉里的火，帮她织一气席。巧云的手指划破了（织席很容易划破手，压扁的芦苇薄片，刀一样的锋快），十一子就帮她吮吸指头肚子上的血。"《百蝶图》中："小陈三果然常来歇脚。他们说了很多话，还结伴到扬州辕门桥去过几次。小陈三办货，小玉买彩绒丝线。"诸如此类的场景作品中还有很多，这些叙述中没有风花雪月、海誓山盟的浪漫，也没有轰轰烈烈、撕心裂肺的波折，只是平平淡淡、朴实无华但却充满温馨与温情的简单日常生活。

汪曾祺笔下的女性在感情生活中也有困境和挣扎，就像水不只有柔软平静的一面，也有激流汹涌的一面，甚至带来灾难，但即便是挣扎，作家的叙述也是淡淡的、平静温和的，而非像决堤的洪水一般惊涛骇浪。如《大淖记事》中锡匠们抗议刘号长的所作所为时，只是头顶香火默默静坐在县政府门口示意。《忧郁症》里裴云锦不堪生活重压选择自尽，丈夫龚宗寅下班回家发现她将自己吊在床头栏杆上，已经气绝多时，"裴云锦舌尖微露，面目如生。上吊之前还淡淡抹了点脂粉。她穿着那身水红色缎子旗袍，脚下是那双绣几瓣秋海棠的白缎子鞋"。没有平地惊雷式的惊乍和猎奇式的叙述，对她遗容的描述甚至有些许美感，平静笔触下却能品出掩藏不住的哀伤；《小姨娘》中章淑芳被赶出家门，"拣了几件衣裳，打了个包袱往外走。……她给妈磕了一个头，对全家大小深深地鞠了三个躬，开了大门。门外已经雇好了一辆黄包车等着，她一脚跨上车，头也不回，走了"，仿佛平时出门上学一样平常；《小嬢嬢》中谢普天和谢淑媛二人私奔："把一块祖传的大蕉叶白端砚，一箱字画卖给了季匋民，攒了路费，他们就上路了。"汪曾祺笔下的女性，当感情生活中遇到阻挠或压力时，她们并不是逆来顺受的屈服于残酷的现实，而是选择遵从人的天性和自我意愿，维护和捍卫自己的感情。汪曾祺追求的不是深刻，而是和谐，平静的叙述口吻给人一种淘尽烟火气的纯粹明净的审美体验，让女性的感情生活与小说整体基调浑然一体，同时也淡化了悲剧色彩，给读者些许安慰。

值得注意的是，汪曾祺作品中的女性形象在感情生活中，她们的情感追求听从于自身的本性欲求而非"父母之命，媒妁之言"，不囿于封建传统和世俗礼节。小英子直率地表达对明海的喜欢；巧云即便被刘号长霸占，也要悄悄地跟十一子在一起；章淑芳、谢淑媛为了能跟喜欢的人在一起选择远走私奔；王小玉喜欢小陈三；辜家女儿喜欢王厚堃；薛大娘更是主动追求自己的幸福。即使是由父母做主定亲成婚的女性，她们的婚姻也不是盲娶盲嫁，而是建立在自己愿意的基础上：小英子的姐姐大英子有了人家，"小人她偷偷地看过，人很敦厚，也不难看，家道也殷实，她满意"；侯菊的丈夫曾是她的英文老师，知道侯菊中意他，侯银匠才接受了陆家的提亲；裴云锦和龚宗寅是由父母订婚，他们婚前在公共场合见过，彼此印象很好；《熟藕》中刘小红的丈夫原是她的小学同桌，对她很好；《珠子灯》中孙小姐嫁给王家二少爷，两口子琴瑟和谐，感情很好；秦家三姊妹要嫁的人也是她们心里喜欢的人。也就是说，这些女性在选择伴侣时是以自我意愿为标准，选择跟她们喜欢、中意的人在一起，并不是为了父母之命、为了生存、为了嫁人而嫁人。此外，在感情生活中，通常是女性居于主导地位，掌握主动权，把控感情的发展方向。《受戒》中小英子主动问害羞的明海小和尚要不要她当老婆；《大淖记事》中巧云让十一子晚上到大淖东边来，两人在沙洲待到月上中天，又在十一子被打后做主将他抬回家里照顾；《薛大娘》中薛大娘与保全堂管事吕三的交往始于薛大娘对吕三说"你下午上我这儿来一趟"；辜家豆腐店的女儿喜欢碾米厂的二儿子王厚堃，趁看病之际对他表白爱意："你要要我、要要我，我喜欢你，喜欢你……"；《小姨娘》中章淑芳与宗毓琳之间的关系也是由章淑芳主动，"她两下就脱了浑身衣服"；《百蝶图》中王小玉让小陈三"常来"，并"对她自己的，也是小陈三的前途有个'远景规划'"；《小孃孃》中谢淑媛在一个雨夜推开了谢普天的房门，"谢淑媛已经脱了衣裳，噗的一声把灯吹熄了"；《窥浴》中虞芳向青春期的岑明展示自己的身体，"她把他的手放在自己的胸上"……一般来说，无论是现实生活还是文学创作中，男女之间的感情发展往往是由男性主宰，由于传统礼教观念的影响，女性总是被动的、顺从的、毫无主见和自由意志的一方，"妇者，服也"。而在汪曾祺笔下却恰恰相反，均是女性主动采取行动，在感情发展的关键时刻推进两人的感情朝更深的方向发展，推动了感情和情欲的爆发。汪曾祺对于女性在感情生活中的主动行为虽未表现出明确的肯定或赞扬，但也绝不是批判和贬斥的态度，他将传统标准中大胆反叛的感情行为叙述得波澜不惊，一方面是出于对"人生之常"的理解，另一方面也是描写女性敢于对爱情甚至情欲主动追求，是作家站在与女性平等的位置上，以男性视角去关注女性的感情生活，表现女性对情感的渴求和追求情感的权利，张扬天性、张扬自然人性。

女性在感情生活中不受传统伦常束缚、大胆反叛的主动行为，不仅是对自然人性的张扬，也是对以"妇德"为代表的传统封建伦理道德观念的反叛，是对男权主宰的反抗。汪曾祺之所以在作品中表现这些反抗行为，除了肯定女性平等地位和权利、张扬自然人性外，还暗含了他的文学理想。文学作品是生活的反映，也是作家心理世界的折射，当理想与欲望在现实世界得不到满足和释放时，作家会选择将其投射到文学创作中去，用文字的方式满足理想、抒发感情、宣泄欲望；或当作家对现实世界不满时，也会倾向于以文学创作的方式，在作品中构建一个符合期望和理想的"乌托邦"。汪曾祺一生深受政治运动的波及，然而他的作品少有政治的痕迹，作品与政治结合得不紧，倾心于世俗日常生活的描写，是希望通过平凡人、平凡事、平凡感情中的温爱，淡化政治运动带来的苦难。汪曾祺对于文学纯粹与艺术的追求近乎偏执，他认为小说要写生活、写回忆，小说是语言的艺术，注重文学的本质，他主张写作者要通过文学作品给读者带来生命的喜悦与欢欣，找回人情人性。文学是美的、诗意的，不希望受到政治的控制或沦为为意识形态发声的工具。现实总是与期待存在差距，当理想得不到满足时，汪曾祺只是默默地用文字践行自己的文学理想，通过描写充满诗意与美的日常生活，倔强地与现实做反抗。这种反抗，与他笔下的女性在感情需求得不到满足时的反抗如出一辙。无论是平凡的感情还是反叛的感情，都是世俗日常中司空见惯的部分，通过对女性平凡世俗的感情生活和情感世界的刻画，体现了汪曾祺对平静日常生活的向往、对美和诗意的追求，肯定女性平等，张扬自然人性，赞扬这些女性形象所代表的底层劳动女性拥有的美好品质。

（三）乐天安命的生活态度

老子云："上善若水，水善利万物而不争。"认为水是善之最，足以证明水在中国传统文化和哲学思考中的重要地位。水在中国哲学中具有柔顺势弱的特征，随方亦圆，顺时顺势；同时水也具有持久韧性的特征，"水滴石穿"所表达的就是水的这一特征。汪曾祺的小说中弥漫着"泱泱的水气"，极富"水性"色彩，追求和谐而非深刻，在这种创作氛围之下，作品中的女性形象也具有一定的"水性"特征，柔弱顺势，反映在女性思想精神方面，即表现为乐天安命的思想精神状态。这些女性大多为水乡小镇里的普通人，代表着底层劳动妇女，她们对于生命的存在价值和终极意义不会有意识地去追寻和探究，不会主动去探求和追问诸如"我是谁"等哲学层面的问题。且因忙于家庭生计，也无暇去顾及这些较高精神层面的、深奥的哲学思考。在她们的思维中最重要的是眼前的日常生活，她们思考最多的问题是如何过好活着的每一天、如何支持整个家庭的生计、如何面对充满未知和变数的明天。可以说这些女性都立足于现实，只是顾及好各自眼前的生活，忙忙碌碌于平淡的日常生活生计。她们在遭受命运不公平待遇时甚至会选择顺其自然、逆来顺受，如《大淖记事》中的巧云，被刘号长玷污后，她没有采取措施为自己伸张正义或讨回公道，也没有想过用"跳进淖里淹死"这种极端的做法表达抗议，仍是一如既往地生活；《晚饭花》中"有一个很好看的身子"的王玉英被许配给了风流浪荡、不务正业"不学好"的钱老五，面对将要成为悲剧的婚姻，王玉英"倒不怎么难过，她有点半信半疑"，甚至还给自己一些心理安慰，相信自己嫁过去以后，丈夫就会浪子回头洗心革面；西南联大的文嫂在女婿车祸遇难后仍然向往常一样不声不响地替先生们洗衣服、缝补被窝，每天把鸡放出去、傍晚关鸡窝，"因为洗衣服、拣破烂，文嫂还能岔乎岔乎，心里不至太乱。不过她明显地瘦了"；《兽医》中的顺子妈为了以后的生活和顺子的前程考虑，同意再嫁给兽医姚有多，"顺子妈除了孝，把发髻边的小白花换成一朵大红剪绒喜字，脱了银灰色的旧鞋，换上一双绣了秋海棠的新鞋"。她们的潜意识里似乎从未想过与残酷的命运做斗争，只是默默顺应命运继续生活，以一种"知命""认命"的生存态度驯服于命运，就像水"随器赋形"，被放在容器里就表现出容器的样子，这些女性的行为，也是对残酷命运的忠实反映。

若是因为女性在命运面前柔弱驯顺的表现就随意判定汪曾祺笔下的女性形象庸俗短浅、庸庸碌碌，是不恰当的，作家展示女性乐天安命的思想精神状态是有其深刻的文学意义的。正如前文所说，汪曾祺一生经历坎坷，几经政治风浪的波折，人生阅历并非像他自己说的那样平淡无奇，作为一个见惯了世事无常的古稀老人，他深知人生与命运的险恶和残酷，充满着不可预期的变数和苦难，他的作品也反映了人世无常的变化。既然苦难是人生之常，人在面对苦难时就没有那么敏感与脆弱。对于汪曾祺笔下的女性而言，生活在社会底层日夜辛苦操劳，她们经历着人生的残忍也见惯了苦难，所以在面临苦难时显得从容淡泊。另一方面，她们深知命运的强悍与无法轻易改变，处于底层的女性可以说是社会各阶层中最为弱势的群体，有些甚至都没有养活自己的能力，更没有能力去反抗无常的命运。她们不会轻易采取自尽或者其他极端的宁折不弯的抗议方式，一者是因为她们有对生活的热情，再者是她们大多背负着生活和家庭的重担，有未尽之责，从这个方面来说"乐天安命"的生存状态其实是源于弱者对命运的悲哀与无奈，但也绝不是如阿Q精神胜利法一般的自欺欺人。汪曾祺通过对人生苦难和苦难中"知命""认命"的女性的描写，想要展示的是这些女性形象所代表的广大底层劳动女性的无法掌控的命运，这是作家作为一个中国式人道主义者对女性生存状态的理解和悲悯，他怀着一颗悲悯之心体察人世间的苦难和生活的不易，希望能通过这些女性形象，为读者传达一点生活中的真实和美。从而增强人们对生活的信心、信念。

汪曾祺评价林斤澜"矮凳桥系列小说"时曾说这一系列小说展示了温州人的"皮实"，并进一步解读到"皮实"就是"生命的韧性"："能够度过困苦、卑微的生活，这还不算；能于困苦卑微的生活觉得快乐，在没有意思的生活中觉出生活的意思，这才是真正的'皮实'，这才是生命的韧性。"① 这段关于"皮实"和"生命的韧性"的评价，既是对林斤澜的解读，也是汪曾祺的夫子自述。林斤澜并没有对不幸的矮凳桥和不幸的中国抱有悲怆或是嘲弄的态度，而是怀着一点温暖的笑，看到了劳动人民普遍具有的美好品德——"生命的韧性"。"皮实""生命的韧性"包含坚强、乐观、善良、忍耐这些可贵的品质，汪曾祺笔下的女性也具有这种品质。"能于困苦卑微的生活觉得快乐"，像大淖边上挑鲜货的女将们，劳动之余也不忘把自己打扮得漂漂亮亮："她们的发髻一侧总要插一点什么东西，清明插一个柳球，端午插一丛艾叶，有鲜花时插一朵栀子、一朵夹竹桃，无鲜花时插一朵大红剪绒花。"她们鬓边随节气时

---

① 汪曾祺：《林斤澜的矮凳桥》，《汪曾祺全集》第4卷，北京：北京师范大学出版社，1998年，第104、105页。

令而变化的插花，其实就是女将们于辛苦劳动中"苦中作乐"的表现，让困苦卑微的生活变得有情趣有意思；苦难的生活也没有磨灭这些女性善良纯朴的天性，没有让她们变得麻木和钝化，《大淖记事》中邻居的姑娘媳妇对于巧云的遭遇没有多余的议论，只有同情和心疼；对于辜家女儿的悲剧命运，大娘们看在眼里，也觉得心里酸酸的，陪着她哭了一场。即便处于困苦中，她们还是保有一颗善于体谅的、善良的心，对别人的不幸抱以同情和体谅。汪曾祺也像林斤澜一样，没有用悲怆或是嘲弄的感情来写他笔下的女性，也是带着"一点温暖的笑"注视着这些女性和她们的日常生活，对于她们在苦难生活命运中的驯顺和不反抗，他没有大加挞伐或给予启蒙式的教导，而是理解她们乐天安命的思想精神状态，并在这种"知命""认命"的生存状态中发现女性具有的美和诗意的一面，将之归结为"生命的韧性"。作家清醒而无奈地明白世事不易，即便如此，生活也还是要继续。他在散文《随遇而安》中曾说："'遇'，自然是不顺的境遇，'安'，也是不得已，不'安'，又怎么着呢？既已如此，何不想开些。如北京人所说：'哄自己玩儿。'当然，也不完全是哄自己。生活，是很好玩的。"[①]生活的好玩、生活的诗意，也是生命"皮实"和"韧性"的体现，也就是女性乐天安命的精神状态的映射。

邰元宝在《汪曾祺论》中评价："读汪曾祺的小说，看不到居高临下的启蒙者对黔首下愚的面命耳提或施舍怜悯，……只看到无数小人物和汪曾祺一起呼吸，一起说话，一起或悲或喜。""他忠实于、顺服于命运，关心在命运中辗转挣扎的平凡人物的内心，和这些平凡人物一起'思想'，一起体验属于自己的生活。"[②]汪曾祺总是把小说中的平凡人物放置在与自己平等的地位上，观察其普通的日常生活。且汪曾祺自幼跟随祖父学习《论语》，他认为儒家精

---

① 汪曾祺：《随遇而安》，《汪曾祺全集》第 5 卷，北京：北京师范大学出版社，1998 年，第 140 页。

② 邰元宝：《汪曾祺论》，《文艺争鸣》2009 年第 8 期，第 58 页。

神的内核是"仁心"和"恕道":"我不是从道理上,而是从感情上接受儒家思想的。我认为儒家是讲人情的,是一种富于人情味的思想。"① 受儒家思想的影响,他能够在困境里随遇而安,以积极正面的心态面对生活中的苦难,并由己及人体谅他人的艰辛与不易,肯定世俗生活、苦中作乐,而非对生活进行"陀思妥耶夫斯基式的严峻的拷问"和"卡夫卡那样的阴冷的怀疑",因此他对于女性乐天安命甚至有些"知命""认命"的精神状态是理解和包容的,若将这种乐天安命的生存状态放置在鲁迅的文章中,肯定是要如"阿Q精神"一般被批判一番。鲁迅之为文艺有着强烈的批判性的现实意义,是为了"揭示病苦,引起疗救的注意";而汪曾祺则认为小说"作用是滋润,而不是治疗"。希望作品能"有益于世道人心",通过发现生活和人的美与诗意,让人觉得生活是美好的;希望通过富于"水性"的文学创作,能给人们疲惫不堪的心灵带来一点清凉和滋润。汪曾祺自认为是一个"中国式的抒情人道主义者",他不以封建礼教标准来衡量女性的行为,也不顾忌所谓的道德传统,他对女性生命本体的认同和赞美使他能够更深刻地理解女性无法掌握自身命运的悲剧性,而他所展示的女性形象随遇而安、乐天安命的思想精神状态,给人以生命的欢欣和鼓舞,使人增强了活着的信心、信念。

三、人性主题:至真至善的人性颂歌

文学即人学,文学就是表现这最基本的人性的艺术,对人性的思索和展现是文学创作中极为重要的、永恒的主题。人性是人本身所特有的区别于其他物种的固有属性,可以简单理解为人的本质属性,是在一定的社会历史条件制约下形成的人的品性。人性问题历来众说纷纭,一直是中外哲学思考中的重要命题,人性和其他哲学问题一样具有两面性,既有其积极的一面,也

---

① 汪曾祺:《我是一个中国人》,《汪曾祺全集》第 3 卷,北京:北京师范大学出版社,1998 年,第 301 页。

有其消极的一面，人性的真与伪、善与恶、美与丑，也一直是文学致力表现和探索的重要问题。不论是表现人性之真、善、美的人性颂歌，还是揭露人性之伪、恶、丑的人性批判，其根本目的都在于宣扬人性中积极、健康的一面，以给人带来指引和教化。

在中国古典哲学中，以孔子的儒家伦理人性论和老庄的道家自然人性论两大流派为代表：儒家认为"仁者，人也"，注重人的道德属性和社会属性，主要从伦理道德角度来探讨人性，认为人性就是人的道德价值的体现；道家则主张"夫莫之命而常自然"，认为人天生本性上是无知无欲的，强调人的自然天性，注重人的自然属性。汪曾祺深受儒家思想的影响，具有一颗体察世事洞悉人性的蔼然仁心，认为美的、善的人事物是合乎人性的，而恶的、丑的是不符合人性的，他创作的重要特点是轻视小说的政治教育功能、重视小说对人的伦理教化作用，希望"有益于世道人心"；同时他又深谙道家所提倡的天人合一的和谐之美，注重表现人性自然本原的状态。因此他在小说中主要通过展示人性之真、善、美的积极健康的一面，展示人性的道德价值和趋善性，来达到文学对人的教化目的。

汪曾祺自称是一个"中国式的抒情的人道主义者"，他讲究小说创作要讲人情、富有人情味，总是以充满人道主义温情的目光审视生活和生命，提倡"对人的关心，对人的尊重和欣赏"，作品极富人道主义精神。人道主义精神的核心在于肯定人的价值和人性自由，肯定人自由追求的权利，承认人格平等，提倡关怀人、爱护人、尊重人，重视人类的价值特别是关心最基本的人的生命、基本生存状况的思想，关注人的幸福，强调人类之间的互助、关爱。人道主义精神是一种以人为本、以人为中心的世界观的体现。中国古代虽无"人道主义"一词，但典籍中早已出现"人道"这一说法，如《礼记·丧服·小记》云："亲亲、尊尊、长长，男女有别，人道之大者也。"《周易》云："立人之道，曰仁与义。"《中庸》云："诚者天之道也，诚之者人之道也。"诚之一字，有成己成物之义，亦即孟子"亲亲而仁民，仁民而爱物"之旨，此等语意，都和西方的人道主义相通。汪曾祺称自己为"中国式的抒情的人道主义者"，"中国式"这一修饰语意在强调其思想中具有中国特色的传统性和文化性，其人道主义精神和人文关怀受中国社会历史和传统文化的影响，与中国古代儒道哲学中的"人道"思想相互吸纳融合。汪曾祺在读归有光的文章时发现他善写妇女、孩子，表明归有光对妇女和孩子是尊重的，这体现了一种人道主义的温情，这种温情使汪曾祺受到深深的影响，因此他在创作时也怀着人道主义的温情，着意关注和表现平凡人物身上所蕴含的真、善、美，通过人物形象的塑造和故事情节的展开，达到"有益于世道人心"的教化目的。

真、善、美不仅是文学作品中着重表现的内容，同时也是文学创作和文艺批评的客观标准。文学的本质在于真实的反映社会生活、反映人，真实性即为第一个评价标准"真"，要求文学作品能准确客观地反映现实生活、反映生活的本质，但也不是对客观生活机械性的描摹和模拟，其最大的特点在于它是艺术真实和生活真实的有机统一，"再现生活是艺术的一般性格的特点，是它的本质"①。文学在真实反映客观世界存在的同时，受作家创作主观能动性的影响产生积极的正面的社会效果，即为"善"，"善"是要以"真"为前提，在文学创作中表现为艺术的"真"。再者，文学是用形象化的方式来反映客观生活，形象的美或丑也是评价的一个重要因素，即"美"，"美"的形象也是"善"的体现。真、善、美各有各自的属性又能达到有机的统一，正如汪曾祺笔下的女性形象所具有的真、善、美的品质，三者和谐统一于女性形象之中，才给人以真实美好的感受。汪曾祺满怀着人道主义精神，以一种关爱呵护、欣赏尊重的目光关照女性，通过刻画女性形象的真、善、美来表达人性的真、善、美，达到文学引人向善的教化作用，谱写出一曲曲至真至善的人性颂歌。

---

① 车尔尼雪夫斯基：《生活与美学》，转引自王文生：《真善美——文艺批评的标准》，《文艺研究》1980 年第 2 期，第 102 页。

（一）人性之真——纯粹本真

"真"即真实，是对客观存在的描述，文学创作源于生活、取材于生活也反映生活，这就要求文学作品要具有一定的真实性，能准确客观地反映现实生活、反映生活的本质，但也不是对客观生活机械性的描摹和模拟，即艺术真实与客观真实相统一，这样才能发挥文学的认识作用，使人们了解现实生活，了解自然、社会和人生。"真"是衡量文学作品价值的最基本的方面，文学创作如果失去了真实性，就失去了对现实人生的指导意义，其文学意义和价值就要大打折扣。汪曾祺的乡土抒情小说创作也始终秉承着"真"的原则，他认为生活是第一位的，文学创作应该从生活经验出发，读者希望看到的是真实的生活，是现实生活本身，"最反对从一个概念出发，然后去编一个故事，去说明这概念，这本身是一种虚伪的态度"①。汪曾祺小说中的人物和情节大多有原型，如戴车匠、八千岁等。他的小说都是来源于回忆，来源于故乡高邮和记忆里的人事：《大淖记事》中小锡匠和巧云之间的爱情故事是确有其事，他还亲眼去看过巧云并留下了"很美"的印象；《受戒》一篇，汪曾祺曾说是写"四十三年前的一个梦"，其实是写了他四十三年前的初恋故事；《晚饭花》中经常去看王玉英的李小龙就是作家自己，《晚饭花》的故事则是汪曾祺的儿时经历；《珠子灯》中孙小姐的原型是他寡居多年的二伯母；《小姨娘》中的故事发生在作家中学时期，章淑芳和宗毓琳是他的同学。由于这些人物形象都是取材于真实生活，是作家所熟悉的人事物，因而在塑造人物形象时具有艺术的真实，这种艺术的真实是来源于客观真实的存在，使得作品更厚重、更有张力和感染力。汪曾祺故乡的女性大多为普普通通的劳动女性，没有接受过太多的教育，没有经受文明过多的"扭曲"，因此她们展现出原汁原味、纯粹本真的生命状态，这些具有"生命之真"特征的女性可以窥见人性最真

---

① 汪曾祺：《作为抒情诗的散文化小说》，《汪曾祺全集》第 8 卷，北京：北京师范大学出版社，1998 年，第 80 页。

实的一面，作家通过对其"艺术的真实"的塑造，揭示女性所蕴含的人性之本真。

汪曾祺通过笔下的女性形象对人性之本真的表现是多层次的。《受戒》中作家用细腻的笔触一笔一画勾勒出一个天真烂漫、不谙世事的少女形象："穿了一件细白夏布上衣，下边是黑洋纱的裤子，赤脚穿了一双龙须草的细草鞋，头上一边插着一朵栀子花，一边插着一朵石榴花。"小英子天真直爽、不谙世事，不在意世俗的繁文缛节，也不受礼教规矩的约束。她去看明海小和尚受戒，庙里气象庄严，挂着"禁止喧哗"的牌子。离开时她想跟明海打个招呼又不好打，"想了想，管他禁止不禁止喧哗，就大声喊了一句：'我走啦！'……就不管很多人都朝自己看，大摇大摆地走了"。规矩森严、无人喧哗的佛门禁地与大摇大摆的小英子形成鲜明对比，汪曾祺曾说像小英子这种乡村女孩在成长和感情发育的过程中处于一种自然的状态。写小英子天真烂漫，实则是描写了一种天然本真的生命存在，颂扬了无拘无束、至真至纯的人性，是一种不被束缚的、未经雕琢的、自然的人性。又如《晚饭花·三姊妹出嫁》中的秦家第三个女儿，在姐姐们的照顾和呵护下单纯得如同毫无雕饰的出水芙蓉。作家塑造小英子和秦家三女儿这种天真纯洁的少女形象，传达的是生命原初的纯粹与美好，是纯真人性的体现。《薛大娘》中塑造了一个敢爱敢恨、大胆自由的女性形象。薛大娘不理会世俗的眼光与议论，也不顾忌传统的道德标准，她认为青年男女彼此有意，促成好事是积德的事，并不觉得违背道德，对吕三的喜欢也毫不掩饰。小说结尾写薛大娘有一双不受束缚的、健康的脚，因为它是健康的，所以是美的。"薛大娘身心都很健康。她的性格没有被扭曲被压抑。舒舒展展，无拘无束。这是一个彻底解放的、自由的人。"还有《大淖记事》中与十一子患难相守的巧云、《小姨娘》中为爱情叛家私奔的章淑芳、《辜家豆腐店的女儿》中主动向喜欢的人表达爱意的辜家女儿、《小孃孃》中不顾及世俗伦理姑侄相恋的谢淑媛……女性大胆地追求爱情、追求自由和身体的正常需求，无视封建伦理道德，实则是女性在面对感情和情欲时真诚、真实态度的体现，是人性之真在情感层面的表达。《仁慧》中塑造了一个无视成规、超脱自我的女性形象——仁慧，仁慧打破了尼姑不能放焰口的常规："为什么尼姑就不能放焰口？哪本戒律里有过这样的规定？她要学！"放焰口、办素斋、修缮庵堂，土改后观音庵遣散，仁慧开素菜馆，云游四海。仁慧反叛的不仅是佛教成规，也是世俗生活中对女性的偏见，她在精神上是自由超脱的，勇于追求真实的自我。汪曾祺通过对仁慧的描写，展示了女性精神的自由和自我意识的觉醒，打破常规束缚，大胆追求真实纯粹的自我，是人性之真在女性精神层面上的体现。本真的生命存在、真诚的情感追求和真实的精神自我，从存在到情感到精神，使女性之真的表达更为具体和富有内容，女性形象也随之丰满立体，三者层层递进，构成了女性在人性本真方面多层次的表现，比较全面地阐释了女性形象所具有的人性本真的内涵。

汪曾祺被称为京派文学最后一位大师，其创作继承了沈从文京派作家对人生的关注和对文学人性的、美的价值强调，延续了京派文学独特的艺术品格，关注人生、关注人。汪曾祺在写作语言与人物塑造方面不仅受到沈从文的影响，还深受老舍的启发，老舍以表现市民性格和市民阶层著称，塑造了很多脍炙人口的经典文学形象，他作品中的女性形象也独具特色，寄托了作家对理想女性的想象。老舍自幼与母亲和姐姐相依为命，耳濡目染中国传统女性勤劳善良、任劳任怨的美好品性，因此欣赏和赞扬恪守妇道、勤劳贤惠、具有传统美德的古典女性，如韵梅、小福子；对新知识女性，肯定她们寻求独立的精神而否定其享乐放纵的行为；对虎妞、大赤包一类的悍妇，作家笔触里则暗含了讽刺与批判。老舍对于女性形象的塑造映射出他偏于保守和传统的文化心态，倾向于传统的家庭模式和婚姻模式，具有一定的男权意识和男权本位思想。对比来看，汪曾祺与老舍笔下的女性形象同样具有真实性的特点，都是取材于现实生活、以真实人物为原型，通过表现女性的情感及思想来完成对于人性的批判的表达，以达到文学作品的认知功能。但由于文化心态和创作目的的不同，汪曾祺在表现女性形象时更多的是注重女性形象所具有的人性本真的一面，身为男性却能以平等、自由、宽容的目光关照女性在生活中、在情感中的表现和选择。他不用传统道德的标准评判女性，而是看重女性自然天性的表达和对自由的追求，怀着人道主义的精神对女性表现出的生命的本真、情感的真诚和真实的自我给予理解和悲悯，发现并颂扬其中所蕴含的人性之真，寻求人性的解放，从这方面来看，汪曾祺对笔下的女性有着更真诚、更包容、更体谅的态度。

汪曾祺在写作方面深受其师沈从文先生的影响，与沈从文相比，汪曾祺的乡土抒情小说更具有真实的生活性，沈从文的小说更多的是神话、理想化的色彩，例如《边城》是沈从文在山东崂山看到一个打幡的女孩子，就有了这样一个凄美的故事。由于对"真"的追求，小说取材于现实生活，汪曾祺笔下的女性人物才如此真实生动、丰满立体，给人以血肉饱满的感觉，正因为真实，也大大增强了小说的艺术感染力和说服力。在反映客观真实的同时，汪曾祺的作品还具有一种真诚的态度。汪曾祺认为在写作方面受沈从文先生教益最深的有两句话：小说"要贴到人物来写"，"千万不要冷嘲"。这两方面着重强调的其实都是作家要在创作中怀有一种真诚的态度。小说贴到人物来写，是将人物放到平等的位置上来观察和描述，而不是以居高临下的目光进行审视，这是对人物真诚的态度；不要"冷嘲"，既是对写作的态度，也是对生活的态度。真诚的态度可以让作品更加真挚、更具有艺术感染力，也更能带给读者对生活的真诚的热情。汪曾祺在塑造女性形象时也怀有真诚的态度，以一种客观的、平视的角度去看待女性，不批判也不冷嘲，因此他才能透过外在的表层的体现，触及深层的精神内核，发现其中所蕴含的人性之本真。

汪曾祺在塑造女性形象时，首先赋予了女性完整独立的人格，将她们看作平等自由的"人"，而不是具有社会属性的妻子、母亲或女儿。在他笔下女性不只是一个模糊的称呼，也不是男性的附属和私有物品，而是不依赖于男性存在的自由真实的独立个体，具有自由真实的情感和意识，这也是作家人道主义精神的体现，肯定女性的价值和女性追求自由的权利。他尊重并赞扬女性之真，也是尊重和赞扬不虚伪、不造作的人性之真。汪曾祺在散文《美国女生》中写道："美国的女生大都很健康、很单纯、很天真，无忧无虑，没有烦恼，也没有困惑。愿上帝保护美国女生。"① 美国女生的"健康、单纯、天真"是相对于中国女生被传统观念和规矩束缚来说的，更加真实、自然，没有被过多的干涉和扭曲，更符合作家对人性本真的定义，而他对美国女生的祝福则体现了他对女性普遍的关爱和呵护。汪曾祺通过对女性之真的描写，体现了他对女性平等、宽容、尊重的态度和对女性的理解和悲悯，也表达了他创作的理想和动机——对人性之真的寻求和歌颂。

（二）人性之善——仁心慈怀

布鲁姆认为"文学是善的一种形式"，阅读可以让人变得更体贴、更善良，通过文学作品反映和弘扬人的善意和人与人之间的友善，歌颂现实生活中善的事物和行为，鞭挞和批判恶与不道德，从而陶冶人们的情操、净化灵魂，引导人向善。"善"的终极价值体现是人文关怀，它是古往今来一切优秀文学作品致力于表达的总主题，是一种崇尚和尊重人的生命、尊严、价值、情感的精神，关注人类的全面发展、生存状态与命运理想，宣扬人性中积极健康的、善的一面，给人以指引和教化。同时由于文学作品所具有的"真"的属性，表达和反映的对象都是基于具体客观的现实，是人的情感、欲望、意志、行为等，因而人文关怀在文学领域不仅具有具体性，还具有丰富的内涵和渗透力。这就要求作家在创作时要怀有悲天悯人的人道主义精神，善于发现客

---

① 汪曾祺：《美国女生》，《汪曾祺全集》第5卷，北京：北京师范大学出版社，1998年，第115页。

观现实中蕴藏的"善",并在创作中有意识地予以表现,使文学作品具有"善"的意义和价值,给阅读者以人文关怀。作为一个"中国式抒情的人道主义者"同时又深受儒家"仁"的思想的影响,汪曾祺常怀有一颗仁爱之心,发现和表达人在日常生活中的"善",他关注的对象是为生计营营役役的市井平民,是挣扎在社会底层的普通劳动者,如《故里三陈》中的陈小手、陈四、陈泥鳅,《徙》中的谈甓渔,《岁寒三友》中的王瘦吾、陶虎臣、靳彝甫等,他们虽然卑微困苦,却仍保持着善良的品性。至于生活于底层的劳动女性,可以说是社会中最为弱势、最需要帮助的群体,汪曾祺却能将她们身上具有的"善"的闪光点发掘和表现出来。孟子有云"穷则独善其身,达则兼济天下",有能力为善时的善举令人尊敬,而身处穷境时也能怀有一颗仁善之心、尽自己所能给予别人善意,更令人敬佩与感动。

"善"在哲学中具有多重意义的阐释,善是具体事物完好、圆满的组成,是事物的运动、行为和存在对社会和绝大多数人的完好圆满生存发展所具有的正面意义和正面价值,也是事物有利于社会和绝大多数人生存发展的特殊性质和能力。苏格拉底认为对人有益的东西(行为)就是"善","善"可以使人幸福,他将"善"称为"一种关于人的利益的学问",而"一切可以达到幸福而没有痛苦的行为都是好的行为,就是善和有益"①。汪曾祺笔下女性之"善"的表达是多方面的,具有多重意义。《名士和狐仙》中小莲子对杨渔隐的照顾无微不至;《忧郁症》中裴云锦嫁入龚家后努力维持家计,"嫁过来已经三年,裴云锦没有怀孕,她深深觉得对不起龚家"。"善"在小莲子和裴云锦身上体现为心地善良、处事温厚。《大淖记事》里巧云靠编织芦席养活自己和残疾无法劳动的父亲,在小锡匠十一子受伤后把他接到家里细心照料,用自己柔弱的肩膀挑起生活的重担,靠挑鲜货挣钱养家;《侯银匠》中侯菊在出嫁前帮父亲侯银

---

① 柏拉图:《普罗太戈拉篇》,转引自何仁富:《通向至善之路——苏格拉底的人生境界论》,《四川大学学报(哲学社会科学版)》,1996年第4期,第122页。

匠打理家事，开门扫地、掸土抹桌、烧茶煮饭、浆洗缝补，嫁到陆家后将陆家上下都安排妥当、成了当家媳妇；《百蝶图》中王小玉心灵手巧擅长刺绣，还为自己和陈三的生活做了长远规划；还有庞家三妯娌和秦家三姊妹，"善"在她们身上表达为操持生活的勤劳和面对悲剧命运时的坚韧。《受戒》中小英子的母亲看小和尚明海小小年纪出家当和尚，要认他做干儿子；《大淖记事》中巧云被刘号长玷污后，"邻居们知道了，姑娘、媳妇并未多议论，只骂了一句：'这个该死的！'"；《辜家豆腐店的女儿》中辜家女儿看到喜欢的人娶亲的花轿，伏在床上号啕大哭，对面烧茶炉子和打苇席的大娘心里难受陪着她一起哭；《徙》中高雪抑郁而死，姐姐高冰为妹妹难过，惋惜她终生困于小县城没有飞出去，"善"在她们身上的表现是理解和悲悯他人遭遇的苦难挫折，具有同情心同理心。《兽医》中顺子妈为了顺子能有好一点的生活条件和未来前程，改嫁给兽医姚有多，"善"在她身上又被赋予了隐忍奉献的意义，舍己为人。不论是善良温厚、勤劳坚韧，还是理解悲悯、隐忍奉献，这些美好品质都是女性之善的具体的、实在的表达，是"善"的多重意义的呈现。

苏格拉底认为"美就是善"，美德就是善，是指导人们思想和行为的唯一东西。因此文学作品通过对人的高尚品行、美好品质等内容的描写，使人性之善由抽象和不可捉摸变得具体可见、一望即知，从而使读者能够更通俗更直观地感知到作家蕴藏在字里行间的"善"的表达，也更容易潜移默化地接受文学"引人向善"的教化作用。列夫·托尔斯泰认为作家的社会责任时应该是使人们脱离困难，给予人们安慰，使人们感受到幸福和快乐。汪曾祺也有过相同的论述，他曾多次表达过文学创作的目的是要"有益于世道人心"："我想把生活中美好的东西、真实的东西，人的美，人的诗意告诉别人，使人们的心得到滋润，从而提高对生活的信念。"① "我认为作家的责任是给读者以

---

① 汪曾祺：《有益于世道人心》，《汪曾祺全集》第3卷，北京：北京师范大学出版社，1998年，第221页。

喜悦，让读者感觉到活着是美的、有诗意的，生活是可欣赏的，这样他就会觉得自己也应该活得更好一些，更高尚一些，更优美一些，更有诗意一些。小说应该使人在文化素养上有所提高。"①汪曾祺所说的把生活中的美和诗意告诉读者、使读者活得更好，与托尔斯泰提到的作家给人带来幸福、给予人安慰的社会责任有异曲同工之妙，以及布鲁姆关于"文学是善的一种形式"的论述，三者文学创作的动机和目的可谓殊途同归。这与文学所具有的引导人"向善"的教化功能也有相通之处，或者说，正是因为作家本身受到强烈的社会责任感的驱使，自觉主动地在文学创作中反映生活的诗意和人性的美好、希望借此带给读者幸福和安慰，才赋予了文学作品指引人心灵和行为的教化功能，才使作品更有意义、更有价值，才可称之为优秀的文学作品。汪曾祺通过描写女性身上具体的善良温厚、勤劳坚韧、理解悲悯、隐忍奉献等美好品质，反映女性之善，其实也是表现这些女性形象代表的广大底层劳动妇女身上所具有的"善"，由此可以引申为表现人性所具有的"善"的一面。

人性之善也具有丰富的内涵，不仅包括个人拥有的美好品质，也包括人的善意，怀有一颗仁善之心，善待身边的人、事、物。"善"是建立在"真"的基础上，可以理解为一种对人对事的真诚的态度，对人的理解、体谅和尊重也是"善"的体现。正如汪曾祺与作品中女性形象的关系，他始终以真诚的态度关注和关爱女性，对她们的生活、情感和思想予以尊重和理解，既不批判也不冷嘲，这种真诚善良的态度就是作家之善意的体现，也是作家对女性的人文关怀。人文关怀是人性之善的终极价值的体现，是对人的生存状况的关怀，对人类解放与自由的追求，对人的尊严的维护和对符合人性的生活条件的肯定，人文关怀就是关注人的生存发展，关心人、爱护人、尊重人。作家对女性的人文关怀也是通过对女性的关注、尊重、理解和体谅来体现的，

---

① 汪曾祺：《使这个世界更诗化》，《汪曾祺全集》第 6 卷，北京：北京师范大学出版社，1998 年，第 181 页。

对她们生存状况的关注、日常辛劳的体谅，对她们情感选择的理解、自由追求的肯定，以及对她们悲剧命运的慨叹悲悯和对她们在悲剧面前展现出的生命热情的颂扬。人文关怀不仅是"善"的体现，也是汪曾祺人道主义精神的突出体现，正是受到重视人类价值和自由的人道主义精神的指引，才有了对女性生存状态、生活状况和情感世界的人文关怀。字里行间流露的人文关怀使作品充满温情和温暖，作家以一颗仁者之心发现和体会女性的善良品性并将其表述出来，发挥文学的教化作用指引人向善，让读者感受到生活的喜悦、感受到欢欣和鼓舞，给予人生活的信心、信念。汪曾祺在达到"人间送小温""有益于世道人心"创作目的的同时，满怀着对女性、对读者的人文关怀和温厚善意，谱写出一曲至真至善的人性颂歌。

（三）人性之美——天然无饰

汪曾祺的乡土抒情小说具有极大的美学魅力，总是带给读者以独特的"美"的感受。"美"是指能引起人们美感的客观事物的一种共同的本质属性，人类关于美的本质、定义、感觉、形态及审美等问题的认识、判断、应用的过程，是为美学。"美"是人对自己的需求被满足时所产生的愉悦反应的反应，即对美感的反应，也就是说，人类在感知客观事物所产生的对愉悦的感受即为"美"。美是人脑产生的一种特殊感觉，是人类的主观感受，这就决定了人是"美"的主体和尺度，是"美"产生的场所和感知"美"的客体，因此也决定了不同个体对"美"的感知和接受是不尽相同的，同一刺激在不同情况下对同一个体、在相同情况下对不同个体，在不同情况下对不同个体会产生千差万别的效果，"美"具有特殊性。然而"美"也具有普遍性，当客观事物具备能够引导个体更好生活的特征、能给个体的"生存"带来"利益"时，就具备了"普遍美感"，这也就解释了何以汪曾祺的作品具有如此之大的美学魅力、受到读者的广泛认同。浸润于中国传统文化的汪曾祺，作品洋溢着人与自然、人与社会和谐融洽的氛围，通过对人物形象所处的外部环境山水画般的描绘，表达极富风俗诗意的"自然美"；通过对作品中人物的描写、表现人物之间的关系和思想生存状态，展示人的"社会美"，希望"能有益于世道人心"，引导读者发现美、感知美，生活得更优美、更诗意，因此他的作品具备"普遍美感"。而女性形象作为汪曾祺笔下"美"的代表，是汪曾祺作品所具有的"普遍美感"的集中体现。汪曾祺认为"美"首先是人精神、性格的美，其次是人形貌的美，他在表现女性之美时，重点从"人体美"与"心灵美"两方面着手，女性之美即是两者的和谐统一。对女性"人体美"的表现主要包括对女性人物形貌的刻画和体态的描摹，虽然汪曾祺认为用文字来为人物画像是吃力不讨好，但他仍通过精妙传神的语言和对文字老练精到的把握，运用正面刻画和侧面衬托相结合的方法，在作品中塑造了众多令人印象深刻的女性形象。

汪曾祺说："小说不同于绘画，不能具体地表现一个人的外貌，但小说有自己的优势，写作家的主体印象。"① 汪曾祺笔下的女性人物虽性格各异，但都给人以美的感受，他在刻画女性形象的面貌时，尤其注重对女性眉目和眼神的刻画，"眼睛是心灵的窗户"，透过眼睛可以窥见人物的内心世界，汪曾祺笔下的女性大都有一双传神妙目：小英子"白眼珠鸭蛋青，黑眼珠棋子黑，定神时如清水，闪动时像星星"；巧云"眉毛黑如鸦翅，长入鬓角。眼角有点吊，是一双凤眼"；章淑芳"眼睛很大，很黑，闪烁有光""眉宇间有一股英气，甚至流露一点野性"；王玉英"长得很黑，但是两只眼睛很亮"；薛大娘眼睛亮灼灼的，眉宇间有点英气。小英子的母亲赵大娘"精神得出奇，五十岁了，两个眼睛还是清亮亮的"……仅通过刻画这一双清清亮亮的眼睛，就将女性的美表现出了大半，而对眼神的描绘更是体现女性生命灵气的画龙点睛之笔：巧云"睫毛很长，因此显得眼睛经常是眯眯着；忽然回头，睁得大

---

① 汪曾祺：《使这个世界更诗化》，《汪曾祺全集》第6卷，北京：北京师范大学出版社，1998年，第182页。

大的，带点吃惊而专注的神情，好像听到远处有人叫她似的"；《詹大胖子》中的王文惠"眼睛里老是含着微笑。一边走，一边微笑"，"眉目可传情"，眼神透露出人物的性格特点和精神气质，作家对女性眼神笑意的描绘使人物变得鲜活灵动、神采飞扬。

汪曾祺在塑造乡村女性形象时，不仅只对她们的五官长相加以描绘，还以精练的语言对人物的穿着装饰、体态动作等细节进行刻画：《受戒》中小英子"浑身上下，头是头，脚是脚，头发滑滴滴的，衣服格挣挣的"；《大淖记事》中挑货的女将们将浓黑的头发挽在脑后，发髻上的装饰随着节令变化，有时是鲜花，有时是绒花，清明插柳球，端午用艾叶；《八千岁》中的虞小兰"夏天的傍晚，穿了一身剪裁合体的白绸衫裤，拿一柄生丝白团扇，站在柳树下面，或倚定红桥栏杆"，活脱脱一幅"消夏仕女图"；《徙》中的高雪总是一身白，"白旗袍，漂白细草帽，白纱手套，白丁字平跟皮鞋。风姿楚楚，行步婀娜，态度安静，顾盼有光"……"体物而得神"，细节的描摹使作品中的女性形象更加生动和富有灵性。

除了对女性形貌美的直接、正面描述外，作家还运用侧面衬托的描写方法展现女性的美，如《大淖记事》中巧云去泰山庙看戏："台上的戏唱得正热闹，但是没有多少人叫好。因为好些人不是在看戏，是在看她。"《瑞云》中瑞云每月去灵隐寺烧香时总有人盯着她傻看，姑娘媳妇们还悄悄打听她搽的是什么粉；《徙》中高雪一回小县城，"城里的女孩子都觉得自己很土"，她在公共场所出现，也会引起骚动；《八千岁》中虞小兰一露面，行人就放慢了脚步以便能好好地看她几眼。通过交代看客们的动作、心理、语言，虽是侧面衬托，却比正面描写还能令人直观地感受到女性之美所带来的震撼。汪曾祺笔下的女性之美是朴素的美，美而不媚、美而不妖、美而不艳，灵动脱俗，是洗涤了尘世污垢与灰尘的美，如清水芙蓉，出淤泥而不染。汪曾祺写这些女性的形貌之美，是用一种朴素的外在美去衬托其内在的气质、性格、精神之美。

汪曾祺在塑造女性形象时除了描摹外在的人体美形貌美，还重视对女性美好心灵的呈现。心灵美，亦称"精神美""内心美""灵魂美"，心灵美是人的精神世界的美，它是人的行为美、语言美、仪表美的内在依据，并通过具体的感性形态而被人们所感知。古希腊柏拉图曾说："心灵的优美与身体的优美谐和一致"是"最美的境界"；德谟克利特认为"身体的美，若不与聪明才智相结合，是某种动物性的东西"，将心灵美作为人之具有人性的表现；中国传统哲学中将心灵美归结为"性善""仁""诚"等品质，孔子提出"里仁为美"，墨子认为"务善则美"，孟子认为"充实善信"之为美；而道家则认为心灵美是一种"致虚守静""涤除玄鉴"的精神状态。综上所述，心灵美不仅仅是单纯以道德情操来衡量的概念，它拥有多重意义的内涵和阐释，更是一种生命的情怀、是一种饱含人情的人性之美。无论是小英子、王玉英、小莲子的天真善良，巧云、辜家女儿、顺子妈的隐忍坚韧，还是侯菊、王小玉、秦家姐妹的勤劳持家，薛大娘、仁慧、章淑芳的自由豁达，女性所具有的高尚性格品质和精神气质正是其心灵美的外化表达，是她们美好的内在精神世界的反映。汪曾祺笔下的女性心灵美与其外在的形貌美相互呼应相互映衬，达到一种和谐统一的状态，正如柏拉图所言"最美的境界"，从而带给读者以"美"的感受和体验，引起读者对美的向往。同时，对女性之美的表现、引起读者对"美"的向往，也是作家对于人性之美饱含情感的表达，以期彰显出人性的善良美好和澄澈纯净。汪曾祺对女性形貌美与心灵美的赞颂，既是对女性形象所代表的故乡女性和底层劳动女性所具备的灵肉合一之美的赞颂，也希望借此宣扬美好的人性、谱写人性的颂歌。女性本来就常常被看作是"美"的化身，以女性为载体表现和颂扬人性之美，能使表现人性美的文学效果更为丰富和强烈，给读者以更深刻的美的体验，更加具备能够引导个体更好生活的特征、能给个体的"生存"带来"利益"，从而引导读者发现美、感知美，产生对人性美的向往，指引读者寻求更美好诗意的生活方式，获得心灵的安慰和滋润。汪曾祺之所以能发现女性之美，是因为他将这些女性放在一个平等的位置上，以一种欣赏和尊重的眼光，透视出这些女性形象所反映出的人性之美，体现了汪曾祺作为一个朴素的人道主义者对包括女性在内的所有生命的关注、关心和关怀，是他人道主义精神的体现。

汪曾祺说："我以为一个作家的作品是引起读者对生活的关心、对人的关心，对生活、对人持欣赏的态度，这样读者的心胸就会比较宽厚，比较多情，从而使自己变得较有文化修养，远离鄙俗，变得高尚一点、雅一点，自觉地提高自己的人品。"[①] 作家通过塑造"美"的女性形象，希望提高读者的审美水平，变得更高尚、更雅一点，使生活充满诗意和情趣，这不仅是作家审美观念的表达，同时也是文学所具有的审美作用的体现。再者，汪曾祺认为文艺的美感作用也是一种教育作用，文学作品起到的美育的作用，对于医治民族创伤、提高青年品德具有重要的意义。归根结底，作家阐述女性之美的意义仍是在于以女性形象为载体寻求和颂扬人性之美，引起读者关于人性的思考和探索，从而引导读者追寻更美好的人性和更有情致的生活，提高文化素养和精神境界，获得心灵的休憩与滋润，这也是汪曾祺以一个抒情的人道主义者怀着一颗蔼然仁心对读者最朴素最真诚的关怀，更是其文学创作的一贯目的："有益于世道人心"。

总之，在汪曾祺的乡土抒情小说画卷里，生活在高邮山光水色里的如小英子、巧云、薛大娘一般的乡村女性，日日浸润在泱泱水气之中，具有如水一般的美好品质。虽生活在社会的最底层，却淳朴善良、勤劳坚韧，她们对生活和生命所怀有的热情使她们即便在平凡琐碎的日常生活中，也始终具备着真、善、美的品性，她们的存在从正面体现了人性中自由、健康、美好、

---

① 汪曾祺:《却顾所来径，苍苍横翠微》,《汪曾祺全集》第 6 卷，北京：北京师范大学出版社，1998 年，第 61 页。

解放的一面。而诸如二奶奶、高雪、孙小姐这一类悲剧女性的存在，控诉和抨击了中国封建礼教道德和男权统治对女性的压抑与束缚，她们的人性是扭曲的，病态缺陷的性格正是人性中消极的阴暗面的体现，对这类女性形象的塑造则是以对比反衬的方式表现健康人性的美好。凡此两者，其最终目的皆是通过对女性形象的塑造来表现和歌颂人性之真、善、美，向人们展示生命的纯真、善良和美好，展示日常生活中蓬勃的生命热情和美好的人情人性。汪曾祺怀着一颗人道主义者的悲悯仁心，关注包括女性在内的所有人，理解人们的生存处境，关怀人们的心理感受。他在《我的创作生涯》里写道："我希望我的作品能有益于世道人心，我希望使人的感情得到滋润，让人觉得生活是美好的，人，是美的，有诗意的。你很辛苦，很累了，那么坐下来歇一会，喝一杯不凉不烫的清茶——读一点我的作品。我对生活，基本上是一个乐观主义者，我认为人类是有前途的，中国是会好起来的。我愿意把这些朴素的信念传达给人。"①正是在"有益于世道人心"的这种创作动机的一贯指引下，汪曾祺才创造出了诸多平凡质朴、善良美好的女性形象、谱写出一曲至真至善的人性颂歌，让人们通过他的作品体会人间的温暖和生命的美好，使人的心灵得到安慰和休憩，这也是作家塑造这些女性形象最终的创作意图和审美诉求。

---

① 汪曾祺:《我的创作生涯》,《汪曾祺全集》第 6 卷，北京：北京师范大学出版社，1998 年，第 494 页。

后　记

　　《中国现代乡土写实小说与现代乡土抒情小说比较研究》做了很久了，由于诸多因素（主要是个人懒散）至今才勉强付梓，难免留有许多遗憾。虽然对现代乡土小说、乡土写实小说、乡土抒情小说做了初步的界定，但纯属个人一隅之见，井底之蛙，其声也陋。对现代乡土写实小说的爬梳较之对乡土抒情小说的勾勒似乎详细，但是也会挂一漏万，失之粗浅；特别是在文学理念、思想内容、主题诉求、题材选取、文化立场、价值取向、审美旨趣、情感指认、语言风格、艺术特征等方面对二者的细致比较与分析，还需要进一步深入挖掘，需要进行整体的宏观把握与具体的微观解析。尤其在观照二者表征的迥异性的同时，如何把握其潜在的本质的相近性或同一性，做得更是明显不足。另外，对具有代表性并在现代文学史上产生较大影响的的乡土小说家如乡土写实小说作家王统照、许地山、叶圣陶、吴组缃、王鲁彦、台静农、许杰、许钦文、徐玉诺、蹇先艾等；乡土抒情小说作家废名、师陀、萧乾、萧红、孙犁等，都未做详尽解读，使研究缺乏厚重。也许值得一看的是对赵树理"十七年"创作矛盾性的探究，对沈从文乡土抒情小说创作主题的分析，以及对汪曾祺小说所塑造的乡村女性形象的解读。

　　在研究中，先贤前辈、宿学耆耈、名流大家、青年才俊等对我多有启迪，使我获益良多，深表谢忱，恕不一一。

感谢王瑞振、侯媛媛的辛勤付出，分别撰写了第四章和第六章，对课题做出了重大贡献。他们的认真努力，也让我对教学相长有了进一步体认。

非常感谢我的学弟郭锐、郝军启！多年来，一直关心帮助我，不离不弃，情同手足。特别是他们对拙作的出版费心费力，殷殷之情，难以言表。可惜时疫为虐，不能赴济进京，酣畅淋漓，把酒言欢。甚憾！

此外，文内或有错讹之处，敬请见谅。

2021 年 11 月 15 日于曲师大